「なんだか、不思議な気分だわ」
まさか、この間まで離婚することを真剣に考えていたリーンハルトと、馬車でこんなにも穏やかに向き合っているなんて。
イーリス
リーンハルト

（どうして――
ほかの令嬢と……）
誰？と一瞬止まりそうになった息を、
慌てて深呼吸で戻す。
（ううん……。
そうよ、彼女はたしか、
さっき商務大臣と
一緒にいた令嬢だわ……）

それならば、おそらくリーンハルトは、
社交界にデビューしたばかりの娘の相手を頼まれて、
上官にあたる者の礼儀として踊っているのだろう。
どくどくと不安に鳴る心臓を静めようと、
イーリスがぎゅっと胸を握りしめた時だった。
こちらに気がついた令嬢が、
イーリスにふっと笑ったように見えたのは。
そして、すぐに楽しげな笑みをリーンハルトに向けると、
ぐるっと後ろへ大きくターンをしていく。
???

「別れたくなかったのに……。
君と、離婚だなんて」
「大げさねえ、今すぐ神殿に
提出するわけでもないのに」
そのために、普通ならば名前の下に
書きこむ日付は、今も空白のままだ。
あまりの落ちこみぶりに、
逆にのんきな声を出してしまったが、
それが癇に障ったのか。
くわっとリーンハルトの
アイスブルーの瞳が開かれた。
「当たり前だ！　日付を入れて、
今すぐ神殿に提出するなんて言われたら、
なにがあっても書いたりなどするものか！」

王妃様は
離婚したい
2
~異世界から
聖女様が来たので、
もうお役御免
ですわね?~
明夜明琉
illust 漣ミサ

もくじ

Contents

OUHISAMA
ha
RIKON SHITAI

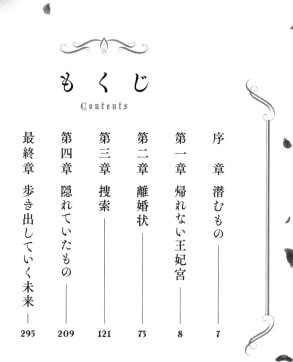

序章　潜むもの

暗い部屋で、どんと拳が机に叩《たた》きつけられた。

「陽菜《ひな》が、王妃に取り込まれただと⁉」

「はい。見ていた者の話では、吹き込まれていた内容を王妃に打ち明け、すっかり和解したそうです」

「ヴィリめ……！　己の野心に走って、こちらの誘いを拒むから！　せっかくの良質の駒を失うことになる」

二人を別れさせるのに、あれ以上の方法はなかったものを――と、再度叫ぶのとともに、机に叩きつけられた拳の風圧が、一つだけ灯された燭台《しょくだい》の炎を揺らめかせていく。

「とにかく、なんとしてもあの目障りな王妃を、陛下と離婚させなければならん！」

悔しげな男の叫びが厚いカーテンに閉ざされた部屋の中に響いていく。その時、光さえ通さない奥の暗がりから一つの声が近づいてきた。

「それならば、良い方法がございます」

「なに、本当か？」

「はい。これならば、必ずや国王陛下とあの邪魔な王妃を別れさせることができますでしょう」

第一章　帰れない王妃宮

馬車は、カラカラと舗装された道の上を走っていた。

両側に並ぶ畑からは次第に雪が消え、道も乾いたものになっていく。南に戻るにつれ変わっていく景色を窓の外に感じながら、イーリスは翡翠色《ひすいいろ》のドレスを纏《まと》い、目の前でひどく嬉《うれ》しそうに、自分を見つめているリーンハルトの視線を受け続けていた。

「なんだか、不思議な気分だわ」

まさか、この間まで離婚することを真剣に考えていたリーンハルトと、馬車でこんなにも穏やかに向き合っているなんて。

半月程前の夜中にこの道を走った時には、もう二度と都に帰るつもりなどなかったのに。

いや、そもそも二人でこれほど長い期間、喧嘩《けんか》も感情の行き違いもなく過ごしていること自体が、久し振りではないだろうか。

以前こんなふうに喧嘩をせずに何日も暮らしたのは、三年も前だったような気がする。

あの時は――。

目の前に座るリーンハルトの銀色の髪を眺めながら、ふとイーリスの頭の中で、今よりも幼かった彼の姿が鮮やかに甦《よみがえ》ってきた。

あれは、たしか十四歳の秋のことだった。

朝食を王妃宮で食べた時はいつもどおりだったのに、昼過ぎになって、リーンハルトの住む瑞命《ずいめい》宮《きゅう》がひどく慌ただしくなったのは。

「なにかあったの？」

嫌な予感に女官を走らせれば、瑞命宮を差配している管理官にも信頼の厚い彼女は、すぐにとんでもない知らせを携えて戻ってきた。

「大変です……！　国王陛下がご病気だそうです！」

「リーンハルトが⁉」

持っていたここ三十年ほどの商業の記録書を横に置いて、すぐに白い椅子から立ち上がる。

「容態はどうなの⁉」

「それが……どうも、悪性の風邪らしいのです。先日視察に行かれました地域で、子供がかかっていたそうで」

「風邪」

悪性ならば、前世でのインフルエンザかもしれないということだろうか。瑞命宮に向かって急いで歩き出しながら、追《お》い縋《すが》るように手を伸ばしてきた女官の声に顔だけで振り返る。

「はい。ですから、王妃陛下には、治るまでご面会を控えていただきたいとのことなのですが……」

「冗談じゃないわ。私はリーンハルトの王妃よ？」

「そうですが、王妃様にまでうつられては大変ですし。もし、なにかありましたら」

女官や瑞命宮の管理官がなにを心配しているのかはよくわかる。確かに、インフルエンザならば、周りへの感染力も高い侮れない病気だ。

国王が病気になったのなら、職務を代行するのは当然王妃になるが――。

花々を描いた大理石のタイルの上で、一瞬だけ足を止めた。その間にも、脳裏では、金と茶色に覆われたあの重厚な瑞命宮の寝室で、一人で高熱と闘っているリーンハルトの面影が浮かんでくる。

広いベッドで苦しげに息をしているだろう姿を想像した途端、止まっていた足は、すぐに歩くのを再開した。

「リーンハルトの叔父君《おじぎみ》のダンクリッド公爵閣下を呼んで！　しばらく執務の代行をお願いしたいの。リーンハルトのお父君が亡くなってから、ずっと後見人を務めてきてくださった叔父君ならば、つつがなく行ってくださるはずだから」

「あ！　王妃様！」

女官の声が止めようと追い縋ってくる。だが、イーリスはそれを振り切って渡り廊下の先にある瑞命宮の扉を開け、早足で青い柱の並んでいる通路を進んでいく。茶大理石で彩られた建物の中を歩き、金で鷹《たか》の装飾が施されたひときわ荘厳な扉を見つけると、周りの者が驚くのもかまわずに、そのままリーンハルトの寝室へと飛びこんだ。

中では、多くの御典医たちが、天蓋で覆われたリーンハルトのベッドを取り囲んでいる。

「あ、王妃様！」

「リーンハルトの具合はどう？」

「はい……それが、高熱が続いておりまして……」

天蓋から下がる豪華なつづれ織りに守られたベッドは、国王にふさわしい威厳に満ちたものだ。

だが、その中央に横たわり、額からとめどなく汗を流しているリーンハルトの姿は、この部屋にいる高官たちの誰よりも幼い。

成長期に入ったとはいえ、体つきはまだ大人よりも細くて、背だって伸びきってはいないのだ。

年若い姿が高熱を出して苦しんでいるのに、周りには家族と呼べる者が誰もおらず、たった一人で死ぬかもしれない病と闘っている。

きっと、意識が朦朧《もうろう》としているのだろう。

「王妃様。うつっては大変なので、看病は私たちがいたしますから……」

近づくのを止めようとする御典医たちの声を振り切り、こちらに伸ばされてくるリーンハルトの手を握った。

細い。まだ大人にはなっていない腕だ。

「いいの。私はリーンハルトのたった一人の家族ですもの」

探すように高熱の中で伸ばされてくる手のひらを、どうして見過ごすことができるだろう。

(今の私にとっても、たった一人の家族なんだから)

縋ってくる手をぎゅっと握りしめる。

――側にいて。と口が微かに動いたように見えたのは、気のせいだったのだろうか。

「大丈夫。側にいるわ」

(私は、あなたの家族だもの――)

たとえ、形だけとはいえ妻なのだから。

必要としてくれるのならば、もう父も母もいない身で、たった一人病と闘っているリーンハルトの側に自分だけはついていてあげたい。

その想いが通じたのか。数日でリーンハルトの様子はどんどんと快方に向かいだし、代わりに自分はきっちりと熱を出した。

（一応、マスク代わりの布を着けてはいたけれど、やはりうつるのは避けられなかったみたい……）

自業自得という言葉が、王妃宮の寝台の中で、熱で痛む頭に明滅する。ぼんやりと意識が霞《かす》んできた。熱が、かなり上がってきたのだろう。

うつらうつらと瞼《まぶた》が下がってくる。その時、扉を隔てた廊下で鋭い声が響いた。

「どうして王妃が倒れたのに、すぐに俺に知らせないんだ！」

「申し訳ありません……！　王妃様が、病み上がりの陛下には心配させたくないと仰って」

「馬鹿なことを言うな！　王妃の様子を国王が知らないなんてあるか！　今度からは無用な配慮などせず、王妃の不調は逐一知らせろ！」

（怒っている――！）

どうして、イーリスが寝こんだのを知らせなかっただけで、烈火のように怒っているのか。

廊下から響いてくる声に、ベッドの中で横たわりながら、思わずびくっとしてしまった。

（どうしよう、王妃の務めを放棄したことを怒っているのかしら……）

いつもは余計な口を出してばかりなのに、肝心な時に王妃としての役目を果たせなかったから――！

かつかつと近づいてくる足音に思わず体が竦《すく》んでしまう。隠れる場所はないかと慌ててベッドの周囲を見回したが、熱を出している身では、寝台から下りる力もない。咄嗟《とっさ》に布団を顔にかけて固く目を閉じた直後、ばんという音とともに扉が開いた。

近づいてくるリーンハルトの高い靴音に、布団の内側で首を竦めて怒鳴られる覚悟をしたのだが。

隙間から、ひやっと額にあてられた手に目を開いた。

「大丈夫か？」

（え……）

まさか、こんなにも心配そうに手をあててくるなんて。

（てっきり、怒っていると思ったのに……）

それとも先ほどのあれは、聞き間違いだったのだろうか。

いつもは怒ったら、自分のことなど視界にも入れたくないというような表情を向けてくるのに。

少しだけ布団から首を出して覗《のぞ》けば、上にあるアイスブルーの瞳は、ひどく心配そうにイーリスを見つめているではないか。

「リーンハルト……？」

「ゆっくり休め。喉が腫れているのなら、食べやすいものを用意させるから」

「うん……」

今までには見たことのない表情だ。

だからだろうか。

溜《た》まった執務の合間に、風邪のお見舞いだと言っては、再三訪ねてきてくれるリーンハルトの姿に、なぜかひどく嬉しくなった。

額に幾度もあてられてくるひんやりとした手の感触が気持ちいい。

少し冷たい手が、イーリスの熱をまるで吸いとってくれるような気がする。

そのお蔭《かげ》か。思ったよりも早くに熱は下がったが、それからもリーンハルトは病み上がりのイーリスを気遣うかの如く、王妃宮を何度も訪ねてきてくれた。朝食の時も、まだ足がふらついて階段を下りるのは辛いだろうからと、料理を寝室の隣の居間にまで運ばせて一緒に食べながら、目の前で粥《かゆ》を掬《すく》う自分の姿を心配そうにちらちらと見つめている。

言葉が多いわけではないが、二人で過ごすその時間がひどく優しくて。

結婚してから、長く失っていた時間が、まるで柔らかな秋の彩りとともに二人に戻ってきたかのようだ。穏やかな空気が嬉しくて、思わずイーリスは口に出してしまった。

「私……前から、リーンハルトとこんな時間を過ごしたかったの」

「え……」

かちゃっとスプーンを白い皿に置きながらそう口に出せば、前に座るリーンハルトが驚いたように動かしていたナイフを止めている。

「私ね……。本当は、ずっとリーンハルトとまた結婚式の時のような二人に戻りたかったの。でも、喧嘩してしまって……」

どうしよう。言ってもいいのか一瞬だけ悩む。それでも、今ならば言えるような気がした。

正面から顔を上げて、朝日の中のアイスブルーの瞳を見つめる。

「だから、お願い。明日のパーティーでは、また結婚式の日のように、私とダンスを踊ってほしいの。もう一度あの頃の二人みたいになれるように――」

「結婚式の日のように……？」

「うん！　あの日の披露宴では二人で笑いながら踊ったでしょう？　またあんなふうに一緒にダンスをしたいの。これからも、できることならリーンハルトと出会った頃のように過ごしたいから」

再び、仲が良かったあの頃へ戻れるように――。

祈るような目で、冴《さ》え冴《ざ》えとしたアイスブルーの瞳を見つめた。いつもは自分に、困ったり不機嫌そうな色を浮かべたりする彼の目が、今日は少しだけ開かれてじっとこちらを見つめている。

（お願い……！　またあの時の二人に戻りたいのよ……！）

縋るような気持ちで約束を持ちかける。

もしもリーンハルトが、少しでも自分と同じ想いを持っていてくれるのならば。真剣な眼差しで、じっと見つめ続けた。

頷《うなず》いてくれるのか、よく見せる不機嫌な顔で断られるのか。本当に、人生をかけた一瞬だ。

この一秒が無限のように長く思えてくる。

手を組み合わせて、じっと祈るようにリーンハルトを見つめた。

「――――わかった」

だから、しばらくたって返された言葉に、金色の目を大きく開く。

俯《うつむ》きかけていた顔をはっと上げれば、薄氷色の瞳は、柔らかな秋の日差しの中で、優しく微笑みながらこちらを見つめているではないか。

「明日、それでは君の快気祝いも兼ねて、結婚式の日のように踊ろう」

「リーンハルト……！」

どれだけ嬉しかったか。

金色の光が窓からきらきらと、秋の彩られた木の葉を通してリーンハルトの銀色の髪に降り注いでくる。優しく微笑むその姿に、思わず小指を伸ばした。

「うん！　約束ね！　明日のパーティーでは、きっと今の約束どおり踊ってね！　そして、もう一度出会った頃の二人に戻りましょう」

そっと絡ませた指の温もりにどれだけ心が弾けそうになったか。

――守られなかった遠い日の約束に。


がたんという馬車の音で、はっと意識を引き戻された。

ふと前を見れば、記憶の中で笑いながら自分と小指を絡ませていた姿が、今はあの時よりも成長した面差しで、少し微笑みながら見つめているではないか。

「そういえば、そうだな。二人で一緒に出かけるのなんて、公務以外では数えるほどだったからな」

思わず瞼をぱちぱちとさせた。記憶の中の姿と一瞬混乱するが、それが、先ほどの自分の呟《つぶや》きに対する答えだと気がついて、金色の目を大きく開いてしまう。

（そういう意味ではなかったんだけど――）

まさか思い出していた遠い日の約束を言うわけにもいかず、そのまま困った顔でリーンハルトを見つめた。馬車で向かい合わせに座り、イーリスを眺めている今の彼の様子は、どことなく嬉しそうだ。

柔らかな冬の日差しに、銀色の髪がさらりと光る。

微笑むアイスブルーの瞳は、まるで薄い氷の張った湖の如く清冽《せいれつ》な色なのに、イーリスに向けられてくる眼差しはどこまでも柔らかい。

こんなに穏やかな時間を一緒に過ごすのが、本当に久し振りすぎて。どんな顔で、今彼を見つめたらいいのか迷ってしまう。

（いや、今更なんだけど！）

赤くなってくる頬をぺしぺしと叩《たた》く。

なにしろ、よく考えてみれば、公衆の面前で口づけをして、さらに離婚の約束と一緒に婚約まで交わした仲なのだ。

今になって照れるというのもなんだが、さすがに不仲の期間が長かったから、どういうふうにリーンハルトの瞳を見つめたらよいのかがわからない。

（でも、まさかリーンハルトが私を好きだったなんて！）

それだけは、この六年間、本当に思いもしなかったので、また顔が赤くなってきそうだ。

火照りそうになる頬をしずめるため、必死で頭の中をひっかき回した。

（なにか、話題を探さないと……！）

恥ずかしくていたたまれなくなる。咄嗟に思いついた話題を縋るように口に乗せた。

「あ、公務といえば、シュレイバン地方はこれからどうするの？　冬の間は、どうしても乾燥野菜が多くなるから、できるだけオレンジを南から輸送するにしても」

ぴょんと指を立てて口にしたが、こんな時にすぐ思いつくのが公務だけというのも情けない話だ。

（あら？　ひょっとしたら、夫婦仲がうまくいかなかった理由って、私のほうにもあったのかしら？）

よく考えたら、ひどく不器用なような――。

思ったが、目の前に座るリーンハルトはイーリスの言葉に腕を組みながら、ゆっくりと頷いている。

「それについては、今後国を挙げて寒冷地向きの農作物の品種改良を行っていきたいと思う。もともと、シュレイバン地方は土地が痩せているせいで、銀細工に仕事を求めて発展してきた地域だ。それに、春になれば青菜が育つ。これならば、ほかの作物と違い短期間で大きくなるから、住民の栄養不良を解消するためにも、積極的に農家への種を助成していくつもりだ」

（えええっ！　いつの間に、そこまで！）

知らない間に考えていたのか。

「すごいわ！　リーンハルト」

思わず前のめりになって称賛する。

「あ、でも土地が痩せているのなら、一緒に肥料も助成したらどうかしら？　干鰯《ほしか》や魚粕《ぎょかす》とかで土壌ごと改良すれば、収穫量も上がると思うし」

実際、日本の江戸時代の農業は、それのお蔭で大きく発展した。

きらきらとした目で語ったが、次の瞬間、見つめてきたアイスブルーの瞳にはっとしてしまう。

（あああー。私の馬鹿！）

せっかくリーンハルトが良い案を考えて感心している最中なのに、どうしていらない口を出してしまうのか。

（きっと、また余計なことをと怒られる……！）

覚悟したのに、見上げた姿勢のまま固まってしまったイーリスを眺めていたリーンハルトの口元は、ふっと柔らかく微笑んだ。

「そうだな。それもあわせてすれば、もっと良い案だ」

「え……」

まさか、そのまま受け入れてもらえるとは思わなかった。

（なにかが変わったの……？）

これまでと――。

そう思ったところで、馬車ががたんと大きく揺れた。

「危ない！」

座席から体が浮いて投げ出されそうになってしまう。前から伸ばしてくれたリーンハルトの手のお蔭で、どうにか床には転がらずにすんだが。

「大丈夫ですか⁉　大きな石が落ちていたので、よけきれなかったようです」

「ああ。俺たちは無事だ」

無事ではない――。

馬車の外を守る兵士に向かって叫んでいるリーンハルトに、肩を抱きしめられた形になったイーリスは、顔が爆発しそうだ。

「あ、ありがとう」

慌てて身を離そうとしても、まだリーンハルトの両腕はイーリスの肩から離れようとはしない。

「リーンハルト？」

どうしたのと見上げれば、リーンハルトは、イーリスの崩れかけた体を支えたまま、どこかもじもじとしているではないか。

「その……なんだ。こちらに座らないか？　もし、また転げそうになっても、すぐに横から手で支えてやれるから……」

（つまり……横に座ってほしいの？）

たったそれだけのことを言うために、リーンハルトの顔は、多分先ほどまでの自分の顔よりも真っ赤になってしまっている。

「もう――」

くすくすと笑いがこぼれてきた。

「そんなふうにお願いをされたら断れないでしょう？」

座るだけなのに――。そう思って、リーンハルトの手が促すまま隣に腰かけたが、どうしてだろう。肩が触れるぐらいの距離に座っただけで、ひどくドキドキとしてしまう。

（なにを今更意識しているの⁉　六年間、毎日向かいに座って、朝食を一緒にしてきたのと同じでしょう⁉）

座っているだけ、座っているだけと心の中で何度も唱えるのに、横からはリーンハルトがアイスブルーの瞳で、じっとイーリスの顔を見つめてくる。

さらりと、肩にかかるイーリスの髪を一束手にした。

「リーンハルト？」

「綺麗《きれい》だ……」

そのまま、捧《ささ》げるように髪を持ち上げられる。

「初めて会った時から思っていた。なんて綺麗なんだって。そして、ずっと触れてみたかった……」

ふわりと落とされる唇に、心臓は今にも爆発しそうだ。

(待って待って！　綺麗って髪のことよね⁉)

自分は今までに一度でも、リーンハルトからそんなふうに告げられたことはない。

(いくら、これまでのことを反省して、やり直すと決めたからって！　ちょっと素直になりすぎなんじゃないの⁉)

俯いたリーンハルトの銀の髪が、自分の持ち上げられた髪にさらりと触れてくる。ドキンとした。これでは、心臓がいくらあっても足りない。速まってくる鼓動に焦ったところで、走っていた馬車がかたんと車輪の動きを止めた。

「王宮に到着でございます」

ちっ、とリーンハルトが、髪から顔を上げる。

「もう着いたのか。街道の整備に力を入れすぎたようだな」

野暮な奴らめと呟いて外を見ているが、イーリスにすれば助かったの一言だ。

(これ以上は無理だから！)

さすがに、つい先日まで本気で離婚を考えていた相手に、これ以上口説かれては心臓がもたない。

(いくら、私もリーンハルトが好きだったとしても！　心と頭はそう簡単に切り替わってはくれないから！)

第一、リーンハルトには今のが口説いていたという自覚もないだろう。

（あれ？　私、こんな調子で、本当に再婚できるのかしら？）

先ほども以前と同じことを繰り返してしまいそうになったのに――。

前に一度仲直りできそうだったあの時だって……。思い出した記憶に、握りしめた指の先が、ひやりと冷えていくような気がする。

（本当に……同じことには、ならないの？）

ふと、心に黒い影が落ちた時だった。

「出ないのか？」

座ったまま、馬車から降りてこないイーリスを不思議に思ったのだろう。先に降りたリーンハルトが、外から手を差し出してくれる。

「ええ……」

手が冷えていることに気づかれないだろうか。不安に思ったが、差し出された広い手にそっと手のひらを重ねて降りると、リーンハルトのアイスブルーの瞳が優しく微笑んだ。

ううん、今度こそ大丈夫――と、自分自身に言い聞かせるように、心の中で首を振る。

今は考えすぎてもよくない。再婚までの猶予は、まだ百日もあるのだから。

――きっと今度こそやり直せる、とリーンハルトの顔を見上げた。

エスコートされながら立った王妃宮の前の広場では、既に数人の官吏が出迎えに来ている。

その奥にあるクリーム色を基調に彩られた宮殿が懐かしい。柔らかな色の壁には、金の装飾が気品のある曲線で施され、青い空の下に優雅な姿を描きだしている。

「なんだか久し振りな気がするわ……」

ほんの半月ほど離れていただけなのに。

「疲れただろう？　すぐに命じて、部屋に温かい飲み物を用意させるから」

一日の距離とはいえ、ずっと馬車に揺られていたからだろう。気遣ってくれるリーンハルトの言葉が嬉しくて、こくんと頷く。

ふと周りを見回した時だった。

「イーリス様」

響いてきた声に後ろを見れば、後続の馬車からは地方官が治める石の館で治療を受けていたギイトが、元気な様子で降りてくるではないか。

「ギイト！」

こちらに近寄って礼をしている姿は、いつもと同じ柔らかな笑みを浮かべている。

「もう体は大丈夫なの⁉　どこか痛いところとかはない？」

拷問などを受けてはいないようだったが、なにしろ冬の寒い牢《ろう》に火もなく入れられていたのだ。牢から出した時には、さすがに体が冷え切ってしまっていて、念のためにとツェルガー医師の許で、治療を受けていたのだが。

「もうすっかり元気になりました。イーリス様には、ご心配をおかけして申し訳ありません」

「そんなことはいいのよ！　もともと、私の家出についてきてくれたせいだったのだし！」

本当ならば、毎日でもお見舞いに行きたいところだった。しかし、駆け落ちという変な噂《うわさ》が騎士たちに広まっている以上、王妃がただの神官の許へ頻繁に訪れるのは周囲を誤解させかねないとリーンハルトに言われて、コリンナに様子を見に行ってもらっていたのだ。

内心では、リーンハルトがきちんと手当てを受けさせてくれているのか、心配だったのだが――。

今、目の前で笑っているギイトは、顔色も良く、牢で汚れた神官服も洗われた清潔なものへとなっている。

「よかった……。ギイトが元気になってくれて……」

彼が、自分のせいで病気になったり、命を落としたりなどしていたら、どれだけ悔やんでも悔やみきれなかっただろう。

ずっと兄のように思い、心の支えにしていた神官の変わらない薄茶の瞳をじっと見上げる。

「イーリス様……」

優しくこちらを見つめてくれる瞳が嬉しい。なぜか気持ちがほっとして、こぼれた笑みのまま体の向きを戻した。

「ありがとう、リーンハルト。約束どおり、ギイトを手当てしてくれて……」

言いかけた瞬間だった。

(――えっ⁉)

こちらを見つめているひどく冷たい眼差しに気がついたのは。

先ほどまでは、穏やかに微笑んでいたはずの瞳が、まるで冬将軍が訪れたかのように凍てつきながら二人の姿を眺めているではないか。

「リーンハルト……?」

冷えたアイスブルーの瞳に、声さえもが震えてくる。

（知っているわ……。この眼差し……）

――あの時と同じ……！

脳裏に、約束をした十四歳の当時の光景が瞬いていく。

あの時も、きっかけは自分を見つめるこんな冷たい眼差しだった。

（すべてが元通りになると思っていたのに、守られなかったあの約束が……！）

脳裏に、あの秋の夜が駆け巡っていく。怖い。また同じことになったら――！

ぎゅっと扇を握りしめて、甦ってくる恐怖に耐えようとした。

前で見つめてくるイーリスの眼差しに、気がついたのか。はっとしたように、リーンハルトが瞳を逸らしていく。

その姿でさえもが、あの遠い日の光景になにもかもが似ているではないか。

「リーンハルト……！」

慌てて声をかけようとした瞬間だった。

周囲に並んでいた出迎えの人の間から、急に黒い髪を揺らした一人の男性が進み出てきたのは。

居並ぶ官僚たちの前へと歩き、まるで全員を従えるかのようにして正面に立つ。そのままリーンハルトとイーリスの視線を受け止めると、ゆっくりと慇懃《いんぎん》に身を屈めた。

「陛下、ご無事のご帰還をお慶び申し上げます」

頭を下げ、挨拶を口にしながらも、じろりと紫の瞳だけでイーリスを見据える。

「ですが陛下。おそれながら、イーリス様を王妃宮に入れることはできません」

「なっ――！」

突然なにを言い出すのか。

同じように隣で息を呑《の》んだリーンハルトと見つめたが、出てきた男は、これだけは譲ることができないというように、屈めた姿勢から冷徹な瞳でイーリスを凝視し続けた。


ごくっと息を呑む。イーリスは、あとから現れたにも拘わらず、出迎えにきた貴族をすべて後ろに引き連れるかのようにしている男の姿をじっくり見つめた。

肩より少し長い黒髪に、冷たい片眼鏡をかけた男だ。いや、冷ややかさを感じるのは、彼の眼鏡ではなく、その奥から見つめてくる紫色の瞳にだろう。

どちらも貴族では滅多に見ない色だ。年の頃は、おそらく三十代半ば。官僚を従えるほどの有力な貴族ならば、どこかで会っているはずなのに、どれだけ考えてもこの顔には覚えがない。

（誰――!?）

ごくりと唾を飲みこんだところで、隣に立つリーンハルトが頭を下げたまま窺《うかが》ってくる男へ、不機嫌そうに返した。

「どういうことだ、グリゴア」

「グリゴア……」

今口にした名前は聞いたことがある。たしか貴族たちの間でも、特に有力な一派を従えるエブリゲ家の跡取り息子だ。人の口に上るほど優秀で、近年は大使として隣国に赴任していると聞いていた。三十代の半ばになっているのなら、いくら外国に赴任していたとはいえ、とっくに家督を継いで一度ぐらいは会っていてもおかしくはない年なのに。

その彼が、なぜ今ここで自分が王妃宮に入るのを阻止してくるのか――。

疑問に思う前で、グリゴアと呼ばれた男は、ゆっくりと落ち着いた所作で、屈めていた体を持ち上げていく。

「イーリス様にはお初にお目にかかります。このたび、帰国に伴い家督を継ぎ、元老院の一席を引き継ぐこととなりました」

(今！　王妃ではなく、個人名のほうを用いた！)

不遜ではない。貴族社会でも親しくなれば、打ち解けた席ではよくあることだ。

だが、今ここで家督相続の挨拶とともに用いたということは、彼は自分を王妃とは認めないという明らかな意思表示ではないか。

(帰ってきた途端に、これ⁉)

「イーリス様⁉」

「どうされました⁉」

後ろから、別の馬車に乗ってきた陽菜《ひな》とコリンナが急いで駆け寄ってくる。近づいたせいで、どうやら目の前に立つ男との緊迫した雰囲気を感じとってくれたらしい。

「無礼だぞ、グリゴア！　王妃たるイーリスに礼儀を尽くさないとは！」

「そうです、そうです！　イーリス様はとても優しい王妃様なんですから、通せんぼうなんて意地悪をしてはいけません！」

後ろの少し離れたところから陽菜が声援を送ってくれる。しかし、生憎とその言葉ではなにが無礼なのか、かえってわからなくなってしまう。一瞬、こめかみを押さえたが、目の前で王妃宮への帰還を阻みながら見つめてくるグリゴアは、ふっと笑った。

「無礼もなにも――イーリス様は、離婚を決意され、王妃ではなくなられたそうではないですか」

「まだ離婚届は書いてはいない！」

（ちょっと！　なに潔くないことを堂々と宣言しているのよ⁉）

驚いて横を向いたが、リーンハルトは自分を見つめるイーリスの視線には気がついていないようだ。

（あ、まさか……。ひょっとして、このまま有耶無耶《うやむや》にするつもりなんじゃないかしら……）

嫌な予感に、思わず金色の睫《まつげ》を半分伏せる。汗が滲《にじ》んでくる前で、グリゴアが黒い睫を同じように一度完全に伏せた。そして、すっと紫色の目を開く。

「まだ――ということは、やはり離婚は既定の未来。ならば、ここは王妃宮です。王妃でなくなる方を入れるわけにはまいりません」

「つまり……王宮を出ていけと？」

「なっ！」

横で、リーンハルトが驚くが、イーリスにしてみれば、帰ってきた途端、売られた喧嘩に握りしめた拳が震えてきそうだ。ぎゅっと眉を寄せて見上げても、グリゴアは涼しい顔をしている。

「ご自由に――。と申し上げたいところですが、イーリス様は聖女。たとえ宮に居場所をなくされたとしても、いくらでも神殿が住まいを用意してくださるでしょう」

丁寧な言い方をしてはいても、出ていけと同じ意味だ。

（その神殿の中の者が、今回陽菜に肩入れをして、なにをしでかしたと思っているの⁉）

神殿には、ほかにも、新しい聖女を担ごうとする人間がいるかもしれない。いや、それどころか、状況によっては、目障りだとばかりに殺されるかもしれないところへ、わざわざ自分から飛びこんでいけというのか。

聞いた言葉に、怒りが全身に広がっていく。震えかけた手をさらに強く握りしめて、口を開けようとした。その瞬間、横から伸びてきた手が、身を乗り出したイーリスを制する。

「待て！　まだ民には公表していないが、今回イーリスは聖姫《せいき》の称号を授けられた」

響いた声に横を見れば、真剣な表情のリーンハルトが自分を庇《かば》うようにして立っているではないか。

「聖姫は、リエンラインでは古より特に王妃の中の王妃として認められた聖女だけが賜る称号だ！　それを離縁するから放逐するなど！　この称号だけでも、イーリスが王妃宮に入る資格は十分ではないか！」

「それは、奇跡を成し、聖姫という王と並ぶ存在と認められた最高峰の聖女を王室から出すことで、権力の二重構造を引き起こさないために行われてきた慣例です。確かに、イーリス様は陛下と離婚されると決められながら、聖姫の位を授けられた。このまま放置しては、陛下の治世の危惧となるのは必定」

「ならば！」

「ですが」

窺うように、こちらを見つめてくるグリゴアの紫の瞳が、ゆっくりと不穏な色にきらめく。

「神殿に入られたのち、二度と世俗に関わらないと宣言されるのならば、問題はないかと」

ふっと笑う。

「これまで慣例として、聖女は神殿に所属しながらも婚姻を認められてきました。しかし、本来神に仕える者は生涯独身を貫き通すものです。幸い、今神から賜った聖女様はお二人。イーリス様が陛下と離婚されるのならば、剃髪《ていはつ》され聖姫のお勤めに専念し、もう一人の聖女である陽菜様を王妃としてご伴侶に迎えられれば問題はないかと」

剃髪――！

がんと頭を殴られたような気がした。

長い髪を剃《そ》り落《お》として、生涯を尼として生きろというのか！

「この……！」

「イーリス以外とは結婚はせん！　たとえ、誰がなんと言ってきたとしてもだ！」

「リーンハルト……」

自分よりも先に叫んでくれる姿に、胸がじーんとなってくる。

「ああ――」

しかし、その様子にグリゴアはにこっと笑った。少しも穏やかでない、まるで猛禽《もうきん》のような笑みだ。

「もちろん、イーリス様が離婚を取りやめられると言われるのならば話は別ですが」

鼻で笑うように告げられた言葉に、一瞬血の気が引く。

（離婚をしない――――）

それは、今回も約束が守られないということだ。

思い出した数年前の顚末《てんまつ》に、心の奥から、ぞくっと恐怖が這《は》いだしてくる。

記憶の中に浮かんできた冷たいアイスブルーの瞳の面影を振り払うように、必死で一歩前へ進み出た。

「離婚は――するわ。約束どおり」

「イーリス⁉」

庇っていた腕から飛び出して、宣言したことに驚いているのだろう。横で、リーンハルトが焦ったように、目をぱちぱちさせている。

「そのうえで百日後に再婚するのかどうかを決めるわ！　これは民にも公言した二人の約束よ！」

「なるほど――」

ゆっくりとグリゴアが、顔にかかっていた髪を掻《か》きあげる。王たちの前でする仕草としては無礼このうえないが、不思議なほどこの男の所作はそれを感じさせない。

「わかりました。ではそのように対処させていただきましょう」

ぱちんと指を鳴らすのと同時に、控えていた兵たちが後ろから走り寄り、両側から陽菜の体を拘束していく。

「陽菜⁉」

「イーリス様！」

「グリゴア、いったいなにを⁉」

勝手にどこへ連れていこうとしているのか。焦って追いかけようとしたのに、咎《とが》めるリーンハル

トの言葉にも、グリゴアはただささらりと笑うだけだ。

「イーリス様のご意思を尊重させていただくだけですよ？　イーリス様のご希望で離婚をされる以上、再婚の届に署名をされるまでは、陽菜様はイーリス様と並ぶ陛下の御伴侶候補。万が一のことがないように、こちらで身柄を保護してお預かりします故」

「いつから、この国では拉致を保護と言い換えるようになったの？」

「さあ――、一度学者に研究させてみましょう」

のれんに腕押し。腹立たしいが、その間にも陽菜は両腕を摑《つか》まれて、王宮のほうへと連れていかれる。

「陽菜！」

ただ遠ざかっていく陽菜の背中と、用は終わったとばかりに頭を下げて踵《きびす》を返すグリゴアの後ろ姿に向かい、イーリスの叫び声だけが響き渡った。


「ふざけないでよ！」

出迎えの者たちが下がったあと、怒りが頂点に達して、思わず側にあった樫《かし》の木の幹を、拳で殴りつけてしまった。

「イ、イーリス様……」

後ろから慌ててギイトが駆け寄ってくるが、さすがにこれは自分でもやりすぎたと思う。

「馬鹿、なにをやっているんだ！」

急いでリーンハルトが赤くなった手を取ってくれる。だが、今更痛い顔なんて見せられない。

「なによ、あの男⁉」

ひりひりする手をリーンハルトに預けたまま、泣きたくなる気持ちをぐっと抑えつける。

「男――グリゴアか？」

「そうよ！　私に王妃宮に入るなと言ったり、剃髪をさせようとしたり！　そりゃあ、勝手に飛び出した私が悪いのはわかるわよ！　……だけど」

（せっかく、今度こそリーンハルトとやり直そうと思って戻ってきたのに……）

最初から、自分はもはや王の伴侶候補の一人に過ぎないのだと釘《くぎ》を刺されてしまった。確かに前とは違い、今では自分に故国の政治的なバックアップがないことは知っている。むしろ六年という不仲があったせいで、睦まじそうに寄り添いあったリーンハルトと陽菜のこれまでの姿を見ていれば、新しく出直す伴侶にイーリスではふさわしくないと思うのも無理はないだろう。

（だけど……私だって、好きでうまくいかなかったわけじゃないのに……）

長い夫婦生活では、このまま諦めず、どうにかやり直したいと願っていた頃もある。

思い出した記憶に、心の中がずきんと軋《きし》むように痛んだ。

だめだ。今まで我慢していたのに、まさか帰った途端、ここまで情けない扱いをされるとは思わなかった。行くあてがないと知りながらも、王宮を出ていけと言われる。もしくは、神殿に行って、陰謀によって殺されてもよいだなどと――。

「誰が、あいつの思いどおりになんかなってやるものですか！」

ぐっと拳を握りしめる。

死ねと言われて死んでやるほど、お人好しではないのだ。

「すまん、あいつは昔から石頭で……」

どこか戸惑ったように弁護しているところを見ると、どうやらリーンハルトはグリゴアとは少なからぬ面識があるようだ。

「まるでよく知っているような口ぶりね」

外国に長くいたのに。

疑問を呈しながら、すっと目を細くすると、少しだけリーンハルトの視線が慌てた。

「ああ。それは幼い頃、俺の指導役だったから」

「なるほど。それで、王の前でもあれだけ不遜な態度というわけ?」

「ああ、だから、あいつが俺の意向を無視するはずはないんだが……」

腑《ふ》に落ちないというように顔をしかめている。しかし、向こうからすれば、リーンハルトは最高の玉座につかせるために自ら教え導いた存在なのだろう。それが六年もの間の冷えた結婚生活。さらに、今回の離婚騒動とくれば、グリゴアにしたら面白くなくても仕方がない。

(それならば、いっそ陽菜と再婚させたいと思うのも道理よねー)

なにしろ、公然と恋人と囁《ささや》かれるほど気の合っていた二人だ。誰が見ても、やり直すのなら陽菜とのほうが幸せになれると考えるだろう。

(そうよね……。六年間、失敗していた私よりも)

苦虫を嚙《か》み潰《つぶ》しながら納得してしまったが、その前でリーンハルトはこほんと咳払《せきばら》いをしている。

「それで……どうするつもりだ?」

訊《き》いてくる頬が、微かに赤らんでいる。

「うるさいあいつのことだ。本当に元老院や貴族会の派閥、法令を駆使してでも、君を王妃宮から閉め出す気だろう」

「そうね。腹が立つから、ここで野宿と言ってやりたいところだけれど、さすがに冬に百日はきついし。かといって、神殿に行って剃髪なんてもっとごめんだし」

うーんと少し考えこむ。その前でリーンハルトの顔が、ぱっと輝く。

「あ、ああ……！　そうだな。それなら」

「仕方がないから、街で部屋でも借りるわ！　持ち出した嫁入り道具の宝石を一つか二つ売ればどうにかなると思うし」

「だから、なんでそうなる⁉」

王家由来だからって、盗品扱いしないでねという意味で明るく告げたのに、なぜかリーンハルトはくわっと目を剝き出している。

「君は自分の立場をわかっているのか！　俺の！　まだ離婚していない妻で、しかも百日後には再婚をするというのに！　そんな周り中に男がいるような場所で生活をするだなんて！」

「え、でも、今日には離婚をする約束だし。それに再婚するまでは、妻じゃなくて婚約者候補の扱いなんだから……」

（わかりにくい）

相変わらずのこの反応。だが、先日告げられたリーンハルトの気持ちとあわせて推測すると、要するに『俺というものがありながら、ほかの男と親しくなりそうなところでの居住は許さん』という意味なのだろうか。

（もっと素直に、立場を考えろとか言えないのかしら？）

それはそれで腹が立つが、今の難解な態度よりは、ずっと意味が通じると思う。

（ひょっとして、このままま喧嘩？）

いつものパターンならばそうなると、ひやりとしたのに。なぜか今日のリーンハルトは少しだけ頬を赤らめているではないか。そして、こほんと咳払いをした。

「だから……王妃宮に入れないのなら、俺のところで生活をしないか？」

「え？」

それは——。一瞬、思考が停止した。

（——まさか一緒に暮らしたいということ？）

「ほら！　やはり、女が街で一人暮らしというのは物騒だ！　その点、俺のいる瑞命宮なら、君がいた王妃宮とは渡り廊下一本で繋《つな》がった近さだし、王妃としての格も保たれる。利便性が良く、衣食住を心配する必要もないし」

（ひょっとして……！　さては、それが狙いでさっき王命を使って止めなかったわね？）

王妃宮を強引に開けさせなかったのも、陽菜が連れていかれるのを黙認していたのも、二人で過ごせるチャンスと踏んだから！

確かに、グリゴアの務めるこの国の元老院は、有力な五つの貴族の派閥を率いる者が王の政策の相談と補佐を行う機関で、そのための強い権限があるうえに、幼い頃の指導役が相手では簡単に口だけでは勝てないというのもあるのだろう。それにしてもせこい方法に、さすがに素直に頷く気にはなれない。

「うーん」

（というか、本当に約束を守る気はあるのかしら？　機会があれば、これ幸いと離婚から逃げ切ろうとしそうな感じがするんだけれど……）

なにしろ、一帝二后《いっていにこう》制度まで言い出して離婚を拒んでいたのだ。

（温かい寝床は助かるけれど、そのままずべてをなしくずしにされそうだし）

第一、少し前まで本気で怒り狂い、悲しい想いをさせられてきた相手だ。やり直すと決めたとはいえ、急に毎日朝も夜も顔を合わせて、どんなふうに接したらいいのかなんてわからない。

自分も頑張ると決めはしたが――。

（待って！　それにリーンハルトは私を抱きたいと言っていたわよね？　これは、つまりそういうこと？）

たとえ、約束どおり離婚をしても、夜中まで一緒にいれば、そのままそういう関係になりかねない。いや、むしろ好きな相手と一緒にいて、ならないほうがおかしいだろう。

「だめか……？」

頬を染めて初々しく尋ねてくる。しかし、とても二つ返事で了承というわけにはいかない。

（うわーん、どうしよう）

まさか、いきなり同居を求められるとは思わなかった。恥ずかしさと困惑で頭がぐるぐると回りだした時、側の常緑樹の茂みががさっと音を立てた。

「あのう……」

うんと、首を傾げて横を向けば、おずおずと一人の青年が声をかけてくる。

「よろしければ、私が管理しております離宮で過ごされませんか？」


王宮の東端にある離宮に入り、イーリスはようやく人心地をつくことができた。

「ふう、なんとか夜露をしのげる場所が見つかって助かったわ」

しのげるなどと言ってはいるが、それにしては上等だ。絨毯《じゅうたん》に置かれた椅子は、すべて薔薇色《ばらいろ》で統一され、白い壁に囲まれた室内を華やかに彩っている。四方の壁には、いくつもの絵画と飾られた弓たち。天井から伸びて施された蔦《つた》の装飾は、窓からの光に控えめな色ながらも慎ましく輝いている。窓に近づいて外を眺めれば、周囲は小高い塀でぐるりと囲まれ、庭の中から塀の外遠くまでいろいろな木々の生け垣が広がっているようだ。

「清楚《せいそ》で落ち着いた美しさの離宮ですね。私はイーリス様にお仕えして六年になりますが、こんな建物があるとは知りませんでした」

心から感嘆したようにギイトが呟く。

「それは、私も同じよ。あなたがここを全部管理されているの？」

椅子に座って頷きながら尋ねれば、先ほど突然木陰にある小道から枝を掻き分けて声をかけてきた青年は、穏やかな笑みを浮かべている。

「お気に召していただけて、幸いでした」

言葉とともに、ことんとイーリスたちの前にお茶を出す。

「私はハーゲン・ダスキシリングと申します。宮中省に所属しており、今はこちらの建物の管理を任されております」

宮中省。平安時代の日本でいう宮内省にあたる組織のことだ。宮殿内の建物の管理、食事、清掃、さらには王族の治療や女官の統括までもを行う機関だ。

広い王宮には、イーリスでさえまだ入ったことのない建物がいくつもある。

お蔭で助かったと、少し赤みがかった茶色の髪の青年を見上げた。顔にそばかすがあるせいだろうか。にこっと栗色《くりいろ》の瞳で微笑まれると、前世で見た大学の同級生たちを思い出す。

（それにしても――）

くるりと、横のハーゲンから前を向く。するとそこには、テーブルに柔らかな紅茶の香りをくゆらせながら、ずうんと落ちこんでいるリーンハルトの姿があるではないか。

「……せっかく、初めて一緒に暮らせると思ったのに……」

残念がってくれるのはありがたいが、やはりそれを企んでいたのかと突っこみたくなってしまう。

（本当に、なにを狙っているのやら）

こんな状態で、今日約束どおりに離婚届にサインをしてくれるのだろうか。

（なんだか怪しい気がするわ……）

とは思ったが、取りあえず今はやっと落ち着くことができた香りに、カップに顔を寄せた。その時ひょいっと横から、コリンナが覗きこんでくる。

「イーリス様。持ってきた荷物をお解きしたのですが、さすがに百日の間これだけでは足りません。今から王妃宮に行って、女官に話し、身の回りのドレスだけでも運びだしてこようと思うのですが」

ぴくりとリーンハルトの肩が揺れた。

「コリンナ。あなたも疲れているでしょう？　それは、少し休んでからでも……」

「いいえ、逆に早く片付けてしまわないと気分が落ち着かないんです。お茶は、全部終わってからゆっくりとギイトといただきますから」

ちょっと荷物持ちに借りますねと、側にいたギイトの腕を強引に掴んでいく。

「いたたた！　そんなに強く引っ張らなくても！」

「いいから、一緒にいらっしゃい！　まったく気がきかないんだから！」

真面目すぎるのも考えものなのよと、コリンナがギイトの袖を引っ張っていく。賑《にぎ》やかな声が出ていけば、必然的にリーンハルトと二人きりになってしまった。

（いや、まだハーゲンがいるから！　厳密には二人きりじゃないし！）

しかし、なにを話せばいいのか。ぱたんと閉まった扉を追うように目を動かしたが、それと同時に今まで俯いていたリーンハルトが顔を上げていく。

「王妃宮の女官か……。多分、そろそろ戻っている頃だとは思うが……」

「うん？」

なにか変な呟きを聞いたような気がする。

「どういうこと？　まさか、私が飛び出したから、全員解雇だなんて――」

「いや、拘束して全員牢屋に収監しておいただけだ。いざというとき、君を追う手がかりになるかもしれないと思って」

紅茶を噴くかと思った。

「ちょっと！　なにをさりげなく告白しているのよ！」

知らない間になんてことをしてくれているのだ！　叫んだのに、目の前にいるリーンハルトはイーリスに負けじとアイスブルーの瞳を見開いている。

「仕方がないだろう⁉　あの時は本当に焦っていたんだ！　第一、王妃が行方不明になる事態を防げなかった！　これが家出ではなく、拉致や監禁だったら死罪ものの事態だ！」

殺していないだけ温情のある処置だと思えと告げているが、まさかここまで思い切ったことをしているとは考えなかった。

「どうしよう……。王妃宮に入ってから、どんな顔でみんなの前に出ればいいのよ……」

「安心しろ。必ず君を連れ戻すつもりだったから、牢に収監したといっても、本当に閉じこめただけだ。拷問もしていないし、入れたのも豪華な寝床のついた個室用の部屋だ」

「ちょっと待って！　それ絶対に政治犯用の牢獄《ろうごく》でしょう⁉」

罪を犯した貴族を閉じこめるという――。

「君が再婚の約束をしてくれたあと、すぐに元の部署へ戻すように伝令を出した。だから、王妃宮の活動もそろそろ元通りになっているはずだが」

「さては、それでさっき強引に王妃宮を開けさせなかったのね⁉」

ひょっとしたら、まだ用意が整っていないかもしれないと思って。ぷいとリーンハルトは横を向いていくが、その顔は間違いなく図星だ。

（こんな事態にならなければ、そのまま黙っているつもりだったわね⁉）

イーリスが出奔したことで、そんな処置を受ければ、これからは王妃宮全体がイーリスの一挙手一投足に敏感になるだろう。逃げ出そうとすれば、全力で包囲され、王に注進が走るのはまず間違いない。

「知らない間に、なにをしてくれているのよ！」

「仕方がないだろう。こっちはそれだけ必死だったんだ！」

「だからって、これからどんな顔をしてみんなと会えばいいのか……」

「安心しろ。出した職員は、王妃宮にいったん戻したうえで、新しい人員と交代させた。ただ引き継ぎに時間がかかったかもしれないというだけの話だ」

それに、こちらからの条件を承知してでも残りたいという者は、きちんと王妃宮に戻したぞと腕を組みながら言っているが、あまり嬉しくはない。

（ああーもう！　どんな顔をして、宮に戻れというのよ！）

百日の猶予ができて助かった。この間に、迷惑をかけたみんなに謝る言葉と、なにかお詫《わ》びの方法を考えておかねば。

頭を抱えて俯いた時だった。

「大変です！」

突然扉を開けて、王妃宮に行ったはずのコリンナとギイトが駆けこんでくる。慌ててはあはあと息をついているのは、よほどのっぴきならない事態が起こった証拠だ。

「どうしたの⁉」

急いで椅子から立ち上がり、駆け寄った。

まだ息が整わないが、身を投げ出すようにして走り寄ったコリンナは、伽羅色《きゃらいろ》の瞳でイーリスを見上げている。

「それが……今、王妃宮に行って話をしたら、イーリス様が使っていた物は、ドレス一枚といえど持ち出してはならんと、グリゴア様からお達しがあったと……！」

「なんですって⁉」

まだ息が切れて、うまく言葉を繋げられないコリンナに代わって、ギイトが続ける。

「王妃宮にある物はすべて次代の王妃様が使われる財産。たとえ元はイーリス様の物であったとしても、国家予算で作った以上勝手に扱うことは許されないと、元老院の命で一切を持ち出し禁止にされたとか！」

「あいつ……！」

きっとイーリスが家出した時に、物をほとんど持っていないことなど百も承知なのだろう。ドレスだって持ち出したのは、この翡翠色のも含めて、ほんの数枚だけ。そのうえで、そんなことを言い出すなんて――。

(百日間着た切り雀《すずめ》にさせて、王宮のあらゆる公式行事に参加させないつもり⁉)

いや、公式だけではない。非公式に開かれた夜会や茶会でも、決してリーンハルトのパートナーとして出席させないつもりなのだろう。

「でも……、それだけじゃないんです！」

ようやく息が整ったのか。苦しそうに繰り返していた呼吸を少し静めて、コリンナが必死で言葉を絞りだす。

「王妃宮に残った女官の話によると――さっき、陽菜様がそこに入れられたと！」

「陽菜が、王妃宮に⁉」

「はい……！　客室ではあるそうなのですが、王妃宮で遇する資格があると言われたとかで！」

女官たちもどうしたらいいのか困っているようですと叫ぶ言葉に、怒りが沸き起こってくる。

――グリゴア。

相手の意図など確かめるまでもない。

（では、どうしても陽菜を次代の王妃に据えたいのね）

姿を現してきた新たな不穏な空気に、ごくりと唾を飲みこむ。

怒りで頭の中が、沸騰しそうだ。

（よくもやってくれたわね――グリゴア）

拳をきつく握りしめるが、強すぎる怒りが逆に脳内を冴え渡らせていく。

（私から王妃宮を取り上げて、陽菜を使い、リーンハルトの側から追い出すつもりなのでしょうけれど……）

はんと頭の中で笑う。

（お生憎様だったわね！　王妃宮についてなら、何年も暮らしてきた私のほうが遥《はる》かに詳しいのよ！）

陽菜を王妃宮に入れたのが、あなたの運の尽き――と、イーリスは焦るコリンナの前で、不敵な笑みを浮かべた。

「どうしましょう、イーリス様⁉」

視線を下に向ければ、床に体を投げ出すようにしてコリンナが叫んでいる。

「このままでは、またイーリス様のお立場が危うくなってしまいます！」

確かに――それが目的なのだろう。

はっきりと見える相手の狙いに、顎に手をあてて、ふっと笑う。

「馬鹿な、陽菜を王妃宮になど！　俺は、一度でも陽菜が王妃宮に入るのを認めたことはないぞ⁉」

急いで近寄り、側で憤ってくれる声が、周囲の様子とはうらはらに冷めていく頭への声援になる。

「ねえ、リーンハルト」

だから、ゆっくりと顔を上げると、金色の瞳で、側に立つ姿をまっすぐに見つめた。

「たしか王妃宮の人員は、ほとんど入れ代わったと言っていたわよね？　それは管理職も？」

「それはもちろんだ！　下の者に罰を与えて、上の者の責任を問わないのでは本末転倒だからな。降格か、減俸をされても残りたいと希望した者以外は、すべて部署異動させている！」

聞かなければよかった――と心の中では冷や汗が出るが、今はそこに突っこんでいる場合ではない。

「そう……でも、それだったら責任者は不在なのね」

リーンハルトが自分を捜しに来た時間から考えても、現在王妃宮にいる管理官は、まだ王か王妃の承認サインが必要な正式な辞令は受け取ってはいないのだろう。

ならばと、笑みを浮かべて急いでテーブルに向かった。

「ハーゲン。今すぐ、便箋とインクを持ってきてくれるかしら？」

ああ、あと羽根ペンもと笑顔で言うと、すぐに手渡されたそれらで素早く文字をしたためていく。

そして、もう一枚別の紙を取り出すと、さらさらと書きつけて、リーンハルトに見せた。

「これでどうかしら？　よかったら、ここにあなたのサインをいただきたいのだけれど」

突然渡された紙には驚いたようだったが、中の文を覗きこむと、アイスブルーの瞳は笑みを浮かべた。

「なるほど」

面白そうに頷くのと同時に、イーリスの手からペンを取り、さらさらと名前を記していく。

「では、ハーゲン。あなたを王妃宮の準備ができているかの視察役に任命するわ」

「は？　私がですか!?」

突然の指名に驚いたのだろう。そばかすの中の目を何度もぱちぱちとさせている姿に、先ほど書いた手紙を差し出す。

「そうよ。そして、王妃宮を見て回り、客室にいるはずの陽菜にこの手紙を渡してほしいの」

「では、イーリス様……！」

ぱあああっと心配そうだったコリンナとギイトの顔が輝く。

「陽菜は、私と仲良くなりたかったと言っていたわ。それに、彼女を保護するのは、私がした約束だもの」

こんなところで勝手に誰かに利用させたりなどはしない。

その強い意志が伝わったのだろう。

「王妃様……」

手紙を差し出されたハーゲンは、感動したかのように見つめている。しばらくして、両手を伸ばし、イーリスから白い封筒を受け取った。

「はい――！　必ずや、任務を全うして、この手紙を陽菜様に渡してみせます」

「頼んだわよ」

にこっと少しだけ人の悪い笑みを浮かべて、部屋を出ていく後ろ姿を見送る。

「さてと！　じゃあ、あとは生活費のほうね！」

いくら王宮の中とはいえ、常日頃誰も住んでいないこの離宮に、百日間幾人もが滞在できるだけの余分な予算があるとは思えない。

「王妃の化粧料を使えば、王妃ではなくなるのに手をつけるつもりかと、グリゴアに言われるのは目に見えているし……。きっとこの分なら、宮中省にも手を回しているわよね。とはいえ、最低限でも食費は必要だし」

顎に指をあて、うーんと考えこむ。

「だから、俺の宮で生活をすれば！　君のドレスや化粧品ぐらい、王の私有財産でいくらでも……！」

「それは、なし」

それこそ、離婚をするというのにおかしな話だ。ましてや、離婚をしたら、自分はリエンラインの王族でもなくなるのだからと否定をすれば、アイスブルーの瞳がくわっと開いていく。

「なにがなしだ⁉　俺では君のものを揃《そろ》えるのに好みがわからないとでも言うのか⁉　それとも、俺では心配だと――」

「そうじゃなくて！　離婚をするのに養ってもらっていたら、それは愛人関係と同じでしょう⁉」

始まりそうになってしまった喧嘩に、慌てて言い訳をした。

（あ、またやってしまったわ！）

はっと焦って振り仰ぐ。

このままいつものように、喧嘩に発展するのかとひやっとしたが、アイスブルーの瞳は明らかにどよんと落ちこんでいく。

「愛人関係……」

それは嫌だ……。ほかの人と再婚されてしまうかもしれないじゃないか……と呟いて座ったところを見ると、どうやらこれ以上のことにはならないようだ。

続かないことにほっとして、ギイトのほうへ向き直った。

「だから、ギイトにお願いがあるの。これを神殿の大神官様にお渡しして、今の私の状況を話してきてくれないかしら」

「イーリス様の御状況を……ですか？　それは、かまいませんが」

いつになく歯切れが悪い。それでも手紙を受け取ると、少しだけ下を向いた。

「少しだけ……帰りが遅くなるかもしれません……。神官として、このたびのことを大神官様に報告し、ご裁可を仰がねばなりませんので……」

「あっ――！」

言われて、ようやく思い出した。そうだ。リーンハルトに牢屋から解放されて、すべてが終わった気になっていたが、神殿からすれば、補佐につけた神官が聖女を止めもせずに、一緒に国外への逃亡を図ったなど不祥事そのもの。なにもなくすむとはいかないだろう。

「待って……！　でも、あれは私が無理を言ったから」

「いいえ。私もお止めはしませんでしたから。神殿の決まりに従えば、罰を受けるのは当然です」

「そんな！」

静かにギイトは笑っているが、そんなのは嫌だ。自分を守ってくれた大好きな人が、自分のせいで罰を受けるなんて。

「それならば、行かなくてもいいわ！　コリンナか誰かを代わりにやるから！」

「いいえ。どうせいつかは、報告しないわけにはいかないのです。ならば、今このイーリス様の書状を預かって行くのが、神のご意思なのでしょう」

「そんな……」

自分のせいで、ギイトが神殿から罰を受けるかもしれない。心を冷たい影が覆った時だった。

「仕方がないな」

隣で今まで黙っていたリーンハルトが、かたんと席から立ち上がる。

「俺が神殿に口添えをしようじゃないか。立場上お咎めなしとはいかないだろうが、妃を連れ出された当の王である俺が口添えをすれば、神殿も重い罪には問えないはずだ」

「ええっ⁉」

びくっとして振り返った。

（どうしたの、急に⁉　さっきまで、あれほど冷たい瞳で、私とギイトのことを睨《にら》んでいたくせに！）

いや、今までも、なにかあればギイトのことは目の敵《かたき》にしていたはずだ！

「それは……。ですが、陛下御自ら足を運んでいただくなど……」

イーリスだけではない。申し出られたギイトですら驚いているのに、近寄ってきたリーンハルトは、少しだけ決まりが悪そうな顔をしている。

「気にするな。今回のことで、イーリスとやり直すきっかけになったのは事実だ」

こほんと咳払いをしてから、イーリスを見つめる。

「大神官との話し合いで今日は遅くなるだろう。疲れているだろうから、イーリスは早くに休むといい」

「え……あ、はい……」

珍しいいたわりの言葉に、目をぱちぱちとさせてしまう。

（あれ……。さっきのは気のせいだったの……？）

ひどく冷たい目で、自分とギイトを見つめていたのに。そのままリーンハルトは、ギイトを連れて扉から出ていったが、ぱたんと音がして静まり返ったところで気がつく。

「あ――――っ！」

肝心の離婚届を書いていないではないか！　あれほど約束をしたのに！

（まさか、この期に及んで逃げ出すなんて！）

やはり書きたくないのだ！

往生際が悪いーっと、イーリスは金色の髪の中に手を差しこみながら身もだえた。

夜の食事をすませて出た暗い庭から見上げる塔の鐘が、ゆっくりと八回鳴らされようとしている。王宮のどの建物でも、夕食を終えた今頃が一番ゆったりとする時間だ。

王妃として過ごしていた頃も、急な用事や夜会がなければ、自分のために過ごせる数少ない時間――とはいっても、実際には国賓のもてなしや貴族から私的に招かれたりもするので、たまにしかなかったのだが。

王妃をやめたお蔭で珍しく訪れたその時間を、イーリスはすっかり暗くなってしまった東の庭園を歩きながら、ぷんぷんと腕を組んで怒っていた。

「やっぱり！　離婚届を書く約束が嫌だから逃げ出したんじゃない！」

今、イーリスが歩いているのは、昼間なら山茶花《さざんか》が美しい庭園だ。複雑な緑の生け垣がすべて白い花で覆われ、冬とは思えないほど華やかで美しい庭になっている。だが、そこに立っている人物が腕組みをして怒っているのでは、せっかくの優美な風景も台無しだ。

外套《がいとう》を着こんだイーリスに付き従っていたコリンナも、その言葉にくすっと笑っている。

「陛下も往生際が悪いですよね」

「まったくよ！　あんなに、帰るまでは王宮に着いたら書くと言っていたのに！」

やはり、なんだかんだと理由をつけて、先延ばしにするつもりなのだ。

「だいたい、ずっとギイトを目の敵にしていたくせに！　今になって減刑の口添えだなんて」

この間まで、首を刎《は》ねると断言していたのは、どの口なのかと叫んでやりたい。

「陛下は、本気でギイトを嫌っていますからね」

「まったくよ！　自分で死罪にする気満々だったのに、今更助命嘆願だなんて――」

（いや、待てよ）

吹いた夜風に金色の髪が一筋揺らされて、嫌な可能性に気がついた。

（そうだ……。死刑にするつもりだったのだ……）

ならば、減刑とは。

「まさか……これをチャンスととらえて、ギイトに終身刑を提案するつもりなんじゃないかしら……」

頬に伸ばした指の先が、かたかたと震えてくる。

「え、終身刑⁉」

「そうじゃなくても、死刑にする気だったんですもの。これ幸いと、減刑の名前にかこつけて、ギイトを島流しにしたり、無期の労働刑を科したり……」

やりかねない！

（昔から、気に入らないことには容赦がなかったリーンハルトですもの！　絶好の機会と、ギイトの王宮追放を企むのでは……！）

「あー……、確かに陛下ならありそうですが……」

俯いて首を捻ったコリンナにも、やりそうな心当たりがあったのだろう。

だいたい、家出の時の王妃宮に対する処置からしても、寛大という言葉が見受けられない。

「もし、そうなったらどうしよう⁉　リーンハルトが、これをチャンスとギイトを追放することを考えていたら！」

がばっと縋りつくように、コリンナに向けて手を伸ばす。

「落ち着いてください！　やりかねないとは思いますが、処罰を下すのは神殿です。普通の罪人に対する刑罰とは違いますから」

「でも……！」

「それに陛下は、今は誰よりもイーリス様に嫌われることを恐れておられます。まさか、再婚前にそんなことはされないと思いますよ⁉」

そうなのだろうか。

「だったら……いいのだけど……」

縋りついていた手が、コリンナの両腕から力なく垂れ下がっていく。

「本当に……リーンハルトは、私とやり直していくつもりがあるのかしら……？」

大丈夫――。そう思いたいのに、王宮に帰ってきた時に見た冷たい眼差しが脳裏をよぎり、心の中には重たいものが落ちていく。

「イーリス様……」

うなだれた姿を励ますように、コリンナがそっと肩に手を伸ばしてきてくれる。

「もちろんです！　陛下は、今度こそ、イーリス様と仲良く暮らしたいと思われていますよ」

「そうかしら……」

「ええ。だから、こんなことを申すのはなんなのですが……。あの、いっそこのまま離婚などされず、お二人でやり直されたほうが……」

そうしたら、王妃宮にも戻れますし、イーリス様のお暮らしやあの女狐《めぎつね》の陽菜様が伴侶候補にされそうな件もすべて解決できます。と、側からおずおずと声をかけてくる。

言葉を探しながら心配してくれる様子に、イーリスはふっと笑みを浮かべた。

「そうね。きっとやり直すのなら、離婚なんて言わず、今のままから始めるのが一番なのよね」

「イーリス様」

「――――でもね、すごく怖いの」

夜に広がる満天の星たちは、前世ではもう北にある六甲山に登らなければ見られなかったものだ。空に輝く星々を見上げ、ぽろりと言葉が落ちてくる。

「――でも、どうしても――また約束を守ってもらえなかったら……と、思ってしまって」

あの時も、きらめく星の下で、きっとこれで最初の二人に戻れるのだと胸を弾ませていた。指切りまでしたのだ。リーンハルトも同じ気持ちになってくれたのだろうと嬉しくて、夜会で踊れる時間をうきうきと心待ちにしていたのに。

星空を見上げるイーリスの寂しげな表情に、なにかを察したのだろう。

「イーリス様……昔、陛下となにかあったんですか?」

尋ねてくるコリンナの声に、過去を思い出して、ふと悲しい笑みがこぼれた。


あの日も満天の星が、秋の色づいた梢《こずえ》の上に輝いていた。

その日の夜会は、プロシアンから来られた王女の歓迎会だった。通常はパートナーがファーストダンスの相手をするものだが、国賓が未婚の女性の場合は、もてなしとして国王がファーストダンスの相手を務めることになっている。この場合は、本来のパートナーとは、ラストダンスを踊るのが慣例であるから、その日イーリスは治ったばかりの体を庭で少し休めながら、国賓の相手を終えたリーンハルトと話をしていた。

「プロシアンの王女様って初めてお会いしたけれど、すごく凛《りん》とした方なのね」

リーンハルトよりも八つも年上らしい。リーンハルトも背が伸びだしたが、一緒に並んでいる姿は、どう見ても年の離れた姉と弟という感じで、夜会の始まりはとても微笑ましいものとなった。

「次期女王候補だからな。まあ、無事に始まったのには、ほっとした」

「リーンハルトでも、やっぱり緊張するのね」

くすくすといつもより柔らかい会話が続くのは、こちらを眺めてくるアイスブルーの瞳が、今日はひどく優しい色な気がするからだろうか。

金色や赤い葉で頭上が彩られて見えるせいか。日頃冷たく思う瞳が、今は少しだけ微笑んでいるように感じる。

「体は――大丈夫か？　まだ治ったばかりだが」

その言葉に、うんと両手を握ってみせた。

「もうこんなに元気！　リーンハルトも大丈夫？」

「俺は、君より先だったし、熱も早くに下がった。――君のお蔭で」

少しだけ笑みを浮かべながら言われると、明かりに照らされた葉に背後を彩られた顔が美しくて、ぽんと頭に血が上ってきそうになる。

（な、なによ。リーンハルトの顔なんて見慣れているでしょう？）

ただ、この顔が、あの日自分に向かって「側にいて」と呟いたかもしれないと思うと、なぜか頬が急速に熱くなってくる。今までは、近くにいても、転生前の記憶があるからか。どこか年上のような気持ちで見ることができていたのに。どうしてだろう。今日は、ひどくリーンハルトの姿が、男の子っぽく感じて、じっと見つめてしまう。

――いつの間に、こんなに背が伸びていたのだろう。

それに顔立ちも子供の時とは変わって、どことなく男らしさが出てきた。

肩幅も以前より広くなったような気がする。そういえば、この間握られた手も、幼い子供のものから、しなやかな長い指に知らないうちに成長していた。

おかしい。今まではあまり感じなかったのに、今日はひどく胸がドキドキとしてくる気がする。

その鼓動を振り払うように、リーンハルトに向かって声をかけた。

「そ、それなら！　今夜のダンスは楽しみにしているわね！　昨日の約束のとおり――」

踊ってくれるわよねと白いレースのついたドレスを纏いながら、少しだけおずおずと上目遣いで見つめる。その前で、金糸で刺繍《ししゅう》がされた服を着たリーンハルトもゆっくりと微笑んでいる。

「ああ。結婚式の日のように――だろう？」

「うん」

覚えていてくれたのが嬉しくて、赤くなりかけた顔に笑みがこぼれた。

これできっと、また最初の二人に戻れる。

「本当は――俺も、ずっと前から」

少しだけ笑みを浮かべながら、リーンハルトがイーリスをまっすぐに見つめた時だった。

「イーリス様！」

「ギイト！」

響いてきた声に、はっと奥のほうを振り返ったのは。

視線をやれば、寝室にいる間は、女官たちに立ち入り禁止にされていたギイトが、ドレスを着ているイーリスを見て、嬉しそうに駆け寄ってくるではないか。

「お元気になられたのですね。よかった、今回ほど毎日神の像に祈禱《きとう》しかできない我が身をもどかしく感じたことはありません」

こちらを見つめてくる顔は、ほっとしていて、この優しい神官が、病の間どれだけ自分のことを心配してくれていたのかがわかる。

「ありがとう。でも、きっと早くに治ったのは、ギイトが届けてくれた神殿の薬湯のお蔭もあると思うわ。あれを飲むと、喉がすっとして、すごく食べやすくなったの」

「とんでもない。すべてはイーリス様が頑張られたからです」

「ううん。本当よ。届けてもらった薬湯を飲んだら、すぐに喉の腫れが引いたし。ねえ、リーンハルト」

病の間も、ずっと自分と一緒に朝食を取っていた姿を思い出して、同意を求めるように振り返った時だった。

（えっ――――）

側でこちらを見つめている凍えるような瞳に気がついたのは。

先ほどまでは、確かに頭上を覆う紅葉に彩られながら優しく微笑んでいたはずの瞳が、今はまるで冬将軍に包まれたかのように、冷たい氷の色で、こちらを見つめているではないか。

「……リーン、ハルト……？」

名前を呼ぶ声が、震えてくる。

どうして、そんな瞳でこちらを見つめているのか――。

指の先までおののきが走っていく。動揺して震える手を、前に必死で伸ばそうとした時だった。

「おお、陛下。こちらにおられましたか」

声をかけてきたのは商務省の大臣だ。後ろに連れている令嬢は娘だろうか。気がついたリーンハルトの顔が、後ろに立つ二人へと逸らされていく。

「――用事があるようだ。先に、大広間へ戻っている」

「え、ええ……」

頷いたが、心臓は、まだ先ほど見た瞳に、どくどくと怯《おび》えるように揺れているではないか。

（大丈夫よね……？　仲直りのダンスを約束したのだし……）

きっと踊れば、さっきまでみたいな二人に戻れるはず。

「イーリス様？」

「あ、そろそろ冷えてきたわね。私たちも大広間に戻りましょうか」

約束をしたから大丈夫。きっと最初の頃のような二人になれる――と、何度も自分に言い聞かせて、冷たくなってしまった手を握りしめながら、夜会が行われている大広間へ引き返したというのに。

扉を開けた瞬間目に飛びこんできた光景に、イーリスは思わず立ち尽くしてしまった。

どうして、自分と約束したリーンハルトが、ほかの令嬢と踊っているのか。

大広間には、中央に巨大な精霊像が置かれ、プロシアンの国花である黄色の凱旋花《がいせんか》をその肩に置かれた花瓶の上から溢《あふ》れるようにして輝かせている。

きっと、花はプロシアンとの友好の証として大広間に飾りつけられたのだろう。

しかし、その下で舞っている女性は、先ほどリーンハルトと一緒に踊っていたプロシアンの王女ではない。

柔らかなミルクティーベージュの髪をステップとともに軽やかに靡《なび》かせて踊る令嬢は、リーンハルトと同じくらいの年齢だ。アクアマリンの瞳が、微笑みながらリーンハルトを見つめ、嬉しそうにその肩に手を置いている。

舞っている二人の姿に、心臓が、ドキンと跳ねた。

（どうして――ほかの令嬢と……）

誰？　と一瞬止まりそうになった息を、慌てて深呼吸で戻す。

（ううん……。そうよ、彼女はたしか、さっき商務大臣と一緒にいた令嬢だわ……）

それならば、おそらくリーンハルトは、社交界にデビューしたばかりの娘の相手を頼まれて、上官にあたる者の礼儀として踊っているのだろう。

（令嬢が夜会にデビューしたてならば、上官が直属の臣下の貴族から頼まれるのはよくあることだわ……。きっとこの曲が終われば、約束どおり私と踊ってくれるはず……）

――指切りをした、あの遠い結婚式の日のように。

どくどくと不安に鳴る心臓を静めようと、イーリスがぎゅっと胸を握りしめた時だった。

こちらに気がついた令嬢が、イーリスにふっと笑ったように見えたのは。そして、すぐに楽しげな笑みをリーンハルトに向けると、ぐるっと後ろへ大きくターンをしていく。

「あ！」

咄嗟に響いた声は、自分のものだったのかリーンハルトのものだったのか。それとも周囲の貴族たちの叫びだったのかもしれない。

大広間の中央で踊っていた女の子の肩が、白い精霊像にぶつかると、ぐらっとそれが傾いたのだ。

慌ててリーンハルトが助けようと令嬢に手を伸ばしたが、間に合わない。

次の刹那、凄まじい勢いで花が上から降ってくるのと同時に、巨大な精霊像が倒れてきた。花瓶の割れる激しい音が響き、像が床にぶつかって砕けた白い欠片が周囲に飛び散っていくのとともに、衝撃が大広間へと轟《とどろ》いていく。

「リーンハルト！」

令嬢を助けようとしたのだろう。咄嗟に像から守って床に転がったリーンハルトに、急いでイーリスは駆け寄った。

「大丈夫⁉　しっかりして！」

慌てて近づけば、花が散乱した床で、リーンハルトはうつ伏せになっている。足元には、上から落ちた花瓶の割れたものだろう。粉々になった緑の破片が周囲に散らばっている様子に、頭などを打っていないかと必死で顔を覗きこんだ。

「リーンハルト⁉」

側に膝をついて呼びかければ、横たわっていたリーンハルトが頭を振りながら持ち上げる。

「俺は、大丈夫だ」

そのまま立ち上がろうとして、片足を床についた瞬間、「うっ」と顔を鋭くしかめた。

一瞬リーンハルトが息を吞んだ。だが、すぐに少しだけ色をなくした顔で周りを見回すと、近くに倒れている令嬢の姿に気がついて、青い目を開く。

「マーリン！」

そのまま膝立ちで彼女の側へと近づき、急いで抱えあげた。

「しっかりしろ！　頭を打ったのか⁉」

散らばった花の中に横たわる令嬢は、意識が朦朧としているのか。リーンハルトが腕で抱えて覗きこんでも、ぐったりとしている。

「すぐに医師を呼べ！」

「は、はいっ！」

指示をされた侍従が急いで走っていく。遠ざかっていく間も、イーリスの瞳は、まだほかの令嬢の体を抱えあげているリーンハルトの姿を見つめて、身動きすらできないままだ。

（どうして……リーンハルトが、ほかの女の子を抱きしめているの……？）

いつも傍らにいたアイスブルーの瞳が、自分ではない愛らしい令嬢を見つめ続けている光景に、頭の中がぐらぐらとしてくる。

（いいえ、違うわ！　――これは、あの子が怪我をしたから、心配しているだけ……！）

わかっているのに。どうして同じ年頃の令嬢を抱えたリーンハルトの姿に、目の前が真っ暗になっていくような心地がするのか。

「イーリス！　この場を収めるために、急いで大翼宮《だいよくきゅう》の管理官を呼ぶように言ってくれ」

「あ、は、はい……！」

振り向いたリーンハルトの言葉にはっと我に返った。

（そうよ……。先ずはこの場を収めなければ）

冷静になって考えるように努めれば、ただ花を飾ってあった像が倒れただけなのだ。

各宮殿を統括する管理官の指導で片付けさせ、国賓のための夜会を再開させることが、先決――。

国交の問題もある。すぐに、プロシアンの王女に夜会で起こった無作法を詫びて、商務大臣の娘の治療もさせなくてはならない。すべてを無事に再開させなければ――！

華やかな音楽が流れて、元通りになれば、きっとこんな不安も消えていくはず。

（約束したのですもの。今日こそは、昔の二人に戻るって……！）

指切りをした仲直りのダンスさえすれば、こんな奇妙な不安もなくなっていくのに違いない……！

そう思ったから、必死ですべてを取り仕切って、間もなく夜会を再開させたというのに。

「――でも、結局リーンハルトは、私とは踊ってくれなかったわ……」

満天の星を見上げながら思い出した過去に、イーリスは寂しそうに笑った。

「そんな……」

隣でコリンナが、驚いたように目を見開いている。

「運が悪かったのかもしれないわ。再開しても、確かに前と同じという雰囲気ではなかったし」

それでも、一縷《いちる》の希望に縋るように王の椅子に座っているリーンハルトの側へと行った。

「リーンハルト、次が最後の曲らしいんだけど……」

一瞬だけ、リーンハルトは下を向いて考えこんだような表情をした。

「ああ、結婚式の日のようにという約束だったな」

覚えていてくれたのだと、ぱっと顔を輝かせる。

「だが、今日はいろいろとあった。また今度にしよう」

言いながら、座ったまま背けられていく顔に、心の底から悲しくなってしまった。

「うん……。そうよね」

仕方がないのかもしれない。自分は片付けをしただけだが、リーンハルトにしてみれば、一緒に踊っていた令嬢が怪我をしたのだ。まだ青い顔をしているのは、おそらく動揺が消えないからなのだろう。

「そうね……」

(きっと、次のパーティーでなら……)

約束を守ってくれるわよね——と何度、心の中で自分に言い聞かせたか。


「でも、結局それっきり。次のパーティーでもその次のパーティーでも、リーンハルトが私と踊ってくれることはなくて……」

「ええっ⁉　陛下、まさかすっぽかしたんですか⁉」

側で聞いていたコリンナがぎょっとした表情をしている。

「もともと私からの勝手なお願いだったから……。当時のリーンハルトにしてみたら、話の流れで気まぐれに約束したけれど、長い間不仲だった私とやり直したいと言われても、戸惑いしかなかったのかもしれないし」

「で、でも陛下はイーリス様のことがずっとお好きだったんですよね？　それならば、自分では気がつかれてはいなくても、やり直したいとは昔も感じておられたのでは……」

「そうね。リーンハルトが、どうして当時、踊ってくれなかったのかはわからないわ。今より二人とも幼かったから、仲直りと言われてもどうしたらいいのか困ったのか。それとも、やはりなにか腹が立つことがあったのか」

それから何度も「また今度」と断られているうちに、次第に自分の中でも諦めに近い感情が広がってきた。

「そして、約束を守っていないことが、お互いにしこりになったんでしょうね……。二人の仲は、また徐々にギクシャクとしたものになっていって……」

「イーリス様……」

だからと、星空を見上げた。

「今度は、約束を守ってほしいのよ。そうでないと怖いの――。また、あの時のように気がつけば、昔の二人に戻ってしまいそうで……」

今度こそ、二人とも同じ方向を見て、やり直していけるんだという自信みたいなものがほしいのと、星を眺めながら寂しげに笑えば、コリンナが側で拳を握りしめた。

「大丈夫です！　今回の陛下は、本気でイーリス様とやり直されたいみたいですもの！　必ず約束だって――きっと守ってくださいます！」

　必死になって励ましてくれる姿に、心の中に少しだけ温かいものが広がってくる。

「ええ、そうよね」

　くすっと笑みがこぼれた時だった。

　庭に八時半を告げる鐘が一つ鳴る。

　同時に、側に立つ彫像からコンと軽い音が響いてきた。

　首を向けて暗闇に立つ女性像を眺めると、台座からはまた一つコンと小さな音がするではないか。そして、台座の端に僅かに開いた隙間から控えめに伸ばされてくる白い手。

「あっ！」

　急いで駆け寄ると、大理石で作られている豪華な台座の隙間に慌てて指を差しこんだ。そのまま手のひらまで入れ、力の限り石の扉を庭の暗闇に向かって開いていく。

　台座の下にぽっかりと黒い空間が見えた途端、暗闇の中からは二本の白い腕が伸ばされてきた。そして、イーリスを見つけると、飛びあがるようにして抱きついてくる。

「イーリス様！」

「陽菜！」

　グリゴアによって、王妃宮に閉じこめられていた陽菜だ。しかし、無邪気な笑みで今抱きついてくる姿を見れば、どうやらハーゲンに託した手紙はつつがなく読んでもらえたらしい。

「よかったわ！　無事に抜け出せて」

「お手紙ありがとうございます！　もう、最初は滅茶苦茶焦ったんですよ。まさか王妃宮に入れられるなんて！」

本気で困っていたのだろう。イーリスに縋りついてくる姿は、喜びに溢れている。

「今度こそ、陛下に殺されるかもしれないと思いました！」

「その様子だと、どうやら脱出ルートは、無事わかったようね」

あまりの正直さに、くすっと笑みがこぼれてきてしまう。

「はい！　びっくりしました！　よく映画とかで、王宮に隠し通路が出てきますが、ここにもあったんですね」

「一応、どんな有事があるかしれないからね。嫁いできた時に、王宮の隠し通路については、教えられていたの」

ましてや、王妃宮の隠し通路だ。歴史愛魂が刺激されて、時々忍者ごっことばかり、こっそり宮を抜け出しては、脱走の解放感を味わっていたとは言えない。

「すごく複雑で、迷路みたいになっていて楽しかったです！　もし写真が撮れたら、あの大迫力の通路で、三千いいねは確実だったのに！　もう、カメラがないのが、惜しくて惜しくて」

あとで、絵に描いて残しておいてもいいですかと無邪気に尋ねてくる。あれからいいねの仕組みについてはわかったから、陽菜がこちらの世界で洩《も》らすことはまずないだろうけれど、王宮の秘中の秘だけに、それはできたらやめてほしい。

「あっちの世界に帰ってからならいいけれど……」

「あ、じゃあ絶対にこっちの人たちが誰も読めないように、日本語で日記を書いておきますね」

すぐに意味を理解できるあたり、頭の回転は悪くはないのだろう。

「それよりも」

庭に飛び出してきた陽菜が、急にずいっとイーリスの正面に顔を寄せてきた。

「私より、イーリス様のほうが、顔色が悪いですよ？　こちらに来てからなにかありましたか？」

前にも感じたが、回転が速いというよりも、どうやら勘がかなりいいようだ。

「あ！　それとも、ひょっとして私が王妃宮に入れられていたからですか⁉　でも、私はもうイーリス様の敵になるつもりはありませんし、陛下の奥さんになる気もありませんので——」

絶対にごめんですと震えているが、メインはそちらではない。とはいえ、先ほどの過去の話をする気にはなれず、別の理由のほうを話した。

「いいえ、違うの。ただギイトが、神殿で今回の件での沙汰を受けるのに、リーンハルトが一緒についていってね。処罰に、重い刑を申し入れなければいいなと思って……」

「陛下が？　イーリス様の神官様に？」

陽菜が、きょとんとした顔になっている。そして、次の瞬間、ぱっと笑った。

「それはないですよー。だって陛下、都に戻る前に物陰から見ていたら、『ギイトの奴。イーリスとの喧嘩にさえならなければ、今すぐに首を刎ねてやるものを……』って、忌ま忌ましそうに呟いておられましたもの。だから、今更！　イーリス様を怒らせるようなことはされませんて！」

ひらひらと手を振って話しているが、内容はかなり物騒だ。

（やっぱり処刑する気満々だった！）

危ない。これでは隙さえあれば、なんとか排除したくてたまらないのではないだろうか。

しかし、焦るイーリスに対して、陽菜はにっこりと両手を握りしめてくる。

「だから！　今になって、イーリス様に嫌われるようなことは陛下はなさいません！　それに、私が見たところ陛下はすごく独占欲の強い方ですもの。代わりに女性の神官が来るのでもない限り、これ以上新しい男をイーリス様に近づけたいとは思われませんよ」

本当だろうか。——でも。

「ありがとう、陽菜……」

すごく気持ちが楽になった。

「いいえ。私は、本当はずっとイーリス様と仲良くなりたかったんです」

だからと、イーリスと、陽菜に対してまだ厳しい瞳をしているコリンナの前で裾を持ち上げて、暗闇の中で正式な形で膝を折る。

「これまでのこと、本当に申し訳ありませんでした。私の狂言だと、皆様にすべて説明いたしますので——」

高校生ぐらいだろうに。素直に自分の罪を認めている。細い肩が小刻みに揺れているのは、もう与えられないとわかった罰にではなく、なによりも自分を守ってくれたイーリスに対して申し訳ないと思っているからなのだろう。

「頭を上げて——」

伝わってくる気持ちに、イーリスも優しく微笑めた。

「私も……向こうの世界のお話ができる友達がほしかったのよ」

そっと手を伸ばす。

「本当ですか⁉」

肩に触れれば、ぱっと陽菜の顔が輝いた。

「あ、あのイーリス様は、前世では、日本のどこのお生まれで……」

「私は神戸よ。陽菜は？」

「私は、横浜です！　同じ港町ですね！」

「本当に――。また向こうの世界の地名が聞けるなんて……」

懐かしい。誰とも語り合えなかった生まれ育った土地。大好きだった食べ物。そして、失ってしまった学生時代の風景や、部活動など。

今まではいろいろと口に出したくても、歴史にまつわること以外はどうしてもあまりそうできなかったせいか。その日は、離宮に帰ると、夜遅くまで陽菜と一緒に話しこんでしまった。

あまりに熱中しすぎて、つい寝るのが遅くなってしまったのは仕方がないだろう。最初は、イーリスと斜め向かいに座って仲良さそうに語らう陽菜の姿を、針のような眼差しで見つめていたコリンナだったが、途中からは呆《あき》れたように首を竦めて、お茶を用意してくれていた。

だから、次の朝、目覚めるのが少し遅くなってしまったのかもしれない。

普段ならば、太陽が顔を出して、鳥がさえずる頃には起きるのに。王妃としての責務がないからか。翡翠色のドレスを纏い、いつもよりもゆっくりと髪を結ってから、同じく起き出してきた陽菜に挨拶をした時だった。

この離宮を管理しているハーゲンが、慌てたように室内に駆けこんできたのは。

「イーリス様！　突然、元老院のグリゴア様が面会をされたいと仰って、今玄関に――！」

来た。最初から、陽菜を脱走させれば、なにか来るだろうとは思っていたのだ。

だから、イーリスは怯える陽菜を背後に守り、優雅に微笑んでみせた。

「お通しして」

第二章　離婚状

（さて、朝食もすませないうちに来てくれた無作法者をなんと言って、出迎えてやろうかしら？）

なにしろ、昨日剃髪《ていはつ》まで勧めてくれた相手だ。決して、爽やかな朝の挨拶などではないだろう。

「ハーゲン、コリンナ。陽菜を守って」

振り返ってみれば、連れ戻されると思った陽菜が、カーテンの陰にピンクのドレスごと隠れるようにしてかたかたと震えている。

「相手の人数は？」

「グリゴア様お一人です！」

（ならば、兵士までここに呼ばなくてもなんとかなるわね）

「念のため、入り口の衛兵に、許可をしていない者が玄関を通るのは許さないと伝えておいて」

イーリスの指示を聞いたハーゲンが深く頷《うなず》いて、連絡をするようにほかのメイドに命じている。

この指示が衛兵たちに伝われば、複数で押し入って陽菜を勝手に連れていく事態は防げるはずだ。

部屋の奥で震えている陽菜を守るようにハーゲンとコリンナが間に立ち、その手前でイーリスがゆったりと椅子に座って、グリゴアを出迎えた。

怒っているかと思ったが、相手は黒い髪の下で不敵な笑みを浮かべたまま佇《たたず》んでいる。

「――やってくださいましたな」

ぱらりと用意していた白レースの扇子を開いた。逃亡先で、なにかあったときの換金用として嫁入り道具から持ち出していたものだ。骨を南方の大きな貝殻から切り出して、透かし彫りにして作られたそれは、イーリスが広げていくたびにほかを圧するような光を放つ。

「当たり前でしょう？」

常人では持てないほどの高価な細工物を、自分が何者であるかを告げるようにして動かしていく。

「私は、陽菜に身の安全を約束しました。これは、もちろん彼女をどんな陰謀にも関わらせないことも意味しています」

もし逃亡中これを売れば一発で足がついたわね――と、思えるほど、扇子は手の中で、白い荘厳な光を放ち続けている。

それは同時に、王妃ではなくなっても、イーリスの生まれが王族であるということ。そして、今はこの世界でたった一人認められた聖姫《せいき》という位にいることを見せつけるには、十分すぎるほどの威圧感だ。

レースの間から光を放ちながら扇をかざすイーリスの仕草を、グリゴアは細めた紫の目で見つめた。次いで、後ろで震えている陽菜にちらりと目をやる。

「なるほど」

静かに、笑みを浮かべていく。

「王妃宮の客間に置かれていた、陽菜様をイーリス様が預かられるという旨の書状。そこには、確かに陛下も認めるというサインが入っておりました。ならば、私が否定できる筋合いのものではございません」

（おや？）

意外と話がわかるのだろうか?

(それならば、リーンハルトに命令で伝えてもらえば大丈夫だった?)

いや——と、唾を飲みこむ。本来ならば、イーリスに出し抜かれて悔しいだろうに。なにかを奥に秘めたように微笑んでいるこの男の思考は読めない。

「それに、陛下が毎日イーリス様のところへ来られると約束されたのならば、むしろ、こちらに陽菜様がおられたほうが、お二人の交流も増やせるかもしれませんし——」

(ちっ!)

思わず心で舌打ちをする。

やはり、こういうタイプだ。転んでも、決してただでは起きない。逆に、陽菜とリーンハルトを接近させるチャンスと踏んだのだろう。

「そうかもね。ただ——」

(肝心の陽菜が、この調子だけれど大丈夫なのかしら?)

思わず、後ろを振り返ってしまう。そこでは、今まさに話題に上っている陽菜が、陛下の名前に震えながら、泣きそうになっているではないか。

「陛下……来る、毎日……」

よほど剣を突きつけられたのがこたえたのか。今の陽菜には、リーンハルトに会うという行為自体が、本当に苦行らしい。

「この状態では、会ってもどうにもならないと思うのだけれど……」

思わず本音がこぼれでたが、グリゴアはくすりと笑うばかりだ。

「ところで。昨夜から王宮書司官が、陛下の離婚状を保管するために、ずっとイーリス様の使者の到着を待っているそうなのですが……。まだ到着していないようです。これは、いかに？」

（うっ！）

完全に嫌なところを突かれた。まさか逃げられたとは言えないし。

内心焦る前で、グリゴアはふんと笑っている。そのまま冷たい紫の瞳でイーリスを見つめた。

「イーリス様、私を嫌なことをせかす男だと思っておられますよね。ですが、私は怒っているのですよ」

（怒る？）

「なにを……」

——昨日初めて会ったイーリスに対して、いったいなにを怒るというのか。

しかし、グリゴアは瞬きすら逸らさせない。

「だいたい、陛下ときちんとやり直されるおつもりがあるのかどうか。やり直すと言いながらも、離婚を希望。その離婚でさえも、百日たてば再婚などと言っておられますが、私から見れば、まだ離婚すらせず、だらだらと今までと同じことを繰り返そうとされているだけに思われます。それならば、お二人とも、いっそこの離婚を契機に潔く別れて、お互いに違う幸福を探されたほうが早い。——そうは、思われませんか？」

「つまり、別れるのならば、さっさと出ていけということ？」

「平たく言えば。陛下がイーリス様にご執着なさっておられるのなら、なおさら。今までと同じ関係を続けるよりも、二度と手の届かないところへ行ってくださったほうが、陛下もよほど新しい幸せを摑《つか》めるというもの」

（この――！）

　ふっと相手が笑った。

「どうせ、今のままでは前と同じことになるでしょうし」

「離婚は……するわ！」

　ぐっと貝細工の扇を握りしめる。

「そのうえで、やり直すと決めたのよ！　これは、お前に言われたからではなく、もう一度二人で生きていくために約束をしたからだわ！」

（そうよ――。きっと、今回こそやり直していけるはず……！　あの時約束してくれたのですもの）

シュレイバン地方の民の前で、再婚する決意を、イーリスに必ずさせてみせると。今度こそ間違いなく、二人で歩き出していく努力をしてくれるのだと！

　叫んだが、グリゴアはふんと鼻を鳴らす。

「左様で。ならば、身一つでどこまでできるのか拝見させていただきましょう。本当に、あの陛下から離婚を勝ちとれるのか。そして、やり直すことができるのか。私からすれば――イーリス様？あなた様も陛下と同じぐらい傷だらけに見えますがね？」

　見透かされたような言葉に、一瞬指の先が冷えた。

（本当にやり直していけるのか――）

　それは、自分の中でも、何度も問いかけた言葉だった。

　震えてきそうな手を誤魔化すのに、ぐっと握りしめる。それに気がついたのか。さらにグリゴアが追い打ちをかけてくる。

「そういうことなら、今日中にはご提出くださいますね？　一日も早いほうが、ようございますし」

「わかったわ……。今日、リーンハルトが来たら、必ず書いてもらうから――」

（本当に食えない性格……）

浮かべているこの薄い笑み。ただ立っているだけなのに、圧するように話してくる雰囲気は、タイプが異なるとはいえさすがはリーンハルトの指導役というべきか。

胸の中に悔しさが溜《た》まっていく前で、相手はすっと唇を緩めた。

「それならば、ようございました。ああ――それと、離婚をされるのならば、王妃様には王室の慣例である陛下との朝食の席を、ぜひご辞退していただきたく――」

ゆっくりと身を屈めながら、にやりと笑う。

「もう、王妃ではなくなられるのですから」

（こ、の……！）

どうしても、リーンハルトと別れさせたいのか。

しかし、相手の言い分は全うで、どこにも隙はない。だから、ぎゅっと扇を握りしめた。

「わかったわ……」

たった今、離婚をすると宣言したのはほかならぬ自分なのだ。

相手の計略に嵌《は》まったとも思うが、今はグリゴアの要求を拒むだけの理由がない。

それでも、この六年間。たった一つリーンハルトと繋《つな》がっていた朝食の時間がなくなるというのは、なんて心細いものなのだろう。

「ああ、そうそう」

握りしめたイーリスの手が小刻みに震えていることに気がついたのだろう。顔を上げたグリゴアがふっと笑っていく。

「貴族たちの間では、イーリス様が陽菜様の失脚を企んだせいで陛下のお怒りに触れ、離婚したうえで追放されたとの噂《うわさ》が立っております。これを払拭するためにも、ぜひ一度改めて、イーリス様を陛下の次の婚約者候補として披露する席を設けたいのですが……」

今のイーリスが、ドレスなどが足りないことは百も承知で持ちかけてくる。

（どうしても、私を諦めさせるか、恥を掻《か》かせて追い出したいようね？）

普通ならば、困惑して断り引きこもるか、リーンハルトに縋《すが》るしか方法がないところだ。

だけど――と笑う。そこまで侮ってもらっては困る。なにしろ、こう見えてもこの国の王妃として、六年間貴族たちの権謀術数と渡りあってきたのだ。

（いいわ！　やってやろうじゃないの！）

ぴんと背筋を伸ばし直すと、大胆に微笑んだ。

「結構ね！　ぜひお願いするわ」

今までと、急に態度を変えたのが不思議だったのか。相手の笑っていた目が、少しだけ細められていく。

「すべての貴族を招くので豪華なパーティーになりますが、ご準備などは大丈夫ですか？」

「ええ――もちろん。元王妃として。そして、聖姫として最高の装いで出席してあげるわ」

決して、こんな策略で負けたりはしない。

（私に恥を掻かせて、王宮から永久に追い出したいのでしょうけれど――）

ふっと笑う。

（甘かったわね！　離婚しても、私は元王妃！　その私と駆け引きでやりあおうだなんて――！）

第一、自分が離婚をするのは、リーンハルトとやり直すためなのだ。

ここでグリゴアの望むとおり、むざむざと王宮を追い出される気はない。むしろ返り討ちにしてやるわと、強い瞳で見つめると、グリゴアはすっと身を起こした。

「承知しました。ではまた改めて、日取りなどはお伝えしたいと思います」

たった数枚のドレスでどうするつもりなのかと、面白そうに窺《うかが》う紫の瞳を、イーリスも負けじと不敵に睨《にら》み返《かえ》した。


「イーリス様、いかがいたしましょう⁉」

グリゴアが、イーリスと、その後ろで陽菜を守るようにして立つハーゲンをちらりと眺めてから扉を閉めるや否や、聞いていたコリンナが血相を変えて駆け寄ってきた。

「王妃宮の御衣装は持ち出せませんし！　ここにある三枚だけでは、どうしようも――」

三枚。そうだ、イーリスが逃亡にあたって持ち出したのは、手持ちの中でも特に飾りの少ないシンプルな品ばかりだ。

長いふりふりひらひら生活で庶民との感覚がずれていたとはいえ、とても元王妃が披露目の席に着ていけるようなドレスではない。

せいぜい日常着——招待された茶会などに着ていけば、ひどく地味に見えるのは間違いないだろう。

「大丈夫よ、それについてはなんとかするから」

「なんとかと言われても……」

元王妃が、貴族たちの前にみすぼらしい姿で出るのが、どれだけ恥ずかしいことか。コリンナはよく知っている。心配でたまらなさそうな顔に、にこっと笑いかけた。

「任せて」

昨日の夜、話を聞いたから、イーリスの不安もわかるのだろう。このまま離婚をしても大丈夫なのかと心配げに見つめてくるコリンナに、今だけは、イーリスも心の内に潜んでいる不安を忘れるかのように力強く笑う。

「生活費に関してはちゃんとあてがあるの。それについては」

明るく言いかけたところで、こんこんと新しく叩《たた》かれた扉に、顔を持ち上げた。

そして、「あっ」と声を弾けさせる。

振り返れば、昨夜心配していたギイトが、やつれた様子もなく、扉のところで丁寧に腰を折っているではないか。

「ギイト！」

「帰着が遅くなり、申し訳ありませんでした」

嬉《うれ》しさのあまり、顔中に笑みが広がっていく。

「よかった！　無事だったのね？」

思わず立ち上がると、ギイトはいつもと同じように、穏やかな笑みを浮かべながら歩いてくる。手も足も普通に動いている。見た限りでは、なにか残酷な刑罰を受けたという様子はないが――。

「はい。陛下からお口添えをいただきましたので」

「リーンハルトが？」

（まさか本当に、神殿に赦免を願い出てくれたの？）

王であるリーンハルトが願えば、神殿としても王室の顔を潰すわけにはいかない。さらに、王家に貸しを作って、神殿が任命した側近の不手際を有耶無耶《うやむや》にできると踏んだのかもしれないが。

「はい。陛下が自ら罰を与えるので、伴侶の家出に関しての私への処分は、神殿は口出し無用と説得してくださいました」

（違った――！　むしろ、ますます厳罰フラグが濃厚になっているじゃない！）

ごくりと息を呑《の》む。

これは、ひょっとしてあれだろうか。神殿ならば、降格や勤労奉仕、もしくは僻地《へきち》での布教活動なども候補に入れられかねないから、直接リーンハルトが厳選してギイト個人への恨みを晴らそうという……。

いや、まさかと思うのに、脳裏にはありありとその光景が想像できていく。

（やるわ……！　昔から妙にギイトへの恨みは深いから！）

特に、あの約束をした夜会以降、リーンハルトのギイトに対するあたりは、なぜかそれまで以上にきつくなった。

シュレイバン地方での告白から考えると、勝手な嫉妬だったのだろうが、今回のことは恋敵を自分の目の前から排除できるよい機会ととらえたのではないだろうか。

だらだらと脂汗に近いものが出てくる。

今自分の未来が、奴隷ルートと阿鼻叫喚《あびきょうかん》ルートに分岐したかもしれないことに、気がついていないギイトは、「ところで」とにっこりと笑いながら、俯《うつむ》いたイーリスを見つめている。

「ご紹介したい者がおります。こちら、神殿から新しく陽菜殿の側近にと派遣されてきましたアンゼル・クラインと申します」

「え……」

（陽菜の新しい側近？）

あんなことがあった直後なのに。まさか、もう次の神官を用意してくるとは思わなかった。

驚いてギイトが指す部屋の入り口を見たが、廊下から現れたのはイーリスよりも小柄な男の子だ。年の頃は、自分と同じかせいぜい一、二歳違いぐらい。

背が低いせいで、実年齢がはっきりとはしないが、二十歳に達していないのは間違いないだろう。

「お初にお目にかかります、聖姫様。今日より、前任者に代わり、正式に聖女陽菜様のお側で補佐をするようにと命じられましたアンゼル・クラインと申します」

明るい灰色の髪に、キャメルの瞳。見上げてくる瞳は屈託がなくて、前のヴィリ神官のように挑発的ではないが――。

「どんな人物なの？」

こそっとギイトに耳打ちをしたのは、前回の経験があるからだ。訊《き》くのにあわせて、ちらっと陽菜のほうを見れば、主人と言われた当人も驚いた顔をしている。

「はい。神殿もヴィリの件で懲りたのでしょう。前回は、機知に富み、貴族間の情勢にも明るく、社交に通じた人物という基準で選ばれましたが、今回それはあえていっさい入ってはおりません！」

「いや……それは、それでどうなのよ……」

「代わりに、陽菜殿がこちらの世界になじめるようにと、市井に詳しく、明るい性格で、金も含んで欲が好きだが、それをまったく自分の内に溜めこむことをしない人物として選ばれました！」

（わからない！　神殿の側近選びの基準が！）

こういう場合、普通高潔さとか真面目さとかで選ぶものではないのだろうか。

頭がぐるぐると回りそうになってくるのに、ギイトはあっけらかんと笑っている。

「つまり、街で奉仕活動として金を集めるのはうまいが、自分のために貯めこんだりはしない――という人物です」

「ああ、なるほど……」

「任せてください！　俺は、平民の生まれですから金は大好きですが、聖女様に仕える身として、自分の信じるものにすべてを捧《ささ》げますよ！　もちろん、陽菜様にも滅私奉公でお仕えするつもりですから！」

にかっと笑う顔は、明らかにヴィリ神官とは対照的だ。

（うーん、不安が残らないと言えば嘘《うそ》になるけれど……）

「どう、陽菜？」

突然新しい部下をつけられた本人に訊いてみる。

「今日からあなたの側近になるらしいけれど、うまくやっていけそう？　今度はだいぶ気さくな夕イプみたいよ」

「え……」

「お願いします！　お側に置いてください！　俺、聖堂は好きですが、もうあのお香の匂いと簡単に外へ出られない生活には、うんざりしていたんですよ！　置いてくださるのならば、絶対に陽菜様の役に立つようにしますから！」

「ま、まあ……それなら」

多分、陽菜にとっても年上で威圧的なヴィリよりも、同級生ぐらいに見えるアンゼルの言動のほうがほっとしたのだろう。

過去の聖女の記録から、そういう意味での人選なのだとしたら、悪くはないが。

「なんで今このタイミングなのかしら？」

あえて気になるとすれば、その一点だ。

腕を伸ばして、やったーと叫んでいるアンゼルを見つめながら呟《つぶや》くと、イーリスの横に立つギイトはにっこりと笑っている。

「それは、神殿がヴィリの件で、本気で焦っているからです。その証拠に、これを聖姫様にと」

「なに？」

差し出された神殿の紋章入りの大きな封書を受け取る。ペーパーナイフで開いた瞬間、入っていた書類に目を見張った。

ぱっと急いで引き出せば、それは、蔵の目録。さらに神殿からの神領の奉納についての正式な書類と、その収入の一切を納めた蔵の所有権を示す手のひらほどの金色の鍵だ。

「これは――」

急いでギイトを振り仰ぐ。

「やってくれたのね！　ありがとう！」

「イーリス様の正当な権利でございます。私としましては、ヴィリのせいで、今イーリス様が置かれている苦境を涙ながらに大神官様に訴えただけ。たいしたことはしておりません」

（怒っているリーンハルトと、責任問題に怯《おび》えている神殿の前で⁉）

それは、どんな脅し文句よりも効果があったことだろう。

特に、リーンハルトのあの怒りを含んだアイスブルーの瞳の前で言われたという、神殿の上層部の方々には同情を禁じ得ない。しかし、これで戦うことができる。

「それでも、本当に助かったわ！　ありがとう！」

明るく告げると、それまで後ろで見ていたコリンナが不思議そうに首を傾げて覗《のぞ》きこんできた。

「あの……イーリス様、その書類はいったい」

「これは聖姫への神殿からの化粧料よ！」

「正確には、聖恩料と申しますが。ここ数代、聖姫様は出ておりませんでしたので、神殿が民への施しとして与える分以外は、すべて貯めてあったはずです」

「聖姫様への⁉　では、昨日から悩んでいた生活費やドレス代などは――」

「全部このお金でなんとかなるわ！」

ぱっとめくって蔵に収められている備蓄麦や、現金化されたこれまでの収入を見たが、すごい額だ。

「リーンハルトが、王妃の化粧料とも並ぶと言っていたのは、本当だったのね……！」

これならば、たとえ一年王妃の化粧料の使用を止められようと、いや、派手な生活さえしなければ、十年は余裕で暮らすことができる。

（私をみすぼらしい姿にして、晒《さら》し者《もの》にしたかったようだけれど――）

脳裏に浮かんだグリゴアの面影に、思わず不敵な笑みを浮かべる。

（これで、もうグリゴアがなにを言ってきても、経済面で困らせることはできないわ！）

「喧嘩《けんか》の最中とはいえ、有益な情報をくれていたリーンハルトには、本当に感謝だわ」

自分が飢えもせず、みすぼらしい姿をすることもないと知れば、グリゴアのあの紫色の瞳が余裕を持ったままでいられるのかどうか。

楽しい未来を想像するように、微笑んだ時だった。

「俺が、なんだって？」

（――え？）

ここにいるはずがないのに。耳慣れた声に振り向くと、入り口のところでは、今朝からは来なくなると思っていたリーンハルトが、なぜか立っているではないか。

「リーンハルト⁉」

驚いてイーリスは、書類を広げていた机の前からがたんと立ち上がった。

なぜ、ここにいるのか。先ほど、グリゴアが朝食の同伴はやめさせると言っていたばかりなのに。

「リーンハルト、どうしてここに⁉」

慌てて駆け寄ったが、急ぎすぎて腕に正面からしがみつくような形になってしまった。

「来られないんじゃなかったの⁉」

そのまま覗きこんで、アイスブルーの瞳に息がかかるほど近づく。接近しすぎて、イーリスの金の髪がリーンハルトの肩に触れるや否や、強引に体を止められてしまった。

「大丈夫だ。昨日馬車に長く揺られていたせいで、肩に少し痛みが出ただけだ。それで、御典医が心配して大事を取るようにと言っただけで」

「傷が⁉　まさか悪化したの⁉」

慌てて背中の傷口を覗きこもうとする。襟を広げても、着ている服のせいでよくわからない。かろうじて背中が見える首のすぐ側まで接近して服の中を窺おうとすると、顔を真っ赤にしたリーンハルトに止められてしまった。

「――本当にたいしたことはない。周りがうるさかっただけで」

「つまり、抜け出してきたのね？」

呆《あき》れながら見上げたが、リーンハルトの顔が赤いのはなぜだろう。別に服を剝ごうとしたわけではない。ただ、ちょっと頭が首にあたっただけなのに。

「でも、今日からリーンハルトは朝食には来ないって……。離婚するのだからと、グリゴアは言っていたけれど、話を聞いていたら、そんなに怪我の状態が悪かったのかなって心配になったの」

「あいつ……」

ちっとリーンハルトが舌打ちをしている。

「君は、まだ俺の妻だ。第一、離婚をしたとしても君は俺の次の婚約者。朝食を一緒に取るのに、なにを憚《はばか》ることがあると言うんだ？」

「うん……」

婚約に承諾はしたけれど——。百日たつまでの自分は、周囲から見たら婚約者候補も同然ということには、今は目を瞑《つぶ》っておこう。

なんだか嬉しい。

離婚すると決めたのに、昔と変わらず朝になったら訪ねてきてくれる。

（グリゴアがリーンハルトの幼い頃の指導役だったのなら、逆らいにくいでしょうに……）

それなのに、イーリスを優先してくれた。今はその気持ちがなによりも嬉しい。しかし、リーンハルトの瞳は、部屋の中にいる知らない男を見つけて、ぎろりと睨みつけていく。

「誰だ、あれは」

今までの温かかった光が消え、急速に冷えていくアイスブルーの眼差しに、カーテンに隠れていた陽菜の体ががたがたと震えだす。

「初めてお目もじいたします、陛下。今日より陽菜様にお仕えすることになりました神殿第六信導官アンゼル・クラインと申します」

「ああ——。陽菜の、か……」

ちらっと物陰の陽菜を見たのは、前回ヴィリ神官が引き起こした事件を思い出したからだろう。

しかし、神殿内の位が第六ということは、ギイトよりも一つ下。どうやら、神殿も前回のことを踏まえて、聖姫となったイーリスとのバランスを考慮したらしい。

「また、男か……」

だが、リーンハルトは忌ま忌ましそうに舌打ちをしている。

（うん？）

「これ以上は、いらないというのに……」

（うわあ！）

呟いた瞬間、思い切りギイトを睨みつけた仕草で、誰を邪魔に思っているのかがはっきりとわかる。

冷たい眼差しが明らかに不穏な光を放ったのに気がついたのだろう。我慢できなくなった陽菜が、慌ててカーテンから飛び出した。

「私！　アンゼルさんのお部屋を用意してきます！」

ハーゲンさん、アンゼルさん、手伝ってと半ば引きずるようにして腕を摑み、部屋を駆け出していくのは、本気で殺意を感じたからに違いない。

「あ、こら。ちょっと！」

いくら、昨夜のおしゃべりで陽菜への警戒を少し解いたとはいえ、コリンナにしてみれば、陽菜をまだ自由に行動させる気にはならないのだろう。

「私も一緒に行ってきます！」

「ギイト。お前も先輩だろう。新任の面倒を見てやれ」

リーンハルトが、口では親切そうに促しているが、眼差しはとても言葉どおりの雰囲気ではない。

さっさと出ていけと、無言でかけられた圧にお辞儀をしたギイトが扉から退出していくのと同時に、イーリスはまだ機嫌が悪そうなリーンハルトへと向き直った。

「あの……リーンハルト。ギイトの件なんだけど……」

姿を見ただけなのに。今の様子では、これからどんな罰を与えるつもりなのか。

「なんだ。俺が来たのに、奴のほうが気になるのか？」

「ううん！　減刑を求めてくれてありがとうと言おうと思って！」

むっと頬を膨らませかけたリーンハルトの様子に、心臓がどきっと冷たく跳ねた。慌てて言葉を変える。

（言えない。本当に減刑よね？　――なんて）

ひょっとしたら、神殿より厳罰を科すつもりかもしれない。ひやひやしながら、焦って誤魔化すと、リーンハルトの瞳がふっと和む。

「お前にこれ以上嫌われては困るからな。あくまで、そのためだ」

「え――……」

（私のため……？）

では、本当にイーリスのためだけに、神殿まで行って交渉をしてくれたのだろうか。常日頃あれほど嫌って、ギイトの首をすぐに刎《は》ねたいほど、怒っていたというのに。

嬉しい。

「ありがとう……」

だから、そっと髪に置かれてくる手に誘われるようにして、頭をことんとリーンハルトの肩に乗せた。

（今度は、大丈夫よね……？）

きっと今もグリゴアは、この離宮から署名された離婚届が送られてくるのを、大翼宮で王宮書司官たちと一緒になって待っていることだろう。

それでも――。

今だけは、リーンハルトが自分のことを考えて動いてくれたのが嬉しい。その気持ちを伝えたくて、照れている体に、そっと心の中の不安を取り除くように静かに寄り添った。


夕方、イーリスの気分は空の天気よりもどんよりとしていた。

（ええ！　確かに今日中には、必ず送ると約束したわよ⁉）

だからといって、昼前に一度。さらに三時頃に、もう一度。控えめながらも、王宮書司官が離婚届を書いたのかどうか尋ねに来るなんて、誰が予想しただろう？

「あの……グリゴア様から、まだ保管連絡はないのかと再三のお問い合わせがあり……」

なにぶん重要文書ですから、元老院の方への連絡義務がありましてと、頭を膝に近づけるように下げてくる。官吏としての彼の苦労はわからないでもないが、そこまで離婚届を出すのを見張っているのかと思うと、腹が立ってくる。

思わず、目の前にあったフォークで人参をぐさっと刺した。

王妃らしくない所作ではあるが、どうせもう王妃ではなくなるのだ。

（わかっているわよ！　私だって、国民の前で約束をしたんですもの！）

離婚して、百日の約束を守ってくれたリーンハルトと、改めて生きていく道を選ぶ。これは、どうしても過去の記憶が消えない自分が、リーンハルトと新しい未来を歩いていけるようになるために考えついた方法だ。

（私だって、約束をなかったことにして、また前みたいに振り出しの関係には戻りたくないし！）

今度こそ、安心してリーンハルトとの人生を歩んでいくために必要な方法――なのには違いないのだが。

ぱくっと人参を口に含んで、目の前の光景に半眼になった。

（それにしても、これはどうにかならないのかしら？）

朝に交わした言葉のとおり、リーンハルトは溜まっていた仕事を夕方近くにはけりをつけると、イーリスのいる離宮へと訪ねてきてくれた。

約束を守って通うことを実行してくれているリーンハルトには、本来ならば温かい笑顔と料理で迎えるべきところなのだが。

今イーリスの座る食卓に広がっているのは、まるでお通夜のような静けさだ。

「また、陽菜様が攫《さら》われては大変なので、身の御安全のために」

どうか三人で和やかに食卓をと、ハーゲンが気をきかせてくれたのが災いした。リーンハルトの斜め向かいに座って、陽菜は、先ほどから料理には手もつけずに震え続けている。

「陛下と……一緒……。陛下……怒らせたら……」

ぶつぶつと呟き続けているが、さすがにこれではリーンハルトがかわいそうだ。

（この間まで、あんなにまとわりついていたのに――）

いくら状況がああだったとはいえ、あんまりではないかと思うが、陽菜にしてみれば、きっと見知らぬ世界で自分を守ってくれた優しい存在の一人だったのだろう。それが、自分の行為で本気で怒らせて、生涯幽閉される寸前にまでなってしまった。

（まあ、怖がるなというほうが無理かもしれないけれど……）

ちらっと、向かいのリーンハルトを見る。出された飲み物をいつもと同じ優雅な仕草で口にしている眉間には、僅かにだが皺《しわ》が寄っている。

明らかに不機嫌の兆候だ。

（ああー、どうしようかなあ……）

言ってみてどうにかなるとは思えないが、取りあえずこの凍った空間をなんとかしたい。

「あの……、陽菜。もう、リーンハルトは怒っていないと思うわよ？」

——今は。

（これ以上不機嫌になったらわからないけれど……）

「ね？　リーンハルト？」

だから、今のうちになんとかしなさいという意味で声をかけると、くいっとグラスを傾けた手が机に置かれた。

「ああ」

「本当ですか⁉」

がたんと、陽菜が席から勢いよく立ち上がる。テーブルマナーとしてはなってはいないが、どうやら今のリーンハルトの返事は、陽菜には信じられないぐらい嬉しい言葉だったらしい。

その姿を、リーンハルトはぎろりとアイスブルーの瞳で射貫く。

「ああ――。だが、それはあくまでお前が、俺の信頼を二度と裏切らなければだ。万が一、イーリスを貶《おとし》めたり、俺の伴侶でなくするような企みに加わったりすれば、即座にその命はないものと思え」

「はい……、つまり、陛下に協力すれば大丈夫ということですよね……」

涙目で小刻みに震えながらも、リーンハルトのほうに向かって必死で身を乗り出している。

「そうだな。だが、俺は同じ失敗には寛容でないぞ?」

さすが、昔の自分を重ねていると言っただけあって、不寛容だ。

(うーん、リーンハルトにとっては、一番嫌いなのが失敗を取り返せなかった自分ですものね?)

おそらく、過去の自分を重ねている陽菜にも同じことを求めているのだろう。

さすがに、これでは陽菜の反応も――と思ったが、なぜか陽菜は目の前で笑顔になると、手早くナプキンを畳みだしたではないか。

「わかりました! それなら、私は今から全力で陛下の応援に回りますので!」

「え。陽菜、ちょっと……」

驚く間にも、陽菜は自分の手元にあった皿をかちゃかちゃと後ろから取ったお盆にのせだしている。

「取りあえず、協力の第一弾として、私はお二人のために席を外しますねー!」

「え⁉ でも一人でいたら、またなにがあるかわからないし」

「大丈夫! 隣の部屋で、ギイトさんやアンゼルさん、コリンナさんと一緒に食べます。皆さんとならば、安全ですし」

それにと、笑顔で付け加える。

「犬も食わないというじゃないですか？　だから、お食事は夫婦水入らずで」

私は陛下のために席を外しますからと笑う姿に、それは夫婦喧嘩と叫ぼうとして、むせてしまう。

ごほごほと気管支に入ったスープと格闘しているうちに、陽菜の背中は、上機嫌なまま扉の向こうへと行ってしまった。ぱたんと扉の閉まる音がする。

「大丈夫か？」

「え、ええ……」

なんて、切り替えの早い――。そういえば、聖姫試験で、突然謝ってきた時もそうだった。

（あの変わり身の早さは称賛に値するレベルだけれど……）

気がつくと、リーンハルトがむせたイーリスの背中をさすってくれている。

（あら。さっきまでは機嫌が少し悪そうだったのに……）

背中に触れてくる手は、ひどく優しい。

「あ、ありがとう……」

温かい手が自分の体をいたわってくれるのに、なぜかほっとして礼を言うと、先ほどまで機嫌が悪くなりかけていたはずのリーンハルトは、にこっと笑った。

「いいさ、やっと二人きりになれたんだ。これぐらい」

（って、まさか！　二人きりになれないから拗《す》ねていたの⁉）

側にいたのは、陽菜一人だ。よもや、それだけで子供のように不機嫌になりかけていたとは。

思わず、ぷっと噴き出してしまう。

「もう――！」

（そんなことを言われたら、嬉しくなってしまうじゃない）

ここ数年は、リーンハルトが怒りだしたら、ひどくギクシャクとしてしまっていた。でも、まさか、不機嫌になりかけていたはずのリーンハルトと、こんなふうに笑って話せる日が来るなんて――。怒らずに微笑んでいてくれるのが嬉しい。

だから、自然と口から言葉がこぼれでた。

「リーンハルトの手って、大きいのね。それにシュレイバン地方で私を守ってくれた時も――あんなに強いなんて、知らなかったわ」

「それは、まあ……」

少しだけ照れている。

「軍の統帥権を持つのは、国王だからな。いくら兵たちが守ってくれるとはいえ、ほかの者に侮られるほど弱くては、誰もついてはきてくれないし」

「きちんと王としての考えを持っていたのね。そのお蔭《かげ》で、助けられたわ。――ありがとう」

広い手を握ってお礼を言えば、リーンハルトの白い肌が見事なほど赤く染まっていく。

だからだろうか。今まで夫婦生活をしてきた六年の中でも、特に和やかな夕食となった。

リーンハルトがこれまで軍でどんなふうに特訓を重ねてきたのかという話で盛り上がり、途中で、食べ終わった皿の片付けにハーゲンが入ってきた時も、「おや、陽菜様は？」と首を捻っている姿に、答えるのが思わず遅くなってしまうほどだった。

夕食を終え、部屋を移動して静かにお茶を飲んでいると、時間はゆっくりと過ぎていく。

壁に据えられた柱時計が、穏やかに話す二人の間で八の鐘を鳴らした。

「いつの間にか、こんな時間か……」

ちらりと、リーンハルトが柱時計を忌ま忌ましそうに見つめている。

「もう帰るの？」

隣り合ってソファに座りながら、イーリスはそっと顔を覗きこんだ。

「べ、別に……！　仕事は忙しいが、絶対に今日じゃなくてもいいし。居場所さえ伝えておけば、瑞命宮《ずいめいきゅう》に戻るのは、夜中になっても、明日になっても大丈夫なのだが……」

（うわあ、真っ赤だ）

なにかを誤解しているような気もして申し訳ないが、さすがにこれ以上王宮書司官を待たせるわけにはいかない。

「だったら、よかったわ。じゃあ」

にっこりと笑って、静かにペンを取り出す。

その瞬間、がたんとリーンハルトが席から立ち上がった。

逃げ出そうとする姿に、慌てて口を開く。

「待って！　離婚届は約束でしょう⁉」

さすがに、二日続けて逃げられては困る。

咄嗟《とっさ》に、立ち上がったリーンハルトの服をむんずと掴んだが、向こうはそれでも諦めず、なんとかこの場から立ち去れないかと歩き出そうとしている。

上着が、縫い目で裂けてしまいそうなほど強く握った。

「別に今日じゃなくてもいいだろう⁉　急ぐものではなし」

「そんなことを言って、いったいいつになったら約束を守ってくれるの⁉」

「君が再婚の届にサインをする決意をしたら書いてやる！」

「さては、離婚期間を実質ゼロにするつもりね⁉」

返ってきた答えに、往生際が悪いと思うが、服を掴まれたリーンハルトも必死だ。なんとかイーリスの手から服を取り戻し、この場から立ち去れないかと格闘している。

それを見て、瞬間的に、イーリスは上着の裾を引っ張っているリーンハルトの手を握った。

一瞬ぎょっとしたが、振り払うつもりはないらしい。その隙に、口を開く。

「だいたい、あの時私が書いて渡した離婚届にサインをするだけでしょう⁉　ちょっと名前を書けばすむだけなのに、どうしてそこまで」

「あんなもの、もうこの世にあるか！　忌まわしかったから、見た瞬間暖炉に投げこんで、これ以上誰の目にも絶対に触れないように抹消してやった！」

「はああああー⁉　あなた、人が心をこめて書いたものになんてことをしてくれているのよ⁉」

あまりの顛末《てんまつ》に開いた口が塞がらない。

「心は心でも、怒りだろう⁉　まるで、真心をこめたみたいに言うな！」

確かに離婚届を勢いで書いた時に、文字にこめたのは怒りと悲しみだった。しかし、それが相手に渡るや否や灰にされていようとは――。

呆気《あっけ》に取られたが、目の前に立つリーンハルトは、置かれていた離婚届を見た瞬間を思い出したのか。完全に苦虫を噛み潰した顔だ。

「あんな忌まわしいものを何度も見たいものか。確かに、離婚は約束した。だから書くが、いつとまでは明言していない」

（すごく潔くない宣言がきた――！）

「ちょっと待って！　王宮に帰ったら、書くって約束だったのに……！」

まさか約束した直後に、反古《ほご》にするつもりだったのだろうか。

「宮殿に戻ったら書く。確かにそれには頷いたが、宮殿に戻ったその日とまでは約束していない」

「はあああああ⁉」

（ちょっと待って！　これ、ひょっとしたら本当に百日間引き延ばすつもりなんじゃないの⁉）

冗談ではない。それでは、また前回の約束と同じ状況になってしまうではないか。

胸を弾ませて、約束したダンスの時間を待っていたのに。十四歳のあの時、その瞬間はついに訪れなかった。その約束と共に、きっと来ると期待したリーンハルトとの仲睦まじい夫婦としての時間も――。

二人の上を彩りながら覆っていた紅葉が舞い散っていった日を思い出した瞬間、取り出した白紙をだんとマホガニーの机に叩きつけていた。

「書いてよ――！」

家出までして、もう一度信じられるかどうか、揺れ動く苦しみの中で、やっとやり直すために交わした約束だったのだ。

（また、あんなことになったら、私……！）

脳裏には、約束を守られずに過ぎていった悲しい日々が駆け巡っていく。

あれからしばらくして、何度ものパーティーで期待しては守られなかった約束に、「もう、いいの。変なことを言って困らせたわね」と木々の側で立って笑い、自分で終止符を打った。降り注ぐ赤や黄色の紅葉の中で、一瞬リーンハルトがなにかを言いたそうにしていたが、その前から走って逃げた。

リーンハルトとうまくいかないのなんて、結婚してすぐに洪水があってからずっとのことだ――。色づいていた木々の葉が、もう一時だけ彩られた季節は終わりだというように地上に落ちていく。枯れ葉となっていく彩りの上を走りながら、こぼれてくる涙を必死でこらえた。

なんでもないこと。今更のはずなのに――。

どれだけ、この言葉が頭の中でリフレインしたか。それでも、辛くて、心の中では喧嘩してからの日々が、鮮やかに流れていった。

挨拶しかできなくて、見送った喧嘩したての頃。少し話せるようになっても、二人の間に開いた距離は、なかなか変わらなかった。ほかの臣下や令嬢たちとは談笑をしているのに、なぜかイーリスがギイトを伴って近づくと、笑っていた瞳がいつも苛立ったようになっていって――。

（いいえ、違うわ）

ギイトといる自分への眼差しが、特に冷えたものになっていったのは、あの十四歳の時の約束が終わってからあとだった。

「どうしました、イーリス様？」

「ギイト！」

一面に降る紅葉の中で、見つけた姿に飛びついてわんわんと泣く自分を慰めてくれたギイト。その光景を、いつの間に追いついて見ていたのか。遠くの木陰から眺めていたリーンハルトの針のように鋭い眼差し。

――いつかは、仲直りをしたいと思っていたはずなのに。気がつけば、それさえも諦めてしまうほど冷たい視線を向けられてくるようになった。

怒りを秘めた視線で何度も睨みつけられているうちに、二人の間はますますギクシャクとしていった。

(もう、あんな想いはしたくはないのに！)

ぐっと白い紙の上で、拳を握りしめる。

「書いてよ……！　お願いだから……」

自信がほしいのだ。今度こそやり直すと言ってくれたリーンハルトが、あの時とは違い、約束を守ってくれるという証が。

(そうでないと、怖くて、私はリーンハルトの側にいるのが不安でたまらなくなる……！)

ぐっと金色の眉を強く寄せた。

その上で、リーンハルトのアイスブルーの瞳が、自分の前にいるイーリスをじっと見つめてくる。

青い瞳の視線を受け、小刻みに体が揺れた。

「約束を……守ってほしいの……」

ぼーんと、八時半を示す時計の鐘が鳴る。

静かな部屋の中で、針のこちこちと動く音だけが、肩を震わせるイーリスの後ろで響き続けた。

「――――わかった。書こう」

長い沈黙のあとで、やっと返されたリーンハルトの言葉に、ぱっと顔を上げる。

「本当？」

「――ああ。だが」

紙を見ていたリーンハルトのアイスブルーの瞳が、座って羽根ペンを持った瞬間、くわっとイーリスに向かって開かれていく。

「本当に、百日後には再婚の届にサインをしてくれるんだな⁉　絶対に⁉」

「それは、百日間通う約束を守ってくれたらするつもりだけれど――」

まさか、ここまで念押しをされるとは思わなかった。

渋々リーンハルトの手が、インク壺《つぼ》にペン先を下ろしていく。その間にも口からこぼれてくるのは、呪詛《じゅそ》のような泣き言だ。

「……君には、わからないんだ……。俺が、どんな気持ちで、あの時結婚届にサインをしたかなんて……」

この世で一番幸せな気持ちだったのに――と嘆いているが、それならばあとに続く六年間をなんとかしてほしかったとしか、言葉が出てこない。

まるで泣くように、とぷんとペン先がインクに浸される。

そのまま微かな音とともに公文書にも用いられる紙に綴《つづ》られていく文字は、あの夜にイーリスが書いたのとまったく同じ文面だった。

『リエンライン王国の法に基づき、この両者の婚姻の解消を神に報告する。
　リーンハルト・エドゼル・リエンライン・ツェヒルデ』

かりかりと綴る音さえもが、まるで泣いているかのようだ。響く音が消え、無言のまま渡された紙を眺めて、ほっとしたイーリスもその下に自分の名前を記した。

『イーリス・エウラリア・ツェヒルデ』

これにより、二人の正式な離婚届――すなわち離婚状ができあがった。

互いの名前が記された離婚状を、安堵《あんど》しながらイーリスは見つめた。

（約束を――守ってくれた）

あの日、みんなの前で交わしたやり直すという約束の一つ目が、確かにリーンハルトの綴った文字でここにある。

（きっと今回は大丈夫……）

やり直すと決めたとはいえ、ふとした瞬間に、心の中ではどうしてもあの時と同じにならないかという恐怖が忍び寄ってきた。

(でも、こんなふうに守ってくれるのだったら、おそらくこれからも……)

渡された離婚状を、愛おしそうにぎゅっと抱きしめる。

引き替えに、目の前に座ったリーンハルトは、どんよりと澱《よど》んだような目だ。

「リーンハルト?」

「別れたくなかったのに……。君と、離婚だなんて」

「大げさねえ、今すぐ神殿に提出するわけでもないのに」

そのために、普通ならば名前の下に書きこむ日付は、今も空白のままだ。

あまりの落ちこみぶりに、逆にのんきな声を出してしまったが、それが癇《かん》に障ったのか。くわっとリーンハルトのアイスブルーの瞳が開かれた。

「当たり前だ! 日付を入れて、今すぐ神殿に提出するなんて言われたら、なにがあっても書いたりなどするものか!」

再婚を決意する百日後まで待つということだったから、渋々書いたんだと、両手をいらいらと組み合わせている。

「本当に! 本当にまだ神殿には出さないんだな!?」

「疑り深いわねー。最初にした約束のとおり、きちんと百日待ってあげるから」

あまりの焦りっぷりに、むしろ、こちらのほうに余裕が出てきてしまう。

それだけイーリスと別れたくないのだと思うと、やはり素直に嬉しい。

(きっと、リーンハルトも今度は前とは違い、約束を守って、やり直してくれると思うし……)

だから、ほっとして微笑みかけた。

その時、後ろでこんこんと扉を叩く音がする。

「あの……玄関に、元老院のグリゴア様からのお使いという方が、来られているのですが」

おずおずとハーゲンが扉から顔を見せる。きっと、また離婚状の催促だろう。

「そう。昼間に来たのと同じ人？」

「いえ。今度は違う官吏みたいですが」

最初の人物では埒《らち》が明かないと踏んだのか。それだけ相手も必死なのだろうと呆れるが、今は手の中にこの離婚状がある。

相手の思いどおりと考えれば癪《しゃく》だが――。

「そう……まあ、今度は手ぶらでは帰さないし。これ以上の嫌がらせはできないはずよ」

「では」

ぱっとハーゲンの顔が輝く。

「ええ。相手がさんざんせかしてくれた離婚状も、こうして用意することができたわ」

とにかく、これで静かに過ごすことができるのだ。あとはリーンハルトが約束を守ってくれるのかどうか確かめて、再婚する予定の百日後まで書司部で保管してもらえばよいだけ。自然と微笑みながら、ハーゲンを振り返った。

「ああ、そうね。使者に渡すのに、なにか入れる箱を用意してくださる？　それと、コリンナを使者と共に王宮書司部まで遣わしたいので、ここに呼んできてほしいのだけれど」

今すぐ神殿に提出するわけではないが、王家にとっては重要文書だ。念のために、コリンナを使者に同行させて、書司部で保管されるまで見届けさせておいたほうがいいだろうとハーゲンに頼むと、赤茶色の髪を振って急いで身を翻していく。

「はいっ、ただちに！」

言葉のとおり、ハーゲンはすぐさまコリンナを呼びに走り、次いで一つの黒塗りの箱を持ってきてくれた。

正式な文書などを送るときに使う文箱だ。前世で持っていたノートぐらいの大きさで、黒く塗られた表面には、螺鈿《らでん》で蘭《らん》の花が波のように描かれている。後ろのテーブルの燭台《しょくだい》の光に、螺鈿の放つ七色の輝きがきらきらとして美しい。

ふとハーゲンの手の隙間から見れば、中にも表と同じように螺鈿で、大小の蘭がいくつも少し浮き上がるようにして描かれているではないか。開けた蓋の裏側にまで丹念に描かれているところを見ると、よほど高価な文箱なのだろう。細かな蘭が波のように所狭しとちりばめられている中で、蓋の中央や蓋裏の四方の端に描かれた胡蝶蘭《こちょうらん》は少し大きめで華やかだ。

ことんと、ハーゲンは、後ろのテーブルに、その蓋を表面の蘭の波を表にして置いた。

「綺麗《きれい》な箱ね、この離宮にあったの？」

「いえ、私個人の物ですが……。昔、ここの管理者になる前は、こういう品を扱う仕事をしていたので、その時に」

「ああ」

なるほどと頷く。

「繊細で素晴らしい細工ですものね。ご自分用に買われたの？」

「いえ、私の友人がこういうのをよく使う仕事をしているので、以前美しいのがほしいと頼まれて探したんです。その時に見かけて気に入ったのを、ついでに自分用にもと……」

少し話しにくそうなのは、ひょっとしたら相手は女性なのかもしれない。

「あら、そうなのね」

（それだと、今のリーンハルトの前で詳しく訊くのはかわいそうよねー）

なにしろ、まだどんよりと死んだ魚のような目をしている。その間にと、ハーゲンへ離婚状を渡した。受け取ったハーゲンは、一緒に持ってきた紫の布を箱の底に広げると、その上に置いて、恭《うや》しく包むようにしてから蓋を閉めた。緊張しているせいなのか、畳んだ紫の布が箱から少しはみ出してしまった。横の隙間から指を入れて布を直すと、かちっと音をさせて、丁寧に両手で蓋を閉めていく。

その音にびくっとしているリーンハルトの様子には、やれやれといった気分だ。

もう一度後ろを振り返ると、その間にハーゲンは美しい飾り紐《ひも》を取り出して、きゅっと手早く箱を封じていく。

ぱたんと扉の開く音がした。

「イーリス様！　遅くなりました」

「ああ、いいのよ。みんなで楽しくお食事をしている最中に呼び出して、ごめんなさいね」

「いえ、私は女狐《めぎつね》にテーブルマナーの特訓をしていただけですから」

どうやら強制的に、こちらでのマナー講習を受けさせられていたらしい。

（ごめん、陽菜。明日からはきちんと言っておくから）

その間にも、ハーゲンは紐で結わえた下に紙を入れ、少しだけ蠟《ろう》を垂らしている。もちろん、下の箱にはかからないように、細心の注意を払ってだが。そして、イーリスに封蠟用の刻印を差し出してくれた。

「ありがとう」

ぽんと赤く溶けた蠟に、重要書類である証明の印を押す。じっと見れば、封蠟が施された螺鈿の箱は、灯されたシャンデリアの下で、これからの二人の門出を祝うかのようにきらきらと美しく輝いているではないか。

「これで、やっと——」

全部が過去になっていく。

あとは、この離宮で百日を過ごし、リーンハルトの態度にゆっくりと心を決めていけばいいだけだ。

（本当に、やり直す約束を守ってくれるのかどうか——）

大丈夫よね、と心で呟く。その間にも、ハーゲンは使った刻印や蠟を片付けて、部屋から下がっていった。

扉の閉まる音がして、やっと見つめていた箱から顔を上げる。

「では、コリンナ。これを来た使者と一緒に、どうか書司部まで届けてほしいの」

「はい、承知しました。書司部にお預け次第、またご報告に戻ってまいりますね」

「よろしくね」

しっかり者の彼女のことだ。来た使者と一緒に王宮の書司部へ行き、そこでたとえグリゴアが待っていようとも、毅然《きぜん》とした態度で怯《ひる》むことはないだろう。

ぱたんと扉の閉まる音を聞きながら、イーリスは「さて」と振り返った。

後ろでは、まるで牢獄《ろうごく》の扉が閉まったかのように、リーンハルトが絶望しきった顔をしている。

その顔に、思わず両手を腰にあてた。

「あーもう！　まだ預かってもらっただけなのに！」

どうして、そこまで打ちひしがれた様子をしているのか。

「離婚状は約束だったでしょう⁉　それに百日通う約束を守ってくれたら、ちゃんと再婚もするんだから！　今はそんなに落ちこまなくても――」

「わかっている」

だが、リーンハルトは机を見つめたまま呟いた。

「え？」

「国民の前で、君と約束したことだ。離婚状を書かねばならないことも。それが、君とやり直すための約束であることも」

ただと、マホガニーの机の上に置いていた両手をぎゅっと握りしめる。その手は、微かにだが震えているようだ。

「俺の自信がないだけだ。俺は、君にとって良い夫ではなかった。いや――むしろ、不幸にした夫だと言ってもいいだろう。だから……」

百日後に、もう一度選んでもらえるか自信がないと、俯いている顔になんと答えればいいのか。

「リーンハルト……」

そっと座って、顔にかかる銀の髪の間を覗きこんだ。

ひどく憔悴《しょうすい》したアイスブルーの瞳が、こちらを見つめてくる。

伸ばした指で、さらりと銀の髪を持ち上げた時だった。

がたーん。

「何事⁉」

まるで、廊下にある置物が倒れたか、どこかのシャンデリアが落ちたかのような音だ。

「どうした⁉」

急いで立ち上がったリーンハルトと一緒に廊下へ飛び出した。慌てて走り、角を曲がると、階段に続く途中でコリンナがうつ伏せに横たわっているではないか。

倒れた時に手が引っかかったのだろう。側では、廊下の台に飾ってあった弓が床に落ち、筒からこぼれた矢がばらばらになって絨毯《じゅうたん》に散乱している。

「コリンナ⁉」

なにがあったのか。

助け起こそうと走り寄り、慌てて意識のない体を抱えあげる。

「コリンナ⁉　コリンナ、しっかりして！」

膝に抱えれば、頭の後ろから血が出ているのに気がついた。まるで、暗がりから何者かに殴られたかのようだ。

「どうして、こんなことに……」

いったい誰がと呟いたところで、目を見張った。

倒れているコリンナの白い指の先。矢が散らばった絨毯の上には、封じた蓋が開き、空になった螺鈿の箱が転がっているではないか。

その様子に、イーリスの金色の瞳が、これ以上ないぐらい大きく開いた。


「え……っ！」

（あれは、どういうこと……？）

どうして、先ほど厳重に蓋をして、離婚状を入れたはずの箱が空になっているのか。

コリンナを膝に抱えたまま、信じられないように見つめた。怪我をしたコリンナを気遣い、身動きできない横で、一緒に駆けつけてきたリーンハルトが、すぐに空になった箱に気がついて急いで手に取っていく。

「――ない、だと……！」

じっと見つめた。側に転がっていた蓋も拾ったが、箱同様中は空だ。ほかに飾り紐と弓矢以外で落ちているのは、一緒に入っていた紫の布だけ。

「ハーゲン！」

「は、はい……っ！　どうかされましたか⁉」

おそらく、コリンナが倒れた音で近くまで来ていたのだろう。下に続く階段から、慌てて上ってくる姿が見える。

赤茶の髪が階段から現れるや否や、リーンハルトが叫んだ。

「すぐに警備責任者を呼んで、この離宮を全館閉鎖しろ！　不審者が入りこんでいないかの捜索と、離宮への許可なしのすべての出入りを禁じる！」

「は、はいっ……！」

突然の命令に、慌てて踵《きびす》を返して階段を下りていく。

「――まずいことになった……」

「リーンハルト！　まさか、離婚状が……」

「ああ、何者にかはわからんが盗まれた」

盗まれた――二人の、離婚状が。

なぜと思うのよりも早くに、二階の奥からは別の物音が響いてくる。

「なにかあったんですか⁉」

「イーリス様、いったいなにが……コリンナ⁉」

走ってきたのは、別室で食事をしていたはずの陽菜とギイトだ。

イーリスに抱えられて頭から血を流しているコリンナの姿に気がついたのだろう。

驚いて駆け寄ってきたギイトに、意識を失っているコリンナの体をそっと手渡す。

「急いで、手当てをしてあげて」

「これは、いったい……」

「わからないわ。ただ、誰かに突然襲われたみたいなの」

ぐったりとしている体を預ける。意識がない体は、相当重いはずなのに、意外にもギイトはひょいっと腕で抱えあげた。

「わかりました。急いで宮殿の医師を呼び、手当てをさせますので」

「ありがとう。陽菜も一緒にお願い」

「はいっ！」

二人で慌ててコリンナを部屋へと連れていく。直後、ハーゲンから聞いた命令で駆けつけてきたのだろう。この離宮を警備している騎士隊の隊長らしき姿が、息を切らしながら階段を上ってくる。

「陛下。なにかございましたか⁉」

そもそも、なぜここに陛下がいるのか――。離宮の警備を担当しているはずの近衛騎士団の第二部隊の隊長は、明らかに驚愕《きょうがく》の表情を浮かべている。

きっと、ハーゲンから、ここにイーリスたちが逗留《とうりゅう》することになったという正式な報告が行ってはいなかったのだろう。

事前連絡なしで、突然王と遭遇すれば慌てるだろうが、今はその件について話をしている場合ではない。

「封鎖はしたか⁉」

「はい！　ただちにすべての出入り口に騎士や衛兵たちを立たせ、庭にも配置して、扉のみならず窓からも抜け出せないようにいたしました！」

「この離宮に出入りした者たちは？」

「兵の報告によると、夜になってからは、王宮書司官が一人来ただけでそれ以外はないそうです！」

ぴっと姿勢を正して、即座に対応できるのは、日頃の訓練の賜物だろう。緊急事態に備えて、いつでも臨機応変に対処できるようにしているのに違いない。

「内部も今確認させておりますが、今のところ怪しい者が立ち入ったという形跡は見当たらないそうです！」

ちっ、とリーンハルトが小さく舌打ちをした。

「わかった。ならば、今後離宮から出ようとする者には、誰であれ身体検査を行うように。服の袖、上着、すべてを詳しくチェックしろ。特に、俺の名前が記された紙を持っている者がいれば、絶対に外へ出すな！」

「はっ！　あの、紙……と申しますと」

「――俺の離婚状が盗まれた」

言った瞬間、隊長の精悍《せいかん》な顔が、はっきりと色を変えた。

「国家の大事だ。犯人は、イーリスの侍女を襲い、後ろから殴って箱に入っていた書状を奪った。なにがあっても、犯人を逃すな！」

急いで、離宮内の大捜索が始まった。

そう広くはない離宮だ。外から応援に来てくれた第二部隊の騎士たちもあわせて、離宮の隅々まで、誰か隠れている者がいないか、暖炉の煙突や天井裏までも捜したが、どこにも見つけることができない。

――もちろん、行方不明になっている離婚状も。

「まずい……」

刻々と寄せられてくる報告を聞きながら、リーンハルトが額に手のひらをあてた。

「陛下。あの、来られていた王宮書司官なのですが……。先ほどこちらからの使者と共に離婚状をお渡しするとお伝えしていたので、まだかかりそうですかとお尋ねになっているのですが……」

恐る恐るといったように、扉から顔を覗かせたハーゲンが尋ねてくる。

「もう少し待たせておけ」

ぎろっと冷たいアイスブルーの瞳に睨まれて、すぐに「はいっ」と首は引っこんだ。

「どうしよう……」

まさか、離婚状が盗まれるなんて――。考えもしなかった。

イーリス自身、自分たちの付近に何者かが入りこんで隠れていないか、リーンハルトに守られながら捜している最中だ。

使われていない部屋ならば、誰かが潜んでいてもわからない。そう思ったから、燭台を持って捜し回っても、どの部屋にも人影はない。

よほど長い間住む人のいなかった離宮なのだろう。こまめに換気と掃除はされているようだが、どの部屋も美しいのは調度ばかりで、人が隠れられるほどの大きな家具自体が少ない。

それでもいくつかある空の衣装簞笥《だんす》を次々と開けていく。書架の陰や物入れの棚など。誰かが潜んでいないかと、リーンハルトに守られながら捜したが、どこにも怪しい姿は見出せない。

「いったい、どうして離婚状なんかを……」

しかも、王宮書司官が三度目の催促に来て、渡すと言った直後にだ。あまりにもタイミングが悪すぎる。

「困ったわ……。取りあえず王宮書司官には、もう一通書いて、そちらを渡すしか……」

そうすれば、差し当たりこの場はしのげるはず。戸惑いながらリーンハルトを見た瞬間、アイスブルーの瞳がばっと振り返った。

「それはできん！」

「どうして？　確かに離婚状を盗まれたのはおかしいけれど、書き直して作成すれば……」

「そうじゃない！　二回離婚すればもう再婚はできない！　これは、神殿とも正式に交わしたリエンラインの法律だ！」

「――あ――」

　脳裏に浮かび上がった法律全集の一文に、金色の目を大きく開く。

「リエンライン国法二十五条附則三、同じ相手と二度にわたり婚姻関係を解消した者同士の、再度の婚姻を禁ずる！　三十年程前に、破産した商人が財産を守るため、離婚した妻の名義にして隠すという手法が広く行われていたせいで、追加で決められた条項だ！」

「――そういえば」

　すっかり忘れていた。いや、覚えていたことは覚えていたのだが、イーリスとリーンハルトの離婚は一回目。この附則には触れないと、そのまま記憶の底に沈めてしまっていたのだ。

　しかし、口に手をあてたイーリスの前で、リーンハルトはアイスブルーの瞳に焦りの色を浮かべている。

「あの離婚状には、日付が書かれてはいない！　だから、もしもう一通離婚状を書いて、そのあとで誰かがあれに日付を書きこんで神殿に提出すれば、それで俺たちの仲は終わりだ！」

「え……！」

（つまり――場合によっては、もう私とリーンハルトは再婚できなくなるかもしれないということ？）

「そんな……」

まさか、と息を呑む。

やり直すと決めたばかりなのに。

「あの、さっきからなにが……。私も身体検査をされましたし。それと、お渡しいただけると聞いていた書状は、いったいいつ頃になりそうなのか……」

離宮内のおかしな様子に気がついたのだろう。階段を上ってこようとした書司官の制服を着た青年が、せめてそれだけでも教えてくださいと食い下がり、止めるハーゲンと言い争いになっている。

ちっとリーンハルトが、舌打ちをした。

「俺が行って、グリゴアに、取りあえず待つように話してくる！　だから、その間になんとしても離婚状を捜し出せ！」

「わ、わかったわ……」

「それと、離宮内といえど一人にはなるな。誰が――犯人かわからん」

それは、つまりこの内部に離婚状を盗んだ者がいるかもしれないということなのだろうか。

いったい誰が――。しかし、リーンハルトは、通りがかったメイドにギイトを呼びに行かせると、そのまま書司官と共に大翼宮へ向かってしまった。

第三章　捜索

夜を徹して離宮内を大捜索したが、離婚状は見つからなかった。

まるで、箱から取り出されたあと、そのまま霧になって消えてしまったかのようだ。

（この離宮から持ち出される物や、持ち出そうとする者はすべて騎士たちが検査をしているから、まだこの建物内のどこかにはあるはず……）

目の前のベッドに横たわるコリンナを見つめながら、イーリスは指でこつこつと肘掛けをつついた。脳裏では、昨夜からのことを反芻《はんすう》している。

（離宮内で働くメイドは五人）

宮殿一つを切り盛りする人数としては少ないが、日頃使われていない建物だ。なにか催しなどで人手が必要となったときには、宮中省から特別に応援が来てこなしていたのだろう。

（この宮では、常時生活している者がいないから、食事も別の建物の厨房《ちゅうぼう》で作られて、ここまで運ばれてくるようになっていた……）

だとしたら、昨夜いたのは、自分たちも含めて十三人。警備にあたっていた兵士や騎士たちは入れてはいないから、正確な数字ではないが――。

（誰かが、私とリーンハルトを再婚させまいとしているの⁉）

座ったまま、ぎゅっとヴァニラ色のドレスを握る。

昨夜いた中で一番怪しいのは、あの時来ていたグリゴアからの使者だ。しかし、離宮を出る前の身体検査で、ほかの者以上に念入りに全身を調べさせたが、疑わしいものはなにも見つからなかった。思い出した事実に、強く唇を噛《か》む。

そのあと、コリンナの手当てに大翼宮《だいよくきゅう》から医師が来たが、こちらも離宮に入る時と出る際に行われた検査では怪しいものは見つかりはしなかった。

(だったら、誰かがこの宮の中に隠した？　すべての部屋を捜したのに？)

――まさか、共犯者がいるのだろうか。

ここでこっそりと隠し、あとでグリゴアに渡して、二度とイーリスが、リーンハルトの側に立つことができないようにするために。

もしそうだとしたら、誰が――。朝になって戻ってきたリーンハルトも、はかばかしくない捜索の進展に、眉根を寄せていたのを思い出したところで、不意に前から声をかけられた。

「見つかりましたか、イーリス様」

こつこつと叩《たた》いていた指に、考えこんでいるのを気づかれたのだろう。目の前では頭に包帯を巻いたまま横たわっていたコリンナが、心配そうに白い枕の上からイーリスを見つめてくる。

その目頭に、微かに涙が光った。

「申し訳ありません。私が襲った者の姿を、少しでも見ていたらよかったのですが……」

「そんなこと！」

涙を浮かべるコリンナに、慌てて叫ぶ。

「気にしないで！　突然後ろから襲われたんですもの。なにも見えなかったとしても、仕方がないわ」

そうだ。むしろ、不意打ちで、頭から血を流すほどの怪我を負わされたのに、気がついてからは、ずっと自分の心配ばかりしてくれている。

「あなたが無事でよかったわ……」

「イーリス様……」

そっと手を握って伝えたのは、嘘偽《うそ》りのない気持ちだ。だが、彼女にしてみれば、信頼して託された仕事を成し遂げられなかったのが、心苦しいのだろう。

「申し訳ありません……。私が、しっかりしていれば、今イーリス様がこんなに苦しまれることもなかったのに……」

気の強い彼女にしては、珍しく涙を浮かべている。転んだ時に落ちてきた矢で切ったのだろう、絆創膏《ばんそうこう》を巻かれた手で、まだ濡《ぬ》れたままの伽羅色《きゃらいろ》の瞳を気丈に拭った。

「それでですが……。あのあと、せめてなにか手がかりになることは見つかったでしょうか？」

「残念だけど……」

責任を感じている彼女に話すのは、心苦しいが、これに関しては首を横に振るしかない。

「リーンハルトが、すぐに離宮の周囲を兵たちに包囲させたから、犯人は外には逃げていないはずよ。でも、残った部屋と、メイドたちの持ち物も調べさせたけれど、どこにもそれらしいものは出てこなかったの――」

そうだ。忽然《こつぜん》と消えてしまったかのように、離婚状の行方だけがわからなくなってしまったのがおかしいのだ。

昨夜、この離宮内にいた者の数など知れている。ましてや、外から来た人間など、もっと少なかったというのに。

離婚状だけ、どこに消えてしまったというのか。

「なるほど。使っていない部屋と、メイドたちの持ち物もすべて調べたと。ならば――」

意を決したように、横たわったままの姿勢でコリンナがイーリスを見上げた。

「イーリス様、どうかこの部屋を調べてください」

「えっ！」

それは、考えたくない可能性として頭の隅に浮かんでは消えていたことだった。

怪しい者が見つからない。ならば、怪しくない者が、本当は怪しいのではないか。

だが、そんな親しい人を疑うような言葉を口にするなんて。

冷たい汗が額に滲《にじ》んだが、視線の先でコリンナは、イーリスのそんな心の葛藤をまるで見破ったかのように明るく笑っている。

「調べてください。それに……私が、手当てを受けている間に、誰かが部屋にこっそりと隠した可能性もあります」

本当は、イーリスを安心させるためになのだろう。ほかの者にも使えそうな言い訳を用意して口にしてくれる。

「ありがとう、コリンナ……」

機転のきく彼女になんと言って感謝をしたらいいのか。握った手に力をこめてお礼を伝えれば、コリンナはふっと笑って、すぐに握り返してくれた。

「当たり前です。私が、イーリス様を裏切るなんてありえませんから……」

そして、少し首を動かす。

「ほら！　ギイト！　あなたもすぐに立候補しないと！　今度こそ難癖をつけられて、陛下から処刑の口実にされるわよ⁉」

やりかねない――。

咄嗟《とっさ》に、そう思ったのは、どうやら自分だけではなかったようだ。

「言われるまでもない。私だって、イーリス様一筋なのに……！」

「ギイト……。その台詞を陛下が聞いたら、その瞬間断頭台に上らされるってことを、まだ理解していないのね？」

うわっ、また自分から死亡フラグを立てているとコリンナが引きつっているが、悲しいことにそれは否定できないような気がする。

「どうして、私がイーリス様をお慕いしているだけで、処刑なんて――」

「それに陛下は一番腹を立てているんでしょうが？　言っておくけどね。あの陛下に神の国の博愛なんて言葉は、いっさい縁がないんだから！」

取りあえず、陛下に疑われる言葉はすべて禁止と、コリンナが念を押している。気持ちはわかるが、どちらかといえば、コリンナの目にこそリーンハルトがどう映っているのか。

（いや、さすがコリンナ。あたってはいるけれど……）

一度訊《き》いてみたい質問だが、確かめるのが怖いという気もする。

冷や汗を垂らしながら、押し問答を聞いている間にも、連絡をした兵たちが、二人の部屋の中をくまなく捜し、どこにも離婚状がないことを確認してくれた。

もともと、イーリスの家出のせいで、ここに持ちこんだ荷物など少ない二人だ。私物など数えるほどで、どちらかといえば、部屋にあった箪笥《たんす》の裏や、最初から室内に置かれていた彫像や花瓶の下などに、書状が隠されていないかを確かめる作業となった。それらしいものは、どこにも見つからなかったけれども。

（そうなると……、残るのは、陽菜かアンゼルの部屋だけど……）

二人の顔を思い浮かべて、うっと言葉を呑《の》みこむ。気が進まない。なまじ、この間まで敵対してばりばりに疑っていた関係なだけに、陽菜になんて切り出せばよいのかがわからないのだ。

（どうしよう……。こんなことをお願いしたら、私がまだ陽菜を敵だと思っているって感じるかしら……）

そんなつもりはないのに――。

気の進まない作業に、イーリスははあと溜《た》め息《いき》をついた。

憂鬱な気分で陽菜の部屋にギイトと向かう。扉を前にしても、どんなふうに話を切り出せばいいのかが決まらない。

仕方なくこんこんと白い扉を叩いてみても、胸にこみあげてくるのは、重たい気持ちばかりだ。

（どうしよう……。こんなことを言ったら、疑われていると思うかしら……）

もしそう感じたら、やはり嫌だろう。いくら以前あんなことがあったとはいえ、陽菜は自分を信じてグリゴアの許を飛び出してきてくれたのだ。それなのに、まさかこちらでイーリスとリーンハルトの仲を引き裂こうと思われているなんて感じでもしたら――。

（やめようかしら……）

まだ開かない扉の前で考えこんだが、万が一ということもある。

（もしも――陽菜が、既にグリゴアに丸めこまれていて、コリンナを襲ったのだったら……）

馬鹿！　そんなはずはないと思うのに、悩めば悩むほど頭の中では、ぐるぐると嫌な考えばかりが渦を巻いていく。

（自分から飛び出してきてくれた陽菜が、グリゴアに言い含められているですって⁉）

ないない、そんなこと、と心の中で首を振るのに、誰かが勝手に陽菜の部屋に隠した可能性はある。だから、やはり捜させてもらわなければいけないのに、あまりにも考えすぎてしまったせいで、扉がかちゃっと開かれた時には、咄嗟に声が出なかった。

「あれ？　イーリス様？」

どうされたのですかと明るい顔で尋ねてくる。無邪気な笑みに、なんて言葉を返したらいいのか。

迷っている間に、イーリスの側に立つギイトが、真面目な顔で一歩ずいっと前へ進み出た。

「陽菜殿――いえ、陽菜様」

（あら？）

ギイトの陽菜への呼び方が変わったことに気がついた。横を見れば、これまではどこか陽菜に対して張り詰めた空気を纏《まと》っていたギイトの顔が、彼女に向かい、ゆっくりと笑みを浮かべていく。

「昨日、忍びこんだ賊が、今使われている部屋のどこかに、盗んだ離婚状を隠したおそれがあります。念のために、陽菜様の部屋も調べさせていただきたいのですが」

「ギイト⁉」

聞いた言葉に、目を開いた。まさか、ここまではっきりと言い切るとは思わなかった。

「忍びこんだ賊が、私たちが使っている部屋のどこかに離婚状を隠した……？」

口に出して反芻しているが、その次の陽菜の顔ときたら。だんだんと曇り、ゆっくりと泣きそうになっていくではないか。

（あ、これ絶対に、リーンハルトに疑われたらと考えているわ）

ぴんときた前で、陽菜は次第にがたがたと震えだしていく。

「つまり……、私の部屋から見つかったら、私が……犯人の一味と思われると？」

（そして、発想が処刑にまで辿《たど》り着《つ》いたわね）

「あとでだったら、そうなるかもしれません。しかし、陽菜様は、今ではイーリス様が後見を約束された大事なお方。私もこれまではいろいろとご無礼をして、申し訳ありませんでした」

「え？」

すっとギイトが身を屈める。

「今ならば、たとえ見つかっても陽菜様が知らないうちに隠されたものだということは、私もイーリス様もわかっております。万が一の場合に証言するためにも、部屋を確かめさせていただいて、かまわないでしょうか」

陛下に報告される前なら、無実を証明する方法もございますと、穏やかに笑うギイトの真面目さは武器にもなると初めて感じた。陛下という言葉に、ひいっと小さく叫んで飛びついてきた陽菜は、そのまま命乞いをするように、必死でイーリスの服にしがみついてくるではないか。

「調べてください……！　お願いします！　陛下が言い出す前に！」

泣きながらの懇願に、ありがたく部屋の中を捜索させてもらうことにした。白い猫足の鏡台。窓の側に置かれた衣装棚の裏などを兵たちと一緒に調べていくが、始めて五分としない間に、だんだんと申し訳なくなってくる。

「なんか……ごめんなさい。いろいろと……」

家出してきたイーリスとついてきたギイト。その侍女のコリンナは仕方がないにしても、これが年頃の女の子の部屋だろうかと思うぐらい陽菜の室内には物が少ない。

特にドレス。それに、化粧道具や装飾品も限られていて、部屋にはかわいらしい小物の一つもないのだ。これぐらいの年頃の女の子ならば、かわいい小物や愛らしい置物が棚の端などを彩っているものなのに。美しいが、殺風景な室内の様子を見ていると、次第にイーリスの胸が痛んできた。

（保護したつもりだったけれど……）

「いろいろと不便をかけていたのね。ごめんなさい、気がつかなかったわ。早めに商人を呼んで、身の回りで使う品を揃《そろ》えさせるから……」

「そんなこと！　気にしないでください！　第一、私の荷物はほとんど王宮の自室に残っていますし！」

王妃宮と違って閉鎖もされていないので、必要ならば、誰かに頼んで取りに行けばすぐですと明るく笑ってくれている。しかし、さすがにこのままでは申し訳ない。

「でも、今のままでは不便でしょう？」

「だから！　こんな時こそ、いいねのチャンス！　この宮に使っていない小さい布がいっぱいあったので、パッチワークで小物やドレスを作ってみようと思っていたんです。昔の人もやっていましたよね？」

「ああ、たしか布を効果的に利用するために……」

使えるところをつぎはぎにして、役立てたのがパッチワークの起源だといわれている。昔は布も高価だったたから、生活の知恵だったのだろう。それが時代が過ぎていくとともに、いろいろな模様を描く文化を創りあげた。

「それにね、古い服のボタンってすごく綺麗《きれい》なんです！　落ち着いた色からとてもきらきらとしたものまで！　こっちには、まだポリエステルとかはないはずなのに！」

「ああ、ボタンは、向こうの世界でも昔は、動物の角や貝殻、木の実などを加工して作っていたかららˉ」

「ああーやっぱり。昔の人の知恵ってすごいですよね！　いろんな方法を編み出しておいてくれるのですもの」

これならばこっちでも、たくさんの人にいいねと言ってもらえますと笑う陽菜の言葉に、イーリスもなるほどと考えこんでしまう。

確かに、先人の知恵は偉大だった。そして実用で始めたことが、時が移り変わるのとともに、現代では多くの人が手に取る文化へとなっていったのだから、やはり先人の教えは見ならうべきものなのだろう。

（歴史なら、私の得意分野だけれど……。なにか今回のヒントになりそうな似た事件ってあったかしら？）

書状にまつわる歴史的なことといえば、飛鳥時代の隋《ずい》への国書。赤穂浪士の神文返《しんもんがえ》し。江戸時代の国書偽造事件。頭の中で列挙してみるが、赤穂浪士の神文返しは、仇討《あだう》ちへの気持ちを確かめるものだったし、国書偽造は他国を巻きこんで徳川幕府に衝撃を与えた事件だったから、どれも今の離婚状問題には、ぴんとこない。

（あーだめだわ。我が推しの秀吉様の夫婦喧嘩《げんか》を、信長様が仲裁していた手紙ぐらいしか思い出せない……！）

いや、意外な書状が残っているという点では信長だけではない。名高い戦国武将が残した書状の中にはいろいろと、と考えたところで、捜索を終えた兵たちが、イーリスに敬礼をした。

「それらしいものはございませんでした！」

「ああ、ありがとう……」

あれだけ緊張していただけに、逆に呆気《あっけ》に取られてしまう。

（やっぱり私の気のせいだったのかしら？）

実は、誰の部屋にも隠されてはおらず、ほかの気がつかない場所にあるという――。

（そうかもね）

だったら、あくまでこの行為は確認に過ぎないのだ。

「さて、じゃあ、あとはアンゼルさんとハーゲンさんの部屋を見たら終わりだけれど――」

「あ、アンゼルなら、今ちょうど部屋にいますよ？」

呼びましょうかと陽菜が、自分の二つ隣の部屋に進み、こんこんと扉を叩いてくれる。

「アンゼルー？　ちょっと部屋の中を見せてもらいたいのだけれど」

しかし、中からは返事がない。代わりにひどく慌てたような、バタバタという音が扉の内側から響いてくるではないか。

「アンゼル？　室内を見せてもらいたいのよ？　ほら、昨夜泥棒が入ったでしょう？　その時に盗まれたものが知らない間に部屋に隠されていないかどうか」

どんどんと叩くが、返事がない。

「アンゼル⁉」

何回目になるのかわからない拳を、陽菜が扉に向かって振り上げた時だった。

来たばかりの神官がまるで息を切らしたかのような姿で、扉から飛び出してきたのは。

「お待たせしました」

どうして、こんなに慌てているのか。

不審に思うが、アンゼルは人なつこい姿に、汗を垂らしながら笑みを浮かべている。

「持ってきた荷物を散らかしたままにしていたものですから。あの、では私はちょっと腹を壊しておりますので、捜索の間お手洗いに行ってまいります」

そう言いおくと、小走りで振り返ることもなく去っていく。

だが、その少しだけ丸まった背中に、嫌な予感が走った。

（まさか――⁉）

前屈みの姿は、まるでなにかを隠しているようではないか。神官服を着たアンゼルの背中に、前に陽菜の側にいたヴィリ神官の後ろ姿が重なっていく。もしや――という思いが走り抜けた。

「待って！」

前屈みになり小走りで去っていくアンゼルの姿を、思わず呼び止める。

伸ばした手の先で、小柄な灰色の髪の持ち主は、すぐに角を曲がると、そのまま突き当たりにあるお手洗いへと向かっていく。

「ギイト！　急いで、なにか服に隠していないか確かめて！」

まさか――とは思う。だが、アンゼルがヴィリと同じように神殿にいながら野望を持っていたとしたら。いや、本人に権力欲などなくても、誰かに頼まれてやったのだとしたら！

まったくないとは言い切れない。

「はいっ！」

さすがに、男子トイレではイーリスも入ることができないから、今はギイトが頼りだ。

その間に部屋を兵たちに調べてもらったが、持っている私物といえば、使いこんだ聖典が一冊と、大量の紙。

持ちこんだ服や、ほかの日用品に比べても、鞄《かばん》に入っていたのは、圧倒的に紙が多い。そして、神殿の印章のないたくさんの封筒――。

いったい、誰に出すつもりだったのか。

（あああああっ！　あのままトイレで一時間近くも粘られなければ、なにかを隠していないか聞き出せたのに！）

だんと、両手の拳をマホガニーのテーブルに落とした。その衝撃で、目の前にあったカップから、少しだけお茶がこぼれる。

(あの時！　絶対に部屋からなにかを持ち出していたのよ！)

だから、出てくるまでが遅かったのだ。しかも、盗まれたのは紙一枚。服の下に巻いておけば、部屋の捜索の間ぐらいは隠すのがたやすい。

(前屈みで歩いていたあの様子なら、服の下になにかを入れていたのは間違いないのに……！)

さすがにトイレの個室にまで踏み入ることはできなくて、一時間近くも粘られたギイトが、用事のために少しだけ兵に交替を頼みに行った隙に、また部屋に閉じこもって鍵をかけられてしまった。

くうっと眉根を寄せる。

「すごく怪しかったのに……！」

「誰がですか？」

向かいに座っていた陽菜が、きょとんと目を開いている。

(あ、しまった！　つい、声に出していたわ……)

もし、アンゼルがヴィリ神官と同じ考えを持っていた場合、陽菜はまた危険な立場になる。だから、はっきりするまでは、できるだけ側にいたほうがよいと思って、夕食後のお茶に誘っていたのだ。

驚いている陽菜の顔をじっと見つめた。だが、よく考えたら陽菜は信用すると決めたのだ。ならば、アンゼルが敵だった場合も考慮して、いっそはっきりと言ってしまったほうがよいのではないか。

そう決意すると、薔薇色《ばらいろ》のソファにぽすんと座り直した。

「ええ、さっきのアンゼルの行動がね。まるで、なにかを隠しているみたいに見えなかった？」

「言われてみれば、そうですよねー」

「あ、でも別に陽菜の神官だけを疑っているわけではないのよ？　部屋の捜索は、コリンナやギイトはもちろん、ハーゲンさんだってしてもらったし」

「はい。私の部屋も先ほど、離宮の警備をされている騎士隊の方々がしてくださいました。特に怪しいものはないとお墨付きをいただいたので、安心したのですが……」

横でこぼれたお茶を拭き終えたハーゲンが、恥ずかしそうにぽりと頰を掻《か》いている。

「故郷の恋人からの文も全部見られてしまいましたね。ははは……なかなか精神的にきつかったので、逃げ出したい気持ちはわかりますが」

「そういうパターンもあるわよね……」

恋人との手紙を咄嗟に隠した――というのは、アンゼルの場合神官だからないとは思うが、全員がギイトのように清廉潔白とは限らない。

考えたくはないけれど、こっそり通っていた花街の情人とかからのものなら、見られては困ると思った可能性もある。

（でも、それであんなにも必死になって隠すものかしら？）

なにしろ物が物だ。もし疑われたら、最悪反逆罪にも問われかねないというのに――。

ただこの時点でまずいのは、一度アンゼルの部屋を捜索してしまったということだろう。これでアンゼル一人だけもう一度捜索をと言い出せば、明らかにイーリスが神殿を疑っていることになる。

（さすがに、証拠もないのに正面から切り出すのは、まずい……）

ならば、再度なにか口実を作って、全員の部屋を捜索するか。それともこっそりと探るか――。

（だとしても、どうやって……）

コリンナが入れ直してくれたお茶を、こくんと飲んだ。

爽やかな香りのお茶が、喉を通っていくのにつれて気持ちが落ち着いていく。ふと目を上げれば、前に座っている陽菜が少し困ったような顔で微笑んでいるのに気がついた。

「ごめんなさい。あなたの神官を疑って。ただ、あの時の様子が、あまりにも怪しかったから、はっきりとさせておきたいのよ」

「仕方がないですよ――……。私の側近絡みでは、前回のことがありましたから」

「そうそう。一度あることは二度あると言いますものね」

「コリンナ！」

慌てて止めたが、頭に包帯を巻きながら働くコリンナは、しれっと持ってきたお茶請けを机の上に並べている。

「そういえば、今日は陛下が遅いですね。こんなことが陛下の耳に入ったら、今度こそ陽菜様の幽閉は確定でしょうに」

「幽閉!?」

「ああ。もう面倒くさいから、いっきに処刑人のところにまで送られるかもしれませんね。なにしろ陛下の苛烈さは、ギイトへの言動で証明されていますし」

がたがたと座った陽菜の体が震えだす。

「コリンナ！」

慌てて止めようとしたのに。それよりも早く陽菜が引きつった笑みを浮かべながら、イーリスへと手を伸ばしてきた。

「やりましょう！　イーリス様！　ぜひ、私にアンゼルの真意を確かめる手伝いをさせてください……っ！」

「えっ……いいの？」

ぎゅっと握られた手に、目を開く。

確かに、直属の上司である陽菜が力を貸してくれれば、ずっと楽に探ることができる。

本当に、アンゼルがイーリスの離婚状を盗んだのかどうか。

だが、それは自分の側近を疑わせることになると悩んだのに。陽菜は引きつった笑顔のまま、イーリスの右手をしっかりと握りしめているではないか。

「私もこれ以上、周りの勝手な思惑で振り回されるのはごめんなんです！　私の人生の目標は、いいねと言ってもらえるプチ幸せ！」

これ以上周りに利用されたりはしませんと、まっすぐにイーリスを見つめている。

「ありがとう、陽菜」

嬉《うれ》しくて強く手を握り返した。陽菜が味方についてくれるのなら、一緒に作戦を練ることもできる。

「だから……アンゼルが今度は隠せないように、こんな感じでしたいのだけれど……」

「それなら、私に任せてください！　良い方法がありますから！」

明日までに、用意をしておきますねと協力者の笑みで、陽菜はにっこりと笑った。

準備のために陽菜が部屋に帰っても、まだリーンハルトが訪ねてくる気配はない。

窓の外は、もう真っ暗だ。時計を見れば、針は既に九時を過ぎている。

「遅いわね……」

ぼーんぼーんと、時計が重たい音を流してからも少しの時間がたっている。すっかり冷めてしまったお茶をマホガニーのテーブルの上に置きながら、イーリスはこちこちという音を、静かな夜の中に流し続けている時計を見つめた。

「毎日来る約束なのに……」

今日は、朝に来てから、今まで連絡がない。昨夜の事件のせいで、仕事が溜まっているのかもしれないが――。

「きっと陛下も、出かけられていた間のお仕事で、遅くなっておられるのでしょう」

にこっと笑って、心の不安を消すような言葉をかけてくれるのはギイトだ。

離宮内といえど一人にはなるな――。どんな想いで、昨夜のリーンハルトは、そう口にしてくれていたのか。

あのあと、離宮とイーリスの周囲に増やされた兵の数だけを見ても、リーンハルトが自分のことを心から案じてくれているのがわかる。

だから、ハーゲンが入れ直してくれた熱いお茶をそっと息で吹きながら、イーリスは忠告どおり側にいてもらっている二人を見つめた。

「まあ――今日の朝食も、忙しい合間を縫ってだったしね」

動いていく時計の針に不安が増えてこないわけではないが、まだ九時台だ。

（百日通うと約束してくれたもの……！）

まさか、こんな最初から約束を反古にしたりはしないはず。不安を消すように心で呟《つぶや》いたが、それでも会わない時間が針と共に、ゆっくりと日付まで迫っていくのには、お茶を冷ましていた顔が、少しだけ曇ってしまったのかもしれない。

「ときに、イーリス様」

気分を変えるように、側からハーゲンが新しい茶菓子を置きながら笑いかけてくれた。

「陽菜様に必要な品々を揃えられると、コリンナ様から伺いました。よかったら、私の昔の知り合いに声をかけてみましょうか？」

「知り合い？　ああ、そういえば以前文箱などを扱う部門に勤めていたと言っていたわね」

「はい。文箱以外にも、女性に好まれるような品を取り扱う商人をたくさん知っております。王宮に出入りしていた商人たちも何人か顔見知りですから」

「あら？　王室御用達の部門にいたの？」

なにげなく尋ねると、少しだけハーゲンの顔が曇った。

「いえ……私は、どちらかといえば王都の市場担当をしておりましたので、ギルドにいた者たちを知っているというぐらいなのですが」

「ああ」

なるほどと合点がいく。

「たしか昔は、王都の市場は、ほとんどギルドが独占していたんですよね？」

イーリスの側に立つギイトが、思い出したようににこにこと頷《うなず》いている。

「ギルドに入らない限り、王都では商売ができないという弊害に気づかれて、イーリス様が市場を開放されるように陛下へ進言なさったこと。これは、イーリス様の功績をたたえる逸話として今でもよく人の口に上っております」

「開放というか……」

「お蔭《かげ》で、各国の新しい文物が王都の市場に溢《あふ》れ、民たちも安価で良い品を買えるようになって喜んだとか。また、商売を始めたばかりの者たちも、最初に高いギルド加盟料を払わずにすむようになったので、国民に歓迎された政策でしたよね」

「あれは、たまたま気がついたのよ」

自分は、昔歴史書で読んだ信長様や秀吉様の楽市楽座の真似をしただけなのだ。

あの時はうまくいったが、他国との関係にまで広めようとしたところで、リーンハルトから改革が与える影響を複合的に見る大切さを教えられてしまった。

（うーん、政治って難しい……）

お茶を飲みながら考えたが、そのあたりのバランスについては、正直まだまだ初心者だ。

「そうですか？　でも、あの政策は王都の民も新興の商人たちも幸せにしたのです。あれは、イーリス様あっての改革だと、民には広く伝わっておりますよ」

にこにこと、ギイトがイーリスを見つめてくる。

「そうですね。お蔭で、市場にはたくさんの商人が出入りするようになりましたし」

側にいるハーゲンにまで頷かれると、少しだけ王妃としての自信が湧いてくる。

「だったら、嬉しいわ……」

あの時は苦い顔をして無言だったリーンハルトも、数日後には、自分の意見をきちんと大臣たちに諮《はか》ってくれていたと周囲から聞いた。耳にした時、どれだけ嬉しかったか。

行き違いはあっても、互いに少しずつ近づこうとしてここまできたのだ。

（――でも）

ぼーんと、時計の九時半を告げる音が部屋に響く。

「遅いわね……」

「少し、外を見てきましょうか？」

来ると言ったのだ――。なのに、こちこちと進む針の音にだんだんと不安が広がってくる。

（もし、このままリーンハルトが来なかったら……）

あの時のように、交わした約束が消えてしまったら――。

こみあげてくる不安を心の中で抑えながら、イーリスは少しずつ動いていく時計の針をただ見つめ続けた。


まさにその頃。瑞命宮《ずいめいきゅう》の執務室では、リーンハルトが机に積まれた大量の冊子の前に座りながら、手に持った報告書をめくっていた。

「では、シュレイバン地方の監察は滞りなく進んでいるのだな」

「はい、ただいま監察官を派遣させて、農民に対する毎年の税の徴収額、収入に対する税率なども調べさせております」

「それでいい。あの地方は銀細工が主要産業とはいえ、二年続けての冷害に対し、農家への救済をきちんとしていたのかどうか――。民衆に病気まで発生する事態となっているのならば、これ以上領主任せにしておくわけにはいかん」

ぱらりと届けられた報告書をめくった。シュレイバン地方について書かれていた次の項目に、リーンハルトの顔がセトランバーグ監督省大臣から机の前にいる別な人物に向けられる。

「アグランヴィル農務大臣」

「はい」

机の前に並んだ四人の中では、最も若い男性だ。慌てて体を折っているが、もう三十代にはなっているだろう。

胡桃色《くるみいろ》のくるくるとした髪を頭と共に下げながら、少し怯《おび》えたように年若い王を見つめている。

「前に伝えた、シュレイバン地方に助成する種と肥料の件はどうなっている？　乾燥野菜を使用して、ほかから遠路運んできているほどだ。おそらく、来年の春に蒔《ま》く種を取るための作物も碌《ろく》に残してはいなかっただろう」

「はい、それにつきましては、今ほかの地域などにも問い合わせて、余剰の種を買い集める手配を調えております。あと、南部の海岸地域から、獲りすぎた小魚などを集め、仰っていた肥料を作る準備も進めております」

「そうか。助かる」

一言礼に変えて言えば、大臣の顔が嬉しそうに輝いた。

「ありがとうございます！　魚を肥料に使うという案は、漁民たちも驚いていたようです。ただ、あくまで獲りすぎた分の余剰でいいことや、大きさや傷で売り物にならない魚を中心にしたい件を伝えれば、おおむね好感触という話でした」

「漁師にしても、せっかく獲ったのに小さすぎる魚や、売れ残った分の有効活用ができますからな」

側でうんうんと皺《しわ》を刻んだ顔で頷いているのは、工務大臣だ。

「もちろん、それを運ぶための橋や道の状態も、今急いで確認させております。肥料にして運搬するにしても、原料の状態でするにせよ、大量の荷車が行き来できる道でなければなりませんからな」

「ポルネット工務大臣」

短いダブグレーの髪をしたこの大臣には、南方からオレンジを輸送する途中でわかった道路や橋の補修箇所なども細かく伝えていた。だからこそ、次の政策でもそれを踏まえて、迅速に道路の整備を確認しようとしてくれている。

「魚を肥料として用いることでの市場への影響も調査しましたが、売り物にならないものを原料とする点や最初は小規模から行うこと。それらから考えれば、野菜や魚の値段、また現在の肥料の価格にもすぐに影響を及ぼすものではないと思われます」

ローズグレイの髪を後ろに乱れなく撫《な》でつけたディヒテネーベル商務大臣がゆっくりと身を折っていく。

「よし。ならば、すべてうまく進んでいるな」

持っていた報告書を机に置いて、ほっと両手を組んだ。

これで、取りあえず今日一番重要な案件は片付いたはずだ。

ちらりと時計を見れば、針はもう九時半になろうとしている。

（これで、やっとイーリスのところへ行ける……）

目の前には、まだ留守にしていた間に溜まっていた仕事が山積みになっているが、至急というものは残っていないはずだ。急ぎのものは、留守を預かっていた叔父がかなり捌《さば》いてくれていたし、必要ならばシュレイバン地方まで何度も使者を往復させていたから、あとはこの積まれている仕事を少しずつ片付けていけばいいだけのはずなのだが――。

ちらりと、今も机の前で立ったまま、にこにこと笑っている四人の重臣たちを見つめる。

（まさかと思うが……。こいつら、このまま俺が溜めている自分の部署の案件を、すべて終わらせるまで、帰らないつもりか？）

いや、まさか――と、ちらっと机の上に積まれた報告書の束を見る。そして、少し離れた場所で立つグリゴアを見つめた。

「ときに、陛下。先日ポルネット工務大臣と相談しておりましたスルティガス街道の流通についての件なのですが」

にっこりと慇懃《いんぎん》にディヒテネーベル商務大臣が告げてくる。

「スルティガス街道の改修案については、右に置かれた書類の束に纏めてあります」

しれっとグリゴアが横から補足してくる。

（やっぱり、そうだ！）

――夜で人が少ないのを幸いと、この隙に仕事を進めさせるつもりなのに違いない。

グリゴアを見ていた僅かな間にも、ポルネット工務大臣が黒橡色《くろつるばみいろ》の目を開いて喜々として話し始める。

「はい。実は南部と北部の物流を促進するために、現在使っている峠道ではなく、新たに山にトンネルを掘ることを考えておりまして」

「トンネルを？」

「はい、つきましては、それについての認可をいただきたいのですが」

「それは……一度現場を見てからの判断だな。実際にどれだけの効果が期待できるのか」

確かに山を登らなければ、輸送に費やす時間は大幅に短縮することができる。民の日常の生活にも、有事の際の軍の派遣や補給にも貢献することは間違いないが――。しかし、山にトンネルを掘るとなれば、大事業だ。費用や工期から考えても、簡単に判断を下せるようなものではない。

「そうですか。では、それに関しましては、改めて陛下にはご視察をということで、次に――」

ほほっと工務大臣が笑いながら頷いたところで、時計が一つぽーんと鳴った。

（まずい！　イーリスとの約束が……！）

まだ時間はあるが、このままではいつになったら、仕事から解放してもらえるのか。

「大臣たち、グリゴア。次の件は、改めて明日話し合おう」

「おや、このあとなにかご予定でも？」

「ああ。イーリスに、魚を使った肥料がうまくいきそうなことを伝えてやりたいんだ。彼女が出してくれた案だからな、干鰯《ほしか》や魚粕《ぎょかす》は」

（――そうだ、イーリス）

自分の案が、うまくいきそうだと知れば、彼女はどれほど喜ぶだろう。つまらない意地がなくなった今では、イーリスの嬉しそうな顔を思い浮かべただけで、心がほっと温まってくる。

「ほう、イーリス様の？」

眉を寄せたグリゴアや少し目を開いたポルネット大臣に対して、アグランヴィル農務大臣は、感心したように瞳を細めている。

「なるほど。魚から肥料を作るという斬新な考えは、イーリス様からでしたか。我が国では、これまで緑肥か飼育している動物からの厩肥《きゅうひ》が中心でしたが、異世界では、魚からも作るのですね」

「ああ、イーリスは向こうの世界の歴史をよく知っているからな」

ふっと、馬車の中で、はしゃぎながら歴史の話をしていたイーリスを思い出す。

昔から、イーリスはよく自分の知らない世界で起きた歴史を楽しそうに話してくれていた。イーリスにとっては、趣味の話だったのだろうが。たくさんの話題の中でも、飢饉《ききん》の話をしてくれた時には、我が国でも歴史上たびたび起こっていることなので、つい食い入るように見つめながら聞いてしまったのだ。

『飢饉の影響はね、二年続くらしいの！　特に、飢饉の年は食べ物がないから。次の春に植えるための種を取る作物まで食べ尽くしてしまうから大変だったらしいわ！』

飢饉の時に気をつけるべきなのは、種籾《たねもみ》まで食べ尽くして、翌年まで食糧不足を起こしやすくなること。さらに、翌年は、飢えと、栄養不足による疫病のせいで死者が増えるので、どうしても働ける人が減少してしまう。その中で、人々は食べ物がないまま働き続け、人手がないために、収穫できる頃になっても、普段より実りが少なくなってしまうのだ。

しかし、飢饉の被害の程度は、土地の為政者の行動によって、変わっていくということ。——どんなに不作になっても、飢饉となって多くの人々が飢え死にするまでには、少しでもそれを食い止める方法があるはずなのだから。日々の備えや、予兆を感じてからの対処で、被害には後々大きな差が出る。

きっと彼女にしてみれば、大好きな歴史書に書いてあったことを覚えて、それを話してくれただけだったのだろう。

それでも、自分の心の中では、その時の話が彼女の真剣な顔と共に深く残った。

上に立つ者の判断次第で国民の命が左右される。不作という話は、いつでもどこかにある。だから、情報が入れば、不作が飢饉に繋がらないかといつも推移に注意していたのだ。

「王妃様の……？　そうなのですか。最近の陛下は、積極的に多くの意見を取り入れられて、本当に立派な国王陛下にお育ちになられたと思います」

うんうんと、もう一人のセトランバーグ監督省大臣が深く頷いている。

――気のせいだろうか。昔はあんなにイーリスと喧嘩《けんか》をしていたのにと聞こえるのは。

「いやいや、まさしく。最近のリーンハルト様は、以前よりもとても度量が広くなられたように感じます。素晴らしい国王陛下にご成長なさったと、きっと前国王陛下夫妻も霊廟《れいびょう》の中で、ご安心なさっておられることでしょう」

工務大臣が、感慨深そうに髭《ひげ》をゆっくりと撫でている。

――やはり、あんなにきかん気な子供だったのに。と言われているような気がしてしまう。

いや、年長の大臣たちからしてみれば、自分など確かにまだまだ若造なのだろうが。

思わず、うーんと唸《うな》って考えてしまったところで、ディヒテネーベル商務大臣だけが、少し眉を顰《ひそ》めた。

「王妃様にですか……」

その言い方に、ふと寄せていた眉を持ち上げる。

「なんだ？　なにか問題でもあるのか？」

「いえ……。ただ、王妃様は最近公の場に出てこられないので……。いろいろとお噂《うわさ》が流れておりまして」

ちらりとグリゴアが大臣たちを見つめた。

「おお、それは儂《わし》も聞きましたぞ！　先日の陽菜様との事件で、陛下からのお怒りを買い、追放されたとかなんとか」

「根も葉もない噂だ！　なんで、俺がイーリスを……！」

ポルネット大臣の言葉に、がたんと椅子から立ち上がり、すぐに側にいるグリゴアをはっと見つめた。

そういえば、王宮に帰った翌日イーリスに話していたと聞いた。しかし、まさか大臣たちにまで噂が広がっていたとは――！

驚く前で、ほかの大臣と一緒に立っていたアグランヴィル農務大臣も頷いている。

「それは、私もお聞きしました。私たちはもちろん一時の王妃様の外出だと存じておりますが……。ただ、陛下が王妃宮の女官を大量に移されたことで、きっとこれは王妃様の追放に伴う処置なのだろうと、どこからともなく噂が流れたとか……」

その言葉に大きく目を見開いた。いつものおしゃべり好きな貴族たちの噂と思っていたが、どうやら考えていたよりも厄介な話になっていたらしい。

いったい誰が言い出したのか。

ちっ、と舌打ちした。

「馬鹿げた噂だ。どうして、俺がイーリスを……」

「あの。ただ、陛下はイーリス様とは離婚されることになったとシュレイバン地方で伺いましたが」

これは本当で？　と興味津々の顔で尋ねてくるのは、セトランバーグ監督省大臣だ。立場上、真実か単なる噂か見極める必要があるのだろうが――。

ふうと、息をついて、仕事が山積みになっている机の前で、どさっと椅子に凭《もた》れた。

「――本当だ。イーリスとは一度離婚をして、百日の間婚約者としてやり直せば、再び結婚を考えてくれることになった」

「ほほう、それはまた新しい夫婦喧嘩のやり直し方法ですねえ」

なんでも新しいことが大好きな農務大臣は、苦虫を噛み潰したようなグリゴアの斜め前で、面白そうにリーンハルトを見つめている。

「ですが、それは本当にやり直してくださるのですかな？」

「え？」

かけられた声に、リーンハルトが不思議そうに仕事で疲れた顔を持ち上げていく。見れば、工務大臣が心配そうに机の向こうからこちらを見つめているではないか。

「いやいや、老婆心ですよ。ただ、王妃様は、怒って宮殿から外出されたとまで伺いましたので、ね。陛下から離婚を引き出すために、取りあえず再婚を考える素振りも見せておられるのでは、と思いまして」

「まさか――」

「あの賢い王妃様ならば、その機転もないとは申せませんが……。しかし、いくらなんでもそこまでは……」

少し心配そうに笑いながら商務大臣も頷いている。

ごくりと唾を飲みこんだ。肘掛けにかかっていた手が、ひどく冷えていくような気がしてしまう。

「そうですな。いやいや、年寄りの杞憂《きゆう》と思って、お許しくだされ」

くれぐれも王妃様にはご内密にと、老いた顔で少し怖がるように肩を竦《すく》めている。

しかし、リーンハルトの心臓には、ひやりとなにかが触れたような気がした。

(イーリスが、俺と離婚をするために、再婚を餌にした……?)

まさかと思う。約束をしたのだ。百日彼女のところに通って、やり直したいという気持ちを見せれば、またもう一度最初から始めてくれると――!

そんなはずはないと考えながらも、リーンハルトは、グリゴアがじっと見つめる横で、ただ指の先が冷たくなっていくのを感じていた。


時計がもうじき十時になろうとしている。

(ううん、きっと仕事が忙しいだけよ……)

こちこちと動く時計を見ながら、イーリスは自分に言い聞かせた。国王の仕事は、昼夜を問わないものも多い。きっと、長い間都を不在にしていたせいで、執務が溜まっているのだろう。そのために違いないと自分自身を納得させようとしても、気持ちに重苦しさが漂い始めた時だった。

動く針の音が辛いかのように、睫《まつげ》を伏せた瞬間、外からバタバタと慌ただしい足音が聞こえてくる。次いで騎士たちの急いで挨拶をする声。それさえも「うむ」の一言で終わらせて、階段を上る足音が響いてくるではないか。

だんだんと近づいてくる足音に、心が弾んで、すっかり冷えてしまったお茶をすぐにテーブルの上に置いて立ち上がった。ばんという扉を開ける音とともに、待ちわびていた顔が入ってきた途端、ほっと泣きそうなほど気持ちが緩んでしまう。

「リーンハルト……」

「すまん、遅くなった！」

足を止めるのももどかしいのか。かつかつと近寄ってくると、イーリスの前に立って、やっとアイスブルーの瞳が和んだ。

「待たせたな」

「ううん。お仕事が忙しかったんでしょう？」

（来てくれた……。約束どおり）

それだけで嬉しくて、心の中がほわっと温かいもので満たされていく。ふわりと笑ったが、その前で、リーンハルトは羽織っていた上着を、いきなりばさっと脱ぎ捨てた。

「くそっ！　グリゴアの奴！　俺が朝脱走したのを根に持って、大臣たちにまで手を回して仕事を押しつけてくるとは」

「あらら」

冬なのに、上着を脱ぐほど暑いということは、よほど焦って走ってきたのだろう。

「もう、夕食は取ったのか？」

「ええ。リーンハルトは？」

皺にならないように、椅子に投げられた上着を拾って抱えると、こちらを見つめてくるアイスブルーの瞳が叫んでいたものから少しだけ柔らかくなっていく。

「俺は、商務大臣とポルネット工務大臣、アグランヴィル農務大臣、監督省大臣に左右を囲まれながら、そのあとの仕事の打ち合わせも兼ねて無理やり会食をさせられた」

「それは……」

絶対においしくない晩餐《ばんさん》だったことだろう。

いかめしい顔を眺めながら、遅れている仕事の重要案件について、重箱の隅をつつくような協議を重ねるのだ。

味だって、どれぐらいわかるものなのか。

「なにか、軽い食事でも用意しましょうか？」

さすがにかわいそうな気がして、横から手を伸ばしてくるギイトにリーンハルトの上着を渡しながら尋ねた。一瞬でも、ギイトが近づいたのが気に入らなかったのか。見ている前でアイスブルーの瞳が、鋭くなっていく。

「ギイト。お前、俺が命じた今日の分の罰はやったのか？」

罰⁉

思わず驚いてギイトの横顔を眺めた。しかし、肝心のギイトは、少し焦ったような笑みを浮かべているだけだ。

「あ、いえ……夜のがまだ。イーリス様を、お一人にするのはどうかと思い」

「ならば、今は俺が来た。すぐに、お前は俺が決めた罰をやってこい」

まるでうるさい蠅《はえ》を追い払うかのように、しっしっとギイトへ手を振っている。だが、洩《も》らされた単語に、イーリスは慌ててリーンハルトへと駆け寄った。

「リーンハルト！　ギイトへの罰って――」

まさか、追放とか。いや、わざわざ今日の分と区切っているのだ。処刑を言い出すほど怒っていたのならば、それに代わって、日ごと四肢を少しずつ切り刻んでいくようななにか残酷な刑罰を導入したのかもしれない。

「なんだ、やけに奴のことを心配しているな⁉」

むっとした様子だが、今はそれに怯《ひる》んでいる場合ではない。

「当たり前でしょう⁉　毎日刑罰って、いったいどんなひどいことを――」

「ひどい？　ああ、ひどいかもしれないがこれぐらいは当然だろう」

「だから、ひどい罰って、いったいなにを――」

鞭《むち》打《う》ちだろうか。労役刑ならばまだ軽いが、それでも自分のせいでギイトが罰されるのは耐えられない。

場合によっては、また喧嘩になっても止めなければいけないと思うのに、リーンハルトはいけしゃあしゃあとした顔で笑っている。

「別に。ただ一時間おきに離宮のすべての部屋を回り、そこで神の祝福の祝詞《のりと》を唱えてこいと命じただけだ」

（ひどい嫌がらせの罰が来た――――！）

待って待ってと、予想外の内容に、思わず頭を抱えてしまう。

（確かに、考えていたのよりはずっといいわ。ギイトに特に危害が及ぶわけではないし、どこかに追いやられたりするのでもない）

だが、一時間おきに離宮の全部屋巡り。それは、どう控えめに考えても、単なる嫌がらせとイーリスの側から引き離すことだけを目的としていないだろうか。

「なんだ、不満か？　俺としては、宮殿追放でもよかったんだが」

「不満だなんて――」

言ったら最後、これ幸いと追放して、人目につかない山中で首を刎ねようと狙うのに決まっている。

「やはり……もう少し、違う刑罰にしたほうがよかったか？」

窺《うかが》うように見てくる顔に、精一杯の笑みを作った。

「ううん！　それだったらこの離宮にも神様の祝福がいっぱいになって安心ね」

言えない――今、みみっちいと思ったなんて。

でも、イーリスが笑ったことで、リーンハルトもふっと顔をほころばせた。

「お前絡みでなければ、誰がこんな寛大な処置で許してやるもんか」

「リーンハルト……」

ふと、少しだけじーんとしてしまう。

（そうよね……。あれだけ、ギイトを嫌っているリーンハルトがこんな嫌がらせぐらいで許してくれたのですもの）

決して、イーリスと長時間二人にしないためだとしても。やはり、嬉しくなってくる。

「ありがとう」

だから、微笑みながら、リーンハルトの横にとんと腰かけた。

「ギイトを許してくれて。ギイトに対して私が持っているのは、ただの信頼だけど、リーンハルトが私の気持ちを大事にしてくれたのがすごく嬉しいの」

見つめながらそっと手を取れば、面白いぐらいにリーンハルトの顔が赤く染まっていく。

（あ、かわいい）

前には感じたことのない穏やかな気持ちだ。

照れたようにリーンハルトの顔がこちらを見つめてくる。そして、イーリスに摑《つか》まれた手を離さないまま尋ねてきた。

「それで――あれから進展はあったのか？」

「離婚状のこと？　まだなにも……」

しかし、途端にリーンハルトの顔は厳しくなった。

「そうか……まずいな」

兵たちにも、逐次報告を入れさせているが進展はなしか、と青い顔色でひどく考えこんだ表情をしている。

（やはり、二度とやり直せなくなるのが不安なんだわ）

私と一緒でと思うと、心が温かくなってくる。だから、思い出したアンゼルのことを急いで口に乗せた。

「ただ、今日全員の部屋を捜索した時に、陽菜の新しい神官が、なにかを隠しているみたいだったの。部屋を捜す間中、トイレにこもって出てこなかったし。だから、明日陽菜と一緒に、もう一度身ぐるみを剝いで調べてみるつもりなんだけれど」

「身ぐるみ⁉」

「あ、もちろん疑われないようにね。それで離婚状を隠していないか、部屋も捜してみようと思うの」

離婚状と言った瞬間、リーンハルトのアイスブルーの瞳が射貫くようにイーリスを見つめた。

「俺も行く！」

「え？」

突然のリーンハルトの言葉に、きょとんと目が丸くなってしまう。

「君との離婚状が出てくるかもしれないのだろう⁉」

「え、ええ。あれば……」

「それなら、俺と君との今後を左右する重大事だ！　離婚状が手元に戻ってくるかもしれないのに！　君だけに任せておけるはずがないだろう⁉」

「で、でも溜まっているという仕事は……」

鬼気迫るような勢いに、思わず背中がのけぞってしまう。大きく開いている目は真剣だが、今日でさえこれだけ忙しかったのだ。抜け出してこられるほどの量なのだろうかと思っても、リーンハルトはまっすぐに見つめたまま退かない。

「なんとかする！　第一！」

ぐっと、険しくリーンハルトの銀色の眉根が寄せられる。

「離婚状だけではない！　君が、男が裸になる場に行くなんて！　そんなところに、一人でやれるものか！」

（え、なんの心配をしているの!?）

ぱちぱちと目を瞬《またた》く。

「いえ、私が担当するのは部屋のほうで……服は、陽菜が」

「どちらでも同じだ！　君が一人で俺以外の男の部屋に入るなど――絶対に許さん！」

（あ、これ確実に本音だわ……）

忘れていた。リーンハルトの独占欲と、嫉妬心がどれだけ強いのかということを。

汗が額を流れてくる中で、翌日は三人で決行と話が纏まった。


どうやって、あのグリゴアから抜け出してきたのか。翌日、イーリスが決行しようとする昼過ぎにリーンハルトはこっそりと離宮へやってきた。アンゼルに見つからないように二階へと上がり、イーリスと共に、陽菜の隣の空き部屋へと隠れる。

（とにかく、アンゼルが隠しているものをはっきりさせないと……！）

もしも、アンゼルが離婚状を盗んだのだったら、事は王室と神殿との問題になる。

慎重に――だが確実にと、続き部屋になっている扉の陰からこそっと覗《のぞ》けば、どうやら隣の部屋では、アンゼルを呼び出した陽菜が、なにかを持ちながら賑《にぎ》やかに話しているようだ。

「ねっ！　だから、私のいいねのために、ぜひ協力をしてほしいの！」

「は、はあ……いいねとは？　いったいどんな……」

「つまり、皆から『それいいね』と言ってもらえるようなものを作りたいの！　そのための協力者がほしいのよ」

いくつかの布を縫い合わせた衣装を見せながら、強引に頼みこんでいるようだ。

しかし、それに答えるアンゼルの姿は戸惑っている。

「え、えーと……俺は、男ですから。どれぐらい陽菜様の参考になれるのかは、わかりませんよ？」

「大丈夫よ！　一緒に並んだら、私と背丈も同じぐらいだし」

なにやら残酷な現実を明るく言い放っているが、ふんふんと鼻歌を唱えながらしつけ糸で縫った衣装を手に持っている陽菜は、これが作戦だとはまったく気取られないぐらい自然な雰囲気だ。いや、自分のいいねのために、心から楽しんで実行しているのだろう。

その様子をイーリスの一歩だけ前の位置から見つめながら、ぽつりとリーンハルトが呟いた。

「これであいつが犯人だったら、また神殿絡みということになるな……」

「そうね。もし今度もだったら、神殿の内部に、私の反対派がいるということになるけれど……」

（でも、それにしては、なんか変なのよね……）

顎に手をあてて、首を捻る。

前回のヴィリ神官の件で王宮との確執を恐れて、最速で聖姫の聖恩料を渡してきた大神官。もしも、正面切って神殿の内部に反対派がいるのであれば、聖恩料の件はもっと長引いてもおかしくはなかったはずだ。それに、現在イーリスの対抗馬にできる唯一の陽菜の側に、ギイトより位の低い者をつけたりなどするだろうか。

どちらかといえば、ヴィリの時のように、側近となった者の勝手な思惑。もしくは誰かと内通しての行為なような気がする。

(内通しているとしたら、相手として一番怪しいのはグリゴアだけれど……)

「ねえ。そういえば、グリゴアにはなんて言って待ってもらったの？」

思い出した元老院の者の顔に、一昨日から気になっていたことを尋ねた。離婚状を待ってもらうとは話していたが、リーンハルトはどんなふうにして説得をしたのか。

「ああ、俺たちが離婚状を書く決心が定まるまで、もう少し待つようにと言っておいた」

(考えられる中で、一番悪い答えじゃない⁉)

ただでさえはっきりしない二人の仲に怒っているというのに。いったいどんな顔でグリゴアは聞いていたのか。

きっと、あの紫の瞳で、イーリスに対して軽蔑のこもった怒りを浮かべながら、説得したのがリーンハルトだったから仕方なくその場は頷いたのだろう。想像すると、それだけで頭が痛くなってくる。

「だが、今回も陽菜絡みか……」

思わず頭を抱えこんでしまった隣で、ふと呟かれた小さな声に俯《うつむ》きかけていた顔を戻した。

「こうも利用されるとなると――。やはり、陽菜にはなにかほかの処遇を考えたほうがいいのか……」

考えこむ端整な横顔から洩らされたのは、少し悲しげな声だ。

（リーンハルト……）

伏し目がちになっていく表情に、咄嗟にわざと少し音を上げながら、ぽんと手を合わせた。

「あ、そうだ！　その私が面倒を見てあげている陽菜なんだけれど」

あえて『私が面倒を見てあげている』を強調してリーンハルトを振り仰ぐ。

「こちらに逃げてきたから、生活に必要な品をあまり持っていないみたいなの。かといって、前になにを所持していたのかもわからないし」

だからね、と首を傾げながら笑いかける。

「後見人として、陽菜の日用品を揃えてあげたいの。ほら、やっぱりそれって保護者の私が切り出さないと、陽菜だって話しにくいと思わない？」

後見人、保護者という言葉に力をこめて、今度は前と同じになる心配はないと伝えようとする。

アイスブルーの瞳が驚きで開き、「ありがとう」と呟いた。次いで、少しだけ困ったように微笑む。

「君の気持ちは嬉しいが……。今、この離宮に多くの人や物を出入りさせるのは……」

「あ、そうか……」

誰かが、離婚状をなにかに紛れさせて持ち出すかもしれないということなのだろう。

思わず、がっかりとしてしまったのは、同じ年頃の女の子とショッピングなんて前世以来で、少し楽しみに感じたからかもしれない。俯いてしまった頭へ、礼を言うように、ぽんと広い手のひらが置かれた。

「王宮内のほかの場所でなら、考えてみてもいいだろう。君が、陽菜を守ってくれるのなら――」

リーンハルトの言葉に、ぱっと顔を上げる。見つめれば、前でリーンハルトはまだ少しだけ困ったように笑っているではないか。

「それに、ここに出入りするものの検問を厳しくしたせいで、今朝とんでもない品が俺の許へと届けられてきたしな」

「とんでもない品？」

なにが届いたと言うのだろう。不思議そうに目をぱちぱちとさせると、言い出したリーンハルトの顔が、急に赤くなっていく。

「アンナから、病床で書き溜めたという作品の纏めが送られてきたよ。出版前の確認ということらしいが――うん、まあ……その、なんだ。そこらの恋愛小説よりすごくドラマチックだったよ」

「ああ――」

『公爵令嬢の恋人』の。朝から王が令嬢を熱烈に口説く様を読まされたリーンハルトにしてみれば――ましてや、それが自分をモデルにして書かれたと知っているだけに、いたたまれなさは相当なものだっただろう。

「やっぱり……女性には、あれぐらいの言葉を囁《ささや》かないとだめなんだろうか……」

（しかも、違う方向に感化されているし！）

まさかの事態だが、アンナの二次創作が、リーンハルトの教科書になりそうで怖い。

（いやー、やめて！　以前ちらっと見ただけだけど、あんな熱烈な口説き文句を毎日言われたら、私の心臓がもたないから！）

どうか、もっと控えめなかわいい初恋の小説から始めてほしいと悶絶《もんぜつ》してしまったところで、隣の部屋から声が響いてきた。

「ほら！　神官服を脱いで、着てみて！　そうでないと実際のサイズがわからないし！」

「で、でもこれより上半身を脱ぐと、下着だけになってしまいますよ⁉」

「平気よ！　それぐらい中学の部活の男子でいくらでも見たわ！」

（うわー、陽菜。こちらの世界ではなんて誤解を招きそうな発言を……）

「部活？　中学とは学校だったな？　なんで男の裸を見る科目があるんだ？」

「ははは……」

焦るが、言えないと思わず唾を飲みこむ。

（実は私も、水泳部の男子の裸ぐらいなら見たことがありますだなんて）

言えば、今幾何学模様に縫い合わされた布地で作られた衣装のサイズを確かめるために、下着姿にまでされそうなアンゼルが、イーリスの目には決して入らないよう盾として自分の前に立っているリーンハルトを激怒させることになってしまう。

「はは……たまたま、特別だったんじゃないの？」

「なるほど。学校によって違うのか」

それならば騎士とかの体力作りに重きを置いていたのかなと呟いているが、その間にも上の服を手早くもぎ取ってしまった陽菜は、さっさとアンゼルの体に長く縫い合わせたパッチワークの衣装をあてていく。

「うん、左側はこれでいいわね。じゃあ、あと右側と袖を」

どれだけ器用なのか。一晩で、仮縫いレベルにまで仕上げたパッチワークの衣装を体にあててサイズを確かめている。

「うん、やっぱりアンゼルにはこの色ね」

言いながらアンゼルの腕に通していく衣装は、紺を基調にした灰色と水色の三色の布地で作られたものだ。こちらの世界では、幾何学的に組み合わされた模様が斬新な印象さえあるが、決して派手でも奇抜でもない。むしろ――おしゃれだ。

「え……。まさか、最初から俺のために……」

「そうよー。私が着るのなら、やっぱりおつきのアンゼルもお揃いにしたほうが、かわいいでしょう？」

いいねもたくさんもらえそうだしと、脱がせたアンゼルの服を踏みつけないように、手早く纏めていく。

「さすが、陽菜……」

あの万能センスは羨ましいと、こそっとリーンハルトの腕の隙間から見つめる。気づいたリーンハルトが慌てて隠すのよりも先に、しつけ糸で縫った長い衣装を着たお蔭でズボンも脱いでもらった陽菜が、さっと隣の部屋からアンゼルの服を差し出してきた。

「神官服に糸くずがついたら悪いから、隣に置いておくわね。もう少し時間がかかるし」

扉に背を向けると、ハーゲンに用意してもらった裁縫セットを取り出していく。衣装のサイズを合わせる作業をするのならば、今がチャンスだ。

脱がされた服をぱっと摑み、急いで、ポケットの中を探り裏返してみる。

「なにかあったか？」

「ないわ！」

裏地の間に縫いこまれたりはしていないかと、布の上から丹念に触ったが、袖にも身頃にも離婚状が隠されている気配はない。

「こっちもだ！」

地味ながら質の良い神官服の下を投げ捨てたリーンハルトが、「ならば」とアンゼルの部屋のほうを見つめた。

「部屋の中のどこかに隠したということか！」

それならば、捜すのは今しかない。幸い、こういう事態も考えて、陽菜にはアンゼルを足止めしてくれるように頼んでおいた。

（陽菜の神官を疑うのは、申し訳ないけれど……）

もしも騎士の手に渡し、公式の尋問という形になれば、神殿との間には、覆せない傷が入ってしまう。今は、イーリスの件で王室が神殿に一つ貸しのある状態だが、場合によってはこれが逆にもなりかねない。いや、それだけではなく、立て続けに自分の側近が反イーリスの動きをしたとなれば、確実に陽菜の立場は危ういものになってしまうだろう。

――ましてや、離婚状が盗まれたなんて。権謀術数の蠢《うごめ》く宮廷で公にするには、あまりにも危険な案件だ。

（だから！　なんとしても、今のうちに見つけなければ！）

決して誰にも悪用されないように！

急いでアンゼルの部屋に二人で駆けこんだ。誰もいない中は、相変わらずがらんとしていた。

持ち物が少ない部屋にある鞄を開けて、前と同じ状態だと知る。違うのは、入っていた紙と封筒の枚数が少しだけ減っていることだろうか。

（誰かに手紙を書いた⁉）

だとしたら、いったいどこに――。

慌てて、机の引き出しを開けてみるが、それらしいものはない。

「リーンハルト！　紙と封筒が減っているわ！」

「なに⁉　兵士からは、手紙のやりとりがあったなんて一言も聞いてはいないぞ⁉」

「出そうとして、出せなかったのかも！」

隠したのなら、どこへ。

ベッドの中に忍ばされていないか、布団をめくりあげて、シーツとの間も捜す。その間に、リーンハルトは壁との隙間にこっそりと差しこんで入れられていないか、重い家具を少しだけ動かして確かめてくれている。

（早くしないと……！）

いくら王と王妃とはいえ、勝手に部屋を捜索するなど明らかに行き過ぎた行為だ。神殿を疑っていますと明言しているのにも等しい。

「だいたい、前世なら普通の男の子は、たいていこういう場所に……」

さすがに、隠されたもののレベルが違うとは思うが、念のためにとベッドの下を覗きこんでみた。

じっと見つめれば、ぼんやりとした暗がりの奥に、一つの小さな箱が置かれているではないか。

「えっ――！」

（あった⁉）

以前の捜索では見つけられなかったものだ。

簡素な細い木の箱。紙一枚ならば簡単に入るような――。

では、やはりアンゼルが盗んでいたのか。すぐに箱を引き寄せ、蓋を持ち上げるのさえもどかしい思いで、急いで開ける。

そして、中に入っていたものに目を開く。

「え……ええっ⁉」

覗きこんだ途端、イーリスの叫びが迸《ほとばし》った。


なんなのだろう、これは。

装飾もなにもない。ただ切り出した木材を組み合わせただけの箱を手に持ったまま、中に入っているものを、じっと見つめる。

「あったか⁉」

低い棚を動かしていたリーンハルトが、慌ててイーリスの側に駆け寄ってきた。

その間も凝視するが、やはり、これはなんなのだろう。

中に入っていたのは、一体の人形。緩く巻いた髪、たおやかな顔立ちの女性は、どこかで見たことがあるような面影だ。風に服が靡《なび》いている設定なのか。人形の薄いドレスは肌に張りつき、豊満な胸が、服のひだからも明らかになっている。そして、翻る裾から覗く白い太腿《ふともも》――。

（え⁉　ちょっと待って⁉　こちらの世界で女性の太腿ってかなり際どいんじゃないの⁉）

焦ってよく見れば、なにかを決意したように微笑む人形は、手に神の国のロザリオと幸福を招くと伝わる祝福草を抱きしめている。

（ええっ！　まさかひょっとして、この人形――！）

もしやと冷や汗を流した瞬間、隣から覗きこんできたリーンハルトの瞳がくわっと開いた。

「なんだ、これは⁉」

きっとリーンハルトからすれば、足を出した女性の人形など、卑猥《ひわい》極まりなく映ったのだろう。忌ま忌ましそうに舌打ちをしたが、すぐにその人形の側に一緒に入っていた紙に気がついて、急いで手を伸ばした。

「人形は後回しだ！　問題は離婚状だ！」

かなり焦った顔だ。慌てて、側の紙を摑む。

取り出して開いた瞬間、リーンハルトの動きが止まった。

横から手の中を覗きこめば、目に入ったのは、離婚状に使ったのよりも少し茶色がかった質の悪い紙だ。

一面びっしりと文字が書かれ、誰かへの密書かと疑ったが――。

「なによ、これ！」

内容を見て、思わず叫んでしまったのは仕方がないと思う。

そこには、『聖女』と書かれ、大まかな人型の絵の横には細かい文字が所狭しと綴《つづ》られているではないか。

描かれた髪の長さは、イーリスぐらいだろうか。清楚《せいそ》な百合と祝福草を胸に持ち、吹く風にもう片方の手を伸ばすことを側に添えた文字で要求している。

風が強いことを表すための効果なのかもしれないが、なぜ人形に求める服のデザインで、二の腕までを露わにするようにと書かれているのか。さらには裾もひらめかせて、膝を少し覗かせてほしいとか、女神のような衣にして、ひだで胸の形を強調してほしいとか、とても普通の像とは思えないことを詳細に求めている。

「なっ……これは！」

さすがに、書かれている指示内容に、手紙を読んでいたリーンハルトの体が、ぶるぶると震えだしてきた。

「聖女って……どういうことだ⁉　あいつ、まさかイーリスにこんな不埒《ふらち》な思いを抱えていたのか⁉」

それで、人目を忍んでこんなものを作り、夜な夜な密かに愛でようだなどと――。

「誰か！　アンゼルをこの場に引き立てろ！」

すっかり誤解したらしい。叫びながら立ち上がったリーンハルトの顔は、いまや完全に鬼の形相だ。

「わーっ、ちょっと待って！　リーンハルト⁉」

慌てて背中に取りすがったが、歩き出していくこの勢いでは、怒りのまま処刑人まで呼び出しかねない。

「これは、違うから！　ね、ほら。私の名前じゃないし！」

慌てて図を掲げ、端のほうに記されていた小さな名前を指し示す。

「ほら！　ここをよく見て！　この図に書かれているのは、私じゃなくて『公爵令嬢の恋人』に出てくる聖女のほうだから」

「なに⁉」

驚くのも無理はない。

自分だって、人形が抱いているのが、円形のロザリオと小説に出てくる祝福草でなければ、この絵が『公爵令嬢の恋人』に登場する聖女だなんて、決して気がつくことはできなかっただろう。

（なにしろ、『公爵令嬢の恋人』の聖女は、前王の晩年に異世界から現れた女性で、聖女と認定されたために、無理やり老いた王の後妻に迎えられたという設定だったから……）

二十五代ザクゼス王の御代の聖女をモデルにしたといわれているが、そのために離婚という形で、王室から母を追い出された跡取り息子の新王には冷遇される、というかわいそうな設定の女性だった。同じように王から辛い境遇に置かれていた公爵令嬢と知り合い、意気投合していくのだが――。

さすがに、咄嗟には思い出せなかったらしいリーンハルトの腕を掴みながら、必死で訴える。

「ほら！　これはきっと、あれよ！　『公爵令嬢の恋人』で、令嬢が王宮から旅立つことを決意したシーン。二人が互いに持っている祝福草の花もそのままだし！」

「だとしても、アンゼルがなぜこんなものを所有しているんだ⁉　第一、ファンだとしても、どうして聖女にこんな扇情的な格好を――」

言いながらも、リーンハルトの顔は、二の腕と足首を剝き出しにと書かれた聖女のラフ画だけで既に真っ赤だ。

（今その頭の中で、顔のない絵に誰を重ねているのか、問いただしたいところだけれど……）

訊くまでもないような気がする。思わず頰が引きつりそうになったところで、誰かが部屋に近づいてくる気配がした。

「いや、だからなにか物音がしましたよ？」

「気のせいよ！　まだ途中なのに――」

きっと二人で騒いでいる声が聞こえてしまったのだろう。止める陽菜の言葉も振り切ってアンゼルが扉に近づいてくる足音が響く。開けた小箱をベッドの下に隠す暇もない。

扉が開かれたその瞬間。

「あ――っ！」

ベッドの下から出されて開いている箱を見たアンゼルが、咄嗟にがばっとその上にかぶさり、中身を腕で必死に覆い隠した。

「ど、どうして陛下とイーリス様が、これを……」

顔色が赤くなったり青くなったりしているのは、本気で焦っているからだろう。

だが、次の刹那、有無を言わさぬように、上から剣先が下りてきた。

剣を持っているのは、もちろんリーンハルトだ。しかも、なぜかアイスブルーの瞳が、怒りを湛《たた》えたように冷たい光を放っているではないか。

「言え。お前が、この間捜索の時にトイレに隠したというのは、その人形と書状か？」

「リーンハルト！」

もはや、怒りで神殿とのことなどいっさい気にしていないらしい。いや、リーンハルトにしてみれば、神官がイーリスの膝を全国民の目に晒《さら》そうと計画していたのなら、それだけで十分に死刑案件なのだろうが。

「ひっ！」

しかし、突然剣を突きつけられたアンゼルは、わけがわからなかったのだろう。少し動いただけで肌に触れそうな冷たい切っ先に、がたがたと体を震えさせる。

「おとなしくここですべてを吐け。特にその聖女――到底陽菜には見えないが、まさかイーリスではあるまいな」

（どうしてもそこが気になるの⁉）

思わず呆《あき》れたが、うつ伏せのまま死刑宣告を受けたアンゼルの顔は真っ青だ。

「ち、違います！　これは『公爵令嬢の恋人』に出てくる聖女様のほうで――……」

やっぱりと思ったが、リーンハルトの瞳が和らぐ気配はない。

「なんで、そんなものを持っている？」

「それは……」

一度、ごくりと唾を飲んでアンゼルが口を閉じた。瞬間、リーンハルトの瞳がぎろりと光を放ち、慌てて口を開く。

「わーっ！　言います、言いますよ！　金になるからです！」

「金……？」

銀色の眉が、訝《いぶか》しげに吊《つ》り上《あ》げられる。そしてアンゼルの喉にかかりかけていた切っ先が、僅かに持ち上げられた。

「金に困っているのか？」

「いや、そうじゃなくて。ほら、『公爵令嬢の恋人』って、今ベストセラーですごくファンが多いじゃないですか？」

渋々床に座ると、アンゼルは隠したものを体の下から取り出しながら話す。

「それなら、神殿への寄付を集めるために、チャリティーでグッズを作れば、人がたくさん来てくれるかなと思ったんですよ。それで作者の方が、神殿に来られた時にお願いしてみたら、快く承諾してくださいまして！」

（作者……）

アンナの時といい、今回といい。少し気前がよすぎないだろうかと思ってしまう。

いったい、この作者は自分の二次創作に対してどこまで寛容なのか――。

（いいの？　自分の創作した人物が、王に愛を囁かれたり、市井の人々に足を愛でられたりしていても）

小説で公式の恋人である神官様とは、たしか、まだキスも碌にしてない純愛関係だったはずだ。

思わず顔が引きつったが、その前でアンゼルは覚悟を決めたのか。座り直して、どんと人形を目の前に置く。

「やっぱりチャリティーなら、人が多いほうがいいじゃないですか！　それには、人寄せ！　ここでしか手に入らない一般市民垂涎《すいぜん》の品が必要でしょう？」

だから、と開き直った顔で笑う。

「試しに、公爵令嬢人形を置いてみたら大売れで！　それで新たな第二弾として、令嬢と聖女様の制作に着手していたところなんですよー！」

見てください、これ！　衣の靡《なび》き方といい、令嬢のしなやかな表情といい絶品でしょうと、先ほどまで恥ずかしがっていたのが嘘のようにまくしたてている。

「いやあ、苦労したんですよ。この衣の翻し方。少し露出を多くしたほうが、買う人も喜んで寄付を弾んでくださいますしね」

夢中で説明しているが、その顔は完全にオタクの造形師だ。

「やっぱり原作とは違った角度からキャラを愛でられるのが、いいんでしょうね。第一弾を出してから、自分もほしいという人からの問い合わせが、あとを絶たず」

「だったら、なぜ隠した？」

「それは――……」

ぎろりとリーンハルトが睨《にら》んでいるが、さすがにそれを正面切って尋ねるのはかわいそうだ。

（いや、だってこの造形。リーンハルトが感じたとおり、明らかに不純な動機を持ったお客様を対象にしていそうだし）

チラリズムを売りにしていましたとは、アンゼルも言葉には出せなかったらしい。

「で、では。これまでにも公爵令嬢や神官様の人形で、チャリティーを募っていたということなのね？」

「どうして、神官像を⁉」

慌てて取り成すように間に入ったが、『公爵令嬢の恋人』で一番人気の組み合わせは、どうやらアンゼルにとっては心外だったようだ。

「じゃあ、ひょっとして、あなたも王×公爵令嬢派？」

あまりに驚いている様子に、意外にもこの組み合わせのファンが多いのだろうか、とアンナを思い出しながら尋ねれば、アンゼルはますますきょとんとしている。

「なんで、王と令嬢？　一番ない組み合わせでしょう⁉」

（あ、やばい。死刑台が一歩近づいた）

「だったら、単体での売り物なのね？」

慌てて誤魔化せば、アンゼルはひらひらと手を振っている。

「そんなわけないじゃないですか！　令嬢には聖女様！　もう、これは原作を読んだ者なら、決定の推しですよ！」

「えっ⁉」

いつの間に原作でそんな推しができあがっていたのか。焦るが、いくら頭の中を探してもそんなシーンは出てこない。

「だいたいね、女性二人が清らかな友情を育んでいる話に、男は不要！　王とうまくいかない！ならば、令嬢は神官になど走らず、このまま神の国で聖女様との汚れなき関係を育むほうが全人類の男にとっては幸せなんですよ！」

（って、まさかの百合推しが来た——！）

「えっ⁉　ちょっと待って！　それって、つまり——」

あまりに慌てすぎて、言葉が出てこない。しかし、リーンハルトは目をぱちぱちさせて、アンゼルを見つめている。

「神官より、聖女……？」

「そうです。だから、俺は陽菜様とイーリス様の友情を壊す気もありませんよ。こんな尊い関係、壊すだなんてもったいないないじゃないですか！」

（これか……。神殿が、アンゼルを選んだ理由……）

まさかの百合推し。お蔭で、自分に危害を加えようという気がないのはわかったが、陽菜との友情をこれからはそんな眼差しで見つめられるのかと思うと、内心ではとても複雑だ。

「うーん、よくわからないけれど。つまりアンゼルは私とイーリス様が仲良くなるのを、邪魔するつもりはないということ？」

「当然じゃありませんか陽菜様！　そんな尊いこと！」

我が神の使者といわれる聖姫様と聖女様が、共にきゃっきゃっうふふ。どうして、これを妨害する必要があるんですかと叫ぶのを側《そば》で聞いているリーンハルトの顔は、完全にうつろだ。

「では――お前は、今回の離婚状の件については、なにも関与はしていないと？」

「もちろんです！　むしろ、お二人が並んで暮らしておられるこんな夢のような環境！　どこにぶち壊す意味があると言うんですか⁉」

「そうか……」

すっとリーンハルトの剣が、アンゼルの首から離れていく。一瞬だが、なぜかほっとしているように見えた。

どういうことなのだろう？

（今、リーンハルトがほっとしていたような気がしたけれど――）

肝心の離婚状は見つかってはいないのに。

だが、次いで、ちらりとイーリスのほうを見て告げられた言葉に、頭の中に浮かんでいた考えが飛んでいく。

「はあ⁉」

「イーリスも……。男よりも、女同士の清らかな友情のほうがいいのか？」

なにを頓珍漢なことを訊いてくるのか。呆れる前で、こちらを見つめているリーンハルトの表情はどこか心配そうだ。

（あ！　まずい、これ陽菜に死亡フラグが立ちかけている？）

「そ、そうね。私は、友情も大事だけれど、やっぱり一途に愛してくれる男性と添い遂げたいかな」

咄嗟に誤魔化した返答に、聞いていたリーンハルトの顔が明らかに嬉しそうになっていく。

「そうか……。ならば、よかった」

（あら？）

微かに笑んでいるところを見ると、やはりイーリスとやり直したいのだろう。

（そうよね。離婚状がなくなって、安心しているなんてありえないもの――）

きっと、自分と同じように早く捜し出して、きちんとやり直すことを考えてくれているはず。ほっとして、あとを陽菜に任せると部屋を出た。陽菜ならば、アンゼルにうまくフォローしてくれるに違いない。

廊下を少し歩いてから、陽菜が厄介なことに巻きこまれずにすんだのに、胸を撫で下ろす。しかし、離婚状は相変わらず見つからないままだ。それならば、失われてしまった離婚状は、いったいどこにあるのか。

「メイドたちの交友関係から洗い直したほうがいいのかしら……？」

せっかく手がかりを摑んだと思ったら、また消えてしまった。

（どうしたら、リーンハルトと安心して、やり直していくことができるのかしら――）

あの離婚状が、前のように昔には戻らず、新しく再出発していくという約束の証だと思っていたのに……。

これで今度こそ約束を守ってくれると思ったら、その証はまるで霧のようにイーリスの前から消えてしまった。考えながら、ぐっと手を握りしめる。そして、廊下を歩き出した時。不意に後ろからかけられた声に足を止めた。

「そのことなんだが、イーリス」

重い声に、リーンハルトを振り返る。しかし、リーンハルトはひどく思い詰めたような顔で、イーリスを見つめたままだ。そして、口を開いた。

「離婚を――取りやめないか？」

「なっ……！」

突然聞いた言葉が信じられなくて、イーリスは衝撃を受けたようにアイスブルーの瞳を見つめた。

なにを言い出すのか――。

今耳にした言葉に、思わずごくりと唾を飲みこんでしまう。

「ど、どうして⁉　なんで今更……」

離婚をすることは承諾してくれたはずだ。やり直す約束をした時に、民の前で誓ったことなのに――。

もう一度、気持ちを落ち着かせるために唾を飲みこもうとしたが、ほんの一言発しただけで、口の中はカラカラだ。

瞬きもできずに見つめる前で、リーンハルトはイーリスと向き合ったまま、少しだけ視線を床に落とした。

「君との約束は覚えている。だが、離婚状がなくなって行方が知れない今、どこで誰に悪用されるかもわからない。それならば、万が一にでも俺たちがこの先再婚できなくなるよりは、今は離婚を取りやめて、このままの状態から再出発するほうが安全だろう」

やめる――離婚を。

はっきりとリーンハルトの口からその言葉が出た瞬間、頭の中で、過去のことが甦《よみがえ》った。

今度こそやり直せると思って、うきうきとした気持ちで夜会のドレスを選んでいた十四歳のあの日。空を覆うように輝く紅葉の中で、リーンハルトの姿を見つけて、走っていった。

――これからは、きっと今までとは違う二人の未来が待っているのだと信じて。

だけど、それはあの日の守られなかった約束と共に、すべてが消えてしまった。

ほんの一言の約束と繋《つな》がっていた、幸せに続いていたかもしれない日々。

それを思い出した瞬間、まるで悲鳴のようにイーリスの口からは言葉が迸った。

「それはできないわ！　だって、私たちの離婚はやり直すために、民の前で約束をしたものだもの！　グリゴアにだって——離婚状は渡すと言ったのに……！」

「離婚状は書いて盗まれたのだと話せば、グリゴアだって、きっとわかってくれる！」

「そうとは限らないでしょう⁉　現に私を王妃宮から追い出して、今だって一刻も早く離婚するようにと迫ってきているのよ？　私に対して怒っていると、あれだけはっきりと口にしていたのに！」

「たとえグリゴアがなにか言ってきても、絶対に俺が説得する！　あいつなら、俺が本音で話せばきっとわかってくれるはずだ」

なにをわかってもらえるというのか——。

離婚の話が出てから、ずっとさっさと進退を決めろと迫り続けていたのは、そのグリゴアではないか。自分からすれば、離婚状を盗んだ件で一番疑わしい相手なのに。

「随分と信頼しているのね？　でも、そのグリゴアが、もし私たちを離婚させたい者に取り込まれていたらどうするの⁉」

言い放った瞬間、リーンハルトの目つきが明らかに変わった。

「だったら離婚状を二通書くのか⁉　俺たちをやり直させたくなくて、盗んだ相手がそれを狙っているかもしれないのに、わざわざ⁉」

「それは——」

ぐっと唇を嚙みしめる。

思わず俯いたが、こちらを見つめてくるリーンハルトの顔も苦しそうだ。体の横で、ぎゅっと広い手のひらが握りしめられていく。

「確かに、俺にも今のグリゴアの考えはよくわからない。長年の俺のイーリスに対する気持ちは知らないはずがないのに、どうしてここまで別れるように迫ってくるのか。だが——」

イーリスの横の壁に向かって、握りしめかけていた手のひらが、だんと開いて伸ばされた。

「誰が盗んだのかわからないのなら、なおさら！　正式に離婚状が盗まれたことを公表して、誰もあれを悪用できないようにするべきだ！　一度は確かに書いて盗まれた。これを発表すれば、ちゃんと民に公約した内容は守れる！　グリゴアだって盗まれたのだと知れば、もう一通書けとまでは言えないはずだ！」

「でも——」

見下ろしてくるアイスブルーの瞳の鋭さに、びくりと背中が竦んでしまう。

「それでは……、私たちが、交わした約束は……」

昔のギイトと自分を見つめていたあの時のリーンハルトを思い出させる今の瞳に、どうしても声が震えだすのを止められない。あの頃とは違うとわかっているはずなのに。目の前にあるアイスブルーの瞳の光は、長い結婚生活の間イーリスによく向けられていた彼の過去の姿と重なっていく。

声を震わせながら見上げたイーリスの前で、リーンハルトの瞳は一瞬だけ後ろめたそうな影を宿した。そして、言いにくそうに口を開く。

「確かに……手続きの途中で止めたとなれば、君との約束を守ったということにはならないだろう。だが、悪用されて再婚できなくなるリスクを考えれば、このまま離婚にこだわるよりは……」

諦めて、今のまま結婚を継続したほうが安全だと言いたいのだろう。

「離婚を――しない……」

しかし、その言葉を口にした瞬間、まるで記憶の蓋が外れるように、イーリスの脳裏にはさまざまな過去のできごとが溢れ出してきた。

十四歳のあの頃。今日こそは踊ってもらえるかもと、胸を弾ませながら何度もパーティーの会場へと向かった。リーンハルトが王である以上、ファーストダンスの相手は、王妃である自分に声がかかるはずだ。

幾度も期待して向かったのに、なぜかリーンハルトは、ダンス自体を踊りたくないかのように椅子に座り続け、声をかけても「今日はちょっと――。また今度」とだけ断られ続けた。

仕方がない。長い間不仲だった自分と仲が良かった頃に戻りたいと言われても、戸惑わないはずがないだろう。

前世の記憶もある身だから、大人の知識がそう囁き続けたが、ダンスに合うと思って選んでいったドレスを身に纏って座っている時間は、たまらなく悲しかった。

今思い出しているだけでも、リーンハルトと喧嘩してからあの頃までに感じた記憶が、頭の中に甦ってくるほど――。

洪水の対策で喧嘩をしてから、すぐの頃。今日こそは仲直りをしようと思って、ギイトについてきてもらったのに、リーンハルトに近づけば、冷たい一瞥《いちべつ》だけで話もできずに別れてしまった。もう一度、勇気を振り絞って声をかけた次の日。少し和やかに話せたが、すぐにまた機嫌が悪くなって背を向けられてしまった。なにに怒っているのかすらわからなくて――。何度も前のように笑いながらしゃべれる仲に戻りたいと願っていたのに、やっと叶《かな》うかと思った十四歳の時のたった一つの約束の糸は、あの事故とともに切れて、どこかへ消えてしまった。

仕方がない。リーンハルトの気持ちが、また踊ってもいいと思ってくれるまで待とうと考えようとしたのに。あの事故で怪我をした令嬢が、リーンハルトの元婚約者候補だったと知った時に、心の中でなにかが崩れてしまったのだ。

どうして、自分とは踊ってくれないのに、彼女の見舞いには訪れているのか。

大翼宮の中にある彼女の家に割り振られた部屋を見舞う姿を窓越しに見た時には、なぜ一緒にいるのかすら問いかけることができなくて、背中を向けて逃げ出してしまった。

――何人かいた、自分に決まる前の婚約者候補だった令嬢の一人だと知ったのは、遠くから同じように窺っていた夫人たちの噂話でだ。

自分は――政略結婚で押しつけられた相手。しかも、リーンハルトにとっては、もう価値すらない政略の。

それならば、愛されなくても、やり直したいと思えなくても当然だと涙を我慢して、諦めようとした遠い日のことが脳裏に甦ってくる。

だから、「もう、いいの。変なことを言って困らせたわね」、約束を気にしないでと、金色の葉が舞い落ちる中でリーンハルトに告げ、自分で自分を納得させたはずだったのに。

（あの時と同じように、約束が消えて――辛かった日々が、このままなにも終わらずに続いていく……？）

「嫌よ！　そんなの！」

思った瞬間、咄嗟にリーンハルトの手を振り払い、腕の中から飛び出していた。

（今回も約束が消えて、また同じになっていくかもしれないなんて……）

あのあと。元に戻るどころか、リーンハルトの自分とギイトを見る眼差しは、ますます冷ややかなものになっていった。

パーティーや公式行事のたびに差し出してくれる手は温かいのに、話しかけて見上げれば、針のように鋭い瞳で冷たく睨みつけられて――。

いつの間にか、怒られるのが怖くて、昔のように側に近寄ることでさえうまくできなくなってしまった。

――また、怒られるかもしれない。

また、睨まれて、冷たく背中を向けられるかもしれない。

（あの辛かった日々が、このまま、なにも変わらずに続いていくかもしれないなんて……！）

考えただけで、体が震えて止まらなくなってしまう。

「イーリス⁉」

しかし、突然腕を振り払ったイーリスに驚いたのだろう。目を開いたリーンハルトが追いかけるように見つめてきても、飛び出したイーリスは震える体を両腕で抱えるのだけで精一杯だ。ただ、約束が消えて、昔と同じような未来が続いていくかもしれないという恐怖が、必死で唇を開かせた。

「嫌よ……！　離婚は、あの時の約束だけは、絶対に譲ることができないの……！」

「どうして⁉」

驚いて近づいてくるリーンハルトを、振り返ることさえできない。ただ震えながら言葉を紡ぎ続けた。

「無理なの！　どうしても……、このままなにも変わらずに一緒にいるなんて……！」

（怖い。あの時の離婚の約束がなくなるのと一緒に、やり直すために頑張ると言ってくれたリーンハルトの気持ちまでもが消えてしまいそうで……！）

悲鳴に近い叫びだったが、口に出した途端、リーンハルトの近づきかけていた足は廊下のタイルの上で止まった。

そして、視界の端に映った手が、ゆっくりと指を握りこんでいく。

「えっ？」

「俺は――、君が離婚を望むのは、俺が六年の間にしたことを許せないからだと思っていた」

驚いて振り返れば、ひどく暗く沈んだアイスブルーの瞳が辛そうにイーリスを見つめているではないか。その指が強く握りこまれた。

「だから、罰として一度離婚されるのは仕方がないと思っていた。だけど、やり直すと決意してくれたのに……。俺たちが再婚できなくなるかもしれなくても、まだ離婚にこだわり続けている君を見ていると不安になるんだ。本当に――君は、俺を許してやり直してくれるのか？」

「リーンハルト⁉」

まさかそんなふうに思っていたなんて。

（――そんなつもりではなかった！）

違うのに！　自分が離婚をしたいのは、リーンハルトに罰を与えたいからではない！

だが、悲しいとも悔しいとも取れるように歪《ゆが》んでいくアイスブルーの瞳を見ていると、記憶の中の眼差しとない交ぜになって、背筋が凍っていってしまう。その前で、顔を持ち上げたリーンハルトの眉が、きつく寄せられた。

「グリゴアにも言われた。君は、真実俺とやり直してくれるつもりがあるのかと？　離婚は約束と何度も口にするが、そのあと本当に俺を選んで、もう一度一緒に生きていってくれるのかどうか――」

「それは……」

「それとも、本音では大臣たちが言うように、君の狙いは離婚だけで、嫌がる俺から逃げるために、再婚という餌を……！」

その先は口にすることさえできなかったのだろう。ただ握られた拳の震えで、リーンハルトが今回の離婚騒動で、周りからどれだけいろいろなことを吹き込まれていたのかがわかる。

ぐっと、アイスブルーの瞳が立ち尽くすイーリスの姿を射貫いた。

（どうしよう……。ちゃんと伝えなければいけないのに……！）

自分が離婚の約束を守ってほしいのは、そんな理由からではない。

「リーンハルト……」

言わねばならないのに、唇が震えて、うまく動かせない。目の前のリーンハルトが今自分に向けてくるのはあまりにもあの頃に似た眼差しで。同じではないはずなのに、怒りを含んだような視線が、過去の記憶と重なって体の芯が固まっていく気がする。

必死に震える指先を伸ばした。だけど、言葉がうまく出てこない。

その前で、くるりとリーンハルトは身を翻した。

「……すまない。俺は少し頭を冷やす必要があるようだ」

「あ……」

説明しなくてはいけなかったのに、向けられた背中が表しているのは、昔と同じ拒絶だ。それを見るとなににも縋《すが》れなくなってしまう。

「少し仕事が溜まっている。明日は早朝から騎士団と共に、王都の郊外へ視察に行ってくる。だから、朝食は一緒には取れないが――。代わりに、この間に俺もこの件について、よく考えてみるようにするよ」

「リーンハルト……っ！」

ようやく声が振り絞れた。だが、リーンハルトは少しだけイーリスに視線をよこすと、背中を向けたまま歩き始める。

何度も見た昔と同じ光景だ。その姿に、イーリスはこれ以上言葉を続けられず、ただ去っていくリーンハルトの背中を見送ることしかできなかった。


真っ暗な闇に、よく知っている後ろ姿が遠ざかっていく。

「リーンハルト……っ！」

呼びかけて誤解を解かなければいけないのに、なぜか声が出ない。

怖いのだ。あの十四歳の約束が消えたあとから、時々向けられるようになった怒りを含んだ冷たい薄氷色の瞳で、また睨まれたらと思うと――。

『それとも、本音では大臣たちが言うように、君の狙いは離婚だけで、嫌がる俺から逃げるために、再婚という餌を……！』

（違うっ！　そうじゃないのに！）

呼び止めて、誤解を解かねばと思ったが、声が出ない。

「待って――っ！」

やっと、手を伸ばせたところで、はっと目が覚めた。

見回せば、手の先に広がっているのはクリーム色の壁に囲まれた離宮の寝室だ。少しだけ開いたアイボリーのカーテンの隙間から、優しい朝の光が差しこんできている。

「夢……」

ベッドの上で頬に手をあて、イーリスはほうっと息をついた。

（最悪の夢見だわ……）

よほど、昨日のことが気になっていたのだろう。

緩慢な動きで、ベッドから下りると、気がついたコリンナが急いで顔を洗う湯を持ってきてくれた。少しだけ温められた湯で顔を洗い、コリンナに手伝ってもらいながら何度も着たお気に入りの水色のドレスに着替える。明るい色の服だが、気持ちはまだ晴れない。

「今日は、よいお天気でございますよ」

「ええ――そうね」

「これならば、陛下も早くお帰りになりますね」

イーリスが一人で、朝食を取ることになったので気遣ってくれているのだろう。

だけど、変な気分だ。

食事用の部屋に入れば、いつもと同じように暖炉の上で子供の影像が花を抱いている。コリンナがビロードが張られた椅子を後ろに引いてくれたので座ると、目の前の白いテーブルクロスの上では、並べられた銀食器が朝陽に眩《まぶ》しいほどの輝きを放っているというのに――。

ひどく物足りないのだ。いつも向かいに座っていた面影がないというだけで。

（変ね……。家出をしていた時は、別々に朝食を取っていたのだから、初めてでもないはずなのに）

ただ、この王宮にいて、朝リーンハルトと顔を合わせないのは初めてだ。

郊外への視察だと聞いている。仕事では仕方がないのに。いつもいた銀色の髪の面差しが、目の前にいないというだけで、こんなにも食事が味気ないとは。

（変ね？　私、毎朝どんなふうにパンを飲みこんでいたかしら？）

普段、こんなふうに、もそもそと喉に張りつくような感じだっただろうか。

なにかひどく物足りないような気がして、閑散とした部屋を見回した時だった。

「あら、イーリス様！　今日はお一人ですか？」

食事をするために、隣の部屋に向かっていた陽菜が、座っているイーリスに気がついたのだろう。開いていた扉から、ひょこっと覗きこんでくる。

少しだけ、どきっとした。

「ええ、今日リーンハルトは仕事があるらしくて――」

「珍しいですね！　じゃあ、私と一緒に食べませんか？　私も、今朝はギイトさんが捕まらなくて」

「アンゼルは？」

「昨夜から、あの図面を徹夜で仕上げていますよ。もうこれで隠す必要がなくなったとかなんとか言って」

なんであんなにスカートのひらめき方にこだわるのですかねえと、陽菜はいささかげんなりとした顔だ。でも、入ってきてくれて助かった。

「そう。じゃあ、一緒に食べましょうか」

「はい！」

陽菜のお蔭で、朝食の席ではそれ以上考えこまずにすんだ。それでも日中離宮でじっとしていると、どうしても心を占めてくるのは、昨日のことだ。

（やっぱり……怒らせたわよね……）

まさか、リーンハルトが自分との離婚をそんなふうにとらえているとは思わなかった。

「ちゃんと、説明をしないと……」

気がつかなかった。自分が離宮に閉じこもっている間、王宮でリーンハルトが今回の件について、周りからどんなふうに言われているかなんて。

いや、きっとあれこれ噂されているだろうとは予想していたが、まさか、やり直すために約束した離婚が、イーリスが逃げ出すための手段だと、リーンハルトに吹き込まれているとは思わなかったのだ。

「そんな雰囲気なら……、グリゴアだって、あの態度になるわよね……」

どうして、きちんとリーンハルトに話しておかなかったのだろう。

「大丈夫よね……、今からでも」

そう思って時計を見れば、針はいつの間にか昼の三時を過ぎている。

だが、リーンハルトが来る気配は、いまだにない。

少し陰りだした日差しの中で、ちくたくと動いていく針を見ていると、だんだんと気持ちが焦ってくる。

「まだ帰ってきていないのかしら……」

早く話さないといけないのに。肝心のリーンハルトが姿を見せない。落ち着かなくて、部屋の中で机の回りを何周もうろうろとしてしまい、結局コリンナを呼び出した。

「はい、なんでしょうか」

「リーンハルトと一緒に出かけた近衛騎士団が、もう帰還したかどうか、確かめてきてほしいの」

きっとまだなのだ――。手を握りながら、そう思うのに。もし、もう帰ってきていてイーリスには会いに来ないのだったらと考えると、指がひやりとしてくる。

まさか――と指の先が震えだすのを、握りしめながら自分に言い聞かせることしかできない。

（大丈夫よ……。これで、私たちの仲が壊れたりはしないわ）

だから、すぐに確認してくれたコリンナが、「まだらしいです」と返事を持ってきてくれた時には、心の底からほっとした。

「そう……」

ならば、帰ってきてくれればきっと話せるはずだ。

一刻も早く話さなくてはと焦るのに、太陽が西に傾き、窓の外に重い夕闇が広がるようになっても、まだリーンハルトは姿を見せなかった。

（これ以上、リーンハルトに誤解をさせないためにも、急いで、離婚状を捜し出さなければいけないのに……）

椅子に座って手がかりを考えようとしても、纏まらない思考のままではうまくいかない。

「今日の陛下は遅いですね」

ハーゲンの声で、はっとイーリスは我に返った。

気がつけば、時計はとっくに七時を回っている。

顔を上げれば、壁の側でちくたくと動き続けている針の音は、ハーゲンが運んできたカートの上にのっている夕食用のカトラリーの音と共に響いている。

「今日の夕食はどうされますか？　先に召しあがりますか？」

「そうね……」

外を見れば、庭はいつの間にか梢《こずえ》の見分けもつかないほどの夕闇に覆われてしまっていた。寒風が窓を叩き、遠い城門のほうでは騎士たちが見回りのために焚《た》く赤いかがり火が、ちらちらと瞬いているではないか。

「まだ、帰ってこないのかしら……」

（とっくに日も暮れたというのに……）

いくら郊外まで出たとはいえ、さすがにもう夜だ。屈強な騎士団が護衛についているとはいっても、日が落ちれば、山野での警護はしにくいはずなのに。

（まさか……道中で、なにかあって……）

嫌な考えが、どうしても頭の中を占めていく。だから、がたんと席を立つと、再びコリンナを呼び出した。

「悪いけれど、もう一度リーンハルトがまだ戻っていないか確かめてきてくれないかしら？」

「承知しました」

心配そうなイーリスの表情を見て、二度目の命令だというのに、コリンナは察したように出ていってくれる。

「食事は、並べておくだけでいいわ。陛下が来られたら、一緒に食べるから……」

「冷めてしまいますが……」

「かまわないわ」

ハーゲンが躊躇《ためら》った顔をしていても、リーンハルトと一緒に食べたい。前に、リーンハルトの手が思っていたのよりもずっと大きいと気がついて、笑いながら夕食を共にした時のように。

誤解だったのよと話して、なぜやり直すために離婚をしたいのかをきちんと伝え、もう一度お互いに同じ方向を見て、歩いていけたら――。

窓の側で、庭の壁の向こうに延びる暗い小道を、今にもリーンハルトが王宮から走ってくるのではないかと願いながら見続けたが、戻ってきたのは、コリンナのショールを巻いた姿だけだった。

「イーリス様……！」

階段を上ってきた彼女の足取りは重くて、まるで報告するまでに、後ろから誰かが追い抜いてくれるのを期待しているかのようにたびたび振り返っている。

「どうだったの？」

俯きながら扉の側に立った姿に尋ねると、コリンナはひどく言いにくそうにイーリスの前で身を屈めた。

「それが……随行した騎士団の者によると、陛下は今日の五時過ぎには宮殿に戻られ、瑞命宮に入られたということなんです……」

瑞命宮——王妃宮に対しての、王の私室宮だ。

口にしづらいのも無理はない。ならば、リーンハルトは帰ってきながらも、イーリスの側にはやってきていないということになる。

「そう……。ありがとう……」

「あの……お仕事で、こちらに来られるのが遅くなっておられるだけかもしれませんし……」

心配そうに気遣ってくれるのがわかる。だから、無理に少しだけ微笑んだ。

「そうね——。もう少しだけ待ってみるから」

先にコリンナは休んでいてと伝えたが、針はもう八時に近い。

「はい……。では、なにかありましたらお呼びください」

一瞬戸惑ったように逡巡《しゅんじゅん》したコリンナだが、礼をして下がっていく。扉が閉まるのと同時に、イーリスの体からは力が抜けてしまった。

ぽすんと薔薇色の椅子に体を埋める。

「そっか……帰ってきているのか……」

同じ王宮内なのに。今日は、まだ一度も顔を見てはいない。

「じゃあ……来られるのに、会いに来ないっていうことよね……」

（——どうして？　毎日会いに来るという約束だったのに）

再婚するための約束は、離婚をすること。そして、百日間必ず毎日会いに来るということだ。

「まさか――」

いいえ、そんなことはないとまだ八時を過ぎたばかりの針を見つめる。

「きっと、仕事で遅くなっているだけよ……」

約束をしたのだ。必ず毎日会いに来てくれると。そして、今度こそ心の通じた夫婦になるために、努力をしてくれると。

（そうよ！　実際、リーンハルトは今日まで約束を守ってくれていたじゃない！）

――まさか、十四歳の時みたいに約束が消えたりはしない。

震える手で、必死にドレスの裾を握りしめる。高級品だが、家出をしてから何度も着ていたせいで、握った生地はひどく柔らかくなっているような気がした。

コリンナが、メイドに頼んでこまめに洗ってくれているのだろう。汚れてはいないが、これを見れば、どうしても逃亡した日のことを思い出す。

逃げて――もう、ここにはいたくないと思って、逃げ出したはずだった。夫婦仲など半ば諦めたつもりだったが、それでもこれ以上リーンハルトに冷たくされるのは耐えられなかったのだ。

（きっと――いつかは、私以外の誰かを好きになるのだと思っていた……）

結婚式での誓いすら消えたと思っていたあの頃。

最初は、昔の婚約者候補だったと聞いた令嬢が出てきた時に、いよいよそういう相手が現れたのかと感じた。自分が知る前の過去のリーンハルトと出会っている女の子。物語でも、歴史でも、定番の展開だ。後漢の光武帝の光烈皇后陰麗華は、皇帝が結婚前から憧れた人だったし、百万石とい

われるようになる加賀藩を築いた前田利家と妻まつも、従兄妹同士の間柄だった。もし、そんな相手がいるのならば、自分とやり直す約束なんて、霞《かす》んでしまっても仕方がない――そう心で覚悟を決めようとしたのに。

それからも少しの間囁かれる噂は、心に不安を掻き立てた。だが、しばらくあとで見たリーンハルトは、彼女に対して、表面的な優しさしか示していないように見えた。

（あら？　あれは、儀礼的な猫かぶりよね？）

頻繁に近づいてくる彼女に対して、リーンハルトが浮かべているのは、本性を出していない挨拶としての笑みではないか。後ろで、目をぱちぱちとさせながらも、ほっとしたのは、誰にも言えなかった秘密だ。

自分にはよく怒るけれど、ほかの令嬢たちにも心を許すことはなかったから。気持ちが通じないのを半ば諦めながら、どうにか暮らすことができた。

陽菜が来るまでは――。

だから、陽菜に心から笑いかけているリーンハルトを見て、「ああ、もう無理だ」と感じたのだ。苦しくて。腹が立って。どうして、こんな想いを今更突きつけてくるのか。それならば、いっそ全部陽菜にくれてやると思って、王宮を飛び出したのに。リーンハルトは追いかけてきた。

「どうして……。今になって、やり直すのをまたやめるのなら、追いかけてなんてきたのよ……」

絶対に気がつきたくなどなかった。怒られるとその瞬間体が竦むのに、毎日それでも同じ朝食の席に座っていた理由。ほとんど諦めてしまっていたのに、なぜ少しでも距離が縮まらないかと、何度も会話を続けようとしたのか。

「私も好きで——心にまだ未練があったから……。なんて、絶対に気がつきたくはなかったのに……」

耐えていた涙が、ぽろりと金色の瞳から手の上へこぼれていく。

どうして、あのまま放っておいてくれなかったのだろう。今になって、イーリスとの仲を考え直すぐらいなら。

「気がつきたくなかったのよ……」

好きだなんて気がついたら、なんとか耐えていたリーンハルトとのうまくいかない生活も、いつか離れる覚悟も、すべてが辛くてたまらなくなってしまうから。

ほんの一ヵ月。結婚してからの今から思えば、うたかたのように短い期間だった。毎日リーンハルトと声を上げて笑っていた優しくて懐かしい日々。結婚式の時に、そっと自分の手を握りながら赤らんだ頬。抱きしめられて囁かれた言葉。たどたどしいような誓いの口づけを交わして、まだ若すぎるが婚姻した日だからと言われて、一晩だけ一緒に眠った十一歳の夜。年が近いせいで、お互いに妙に気恥ずかしかったが、気がつけば、二人していたずらの話で盛り上がっていた。

遠い国で、小さな姿で懸命に自分を気遣ってくれていた男の子。

——自覚さえなかった、不器用な不器用な初恋。

だから、リーンハルトに再婚を申し込まれた時には、驚くとともにどこかで心が躍った。もう、とっくに全部を諦めたはずだったのに。

「でも……」

ぐっと両手を、胸の前で握りしめる。

「六年間は長すぎたわ……」

やり直そうと思っても、また以前の約束のようになったらという不安を、どうしても拭うことができなかった。

もう一度一緒にいて、本当に今度は違う未来がやって来るのか？

また、交わしたはずの約束が消えてしまわないか。

「だから……離婚をしたかったのよ……」

すべてを一度終わらせて、今度こそやり直そうと二人で歩いていけるように。もう二度と、約束が消えて、同じ状況に留まったりなんかしないように。

ほんの一歩を決断することが、それほど怖かったから――。

（でも、その私の怯えが、リーンハルトに余計な不安を抱かせてしまった……）

「違うのよ。あなたときちんとやり直したいと願ったから、離婚をしようと思ったのに……」

どうして、またすれ違ってしまったのだろう。

ぽろぽろと涙が手に落ちると、壁の側にある時計が、ぼーんと十一時半を告げる音を鳴らした。

（あと、三十分！）

もし、あと三十分以内に、リーンハルトが来なければ、それはやり直すのを諦めたという無言の意思表示だ。

急いで食事の部屋に行ってみたが、テーブルの上に並べられた料理はそのままで、誰かがイーリスの知らない間に訪れたという気配はない。

窓のほうを向いてみても、外は、既に漆黒の闇だ。ただ、木枯らしが闇の中の見えない梢を揺らしていく音だけが、イーリスしかいない部屋に響いている。

(来ないの……?)

今日、来なければそれだけで二人の間は終わりだ。

やり直したいと思ったから、あの日、王宮まで一緒に帰ってきたというのに――。

いても立ってもいられなくて、急いで玄関に向かう階段を駆け下りた。

そして、ばたんと玄関の扉を開く。暗闇の中で目の前に立つのは、離宮を警護している騎士たちだけだ。

「王妃様⁉」

「こんな夜更けにどうされました⁉」

並んだ二人が驚いているが、かまわずにイーリスは闇の中へ目を凝らした。

壁の向こうのどこかで、こちらへ向かって歩いてくる人影がいないか。慌てながら、今にも駆けこんでこようとする姿が見えないか。

(――いたら、絶対に十二時の鐘が鳴る前に、あなたの胸へ飛びこんでいくのに!)

しかし、外で動くものといえば、遠くで激しく揺れるかがり火の明かりと、荒れ狂う風の音ばかりだ。

「冷えた空気は、お体に障ります。どうか暖かいお部屋に」

「でも……」

ひょっとしたら、今にも走ってくるかもしれない。約束をしたのだ。必ず百日会いに来ると。

だが、その瞬間後ろから手が伸びてきた。

「なにをしているんだ！　冬の夜に外へ出て風邪でも引いたらどうする⁉」

すごく聞き慣れた声だ。そして、肩を掴んでいるこの広い手の温もり。

「リーンハルト……っ！」

見上げた覚えのある姿に、咄嗟にイーリスはその胸の中に飛びこんだ。


どうして、いつの間に後ろにいるのか。

そんなことさえ考えつかないほど、今腕の中にいる姿を離したくはなかった。

「なっ――！」

リーンハルトが驚いているが、手を伸ばして抱きしめた瞬間、再婚を約束した時に嗅いだ匂いがふわりとイーリスを包んでいく。

少し男らしい――広くなった肩に似合う香りだ。その匂いと温もりを離したくなくて、必死でその体に縋りついた。

「バカッ！　どうして、こんなに遅くなるまで来なかったのよ⁉」

リーンハルトの目が、驚いて開いている。突然イーリスに抱きしめられたから、動揺しているのが丸わかりだ。

「えっ……！」

声も出せないほどうろたえているが、かまわずに叫んだ。

「私が、離婚したいのはあなたから逃げるためじゃないわ！　きちんとあなたとやり直したかったから――。もう絶対同じ状況にならないように、離婚をしたかったのに！」

なにも言わないまま、イーリスを受け止めている体をぽかぽかと叩く。

「怖いのよ！　また、昔やり直してとお願いした時と同じになったらと思うと！　だから、今度こそ二人で確実に新しい未来に歩き出していくために、前の状況に留まることができないように離婚を希望したのに！」

どうして、勝手な誤解をしているの！　こっちは本当に約束を守ってくれるのか不安でたまらなかったのに。それでも、一緒にいることを選んだのはもう一度二人で生きていきたいと願ったからに決まっているでしょう――！　と、ぽかぽかと胸を両手で叩きながら、これまで心の中に溜めこんでいたものをすべて叫ぶ。

「イーリス……」

ぎゅっとリーンハルトの腕が、イーリスの体を包みこむように抱きしめてきた。それに、ぐすっと鼻を啜《すす》りあげる。

「なのに、なんで！　一回喧嘩しただけで、今日は顔を見せないのよ……。怖かったんだから……」

またただめだったのかと。いや、今度こそ終わってしまったのかと思った。やっと、やり直す決意を固めて、もう一度リーンハルトの側に立つ勇気を出したのに。

「ごめん……」

泣く耳元で、囁くように謝られた。

「遅くなったのは、大臣たちに捕まっていたからだ。それは、事実だ――。本当に、ごめん……」

耳元で掠《かす》れる声に、ひくっと喉が鳴ってしまう。

「大臣？」

「ああ……グリゴアからなにかを聞いたのか。君に会いに行くのを邪魔されて、部屋からなかなか出られなかったんだが……」

そっと広い手で、涙に濡れたイーリスの金の髪を掻きあげる。

「たとえそうだったとしても、謝るよ……。君が、そんなふうに考えてくれていたなんて知らなかったんだ……」

また、ひどいことを言ってしまったと耳元で蚊の鳴くような声で囁きかけられる。

「やっと気がついたなんて……。私だって、あの時、もう一度一緒に生きたいと思ったから、頷いたのよ……。本当はすごく一大決心で、約束をしても大丈夫かどうか、ひどく不安だったのに――。なのに、なんで……」

ぽかっと、力なくリーンハルトの胸に手を置いた。やり場のなくなった悲しみを知らせるかのように。

その手のあまりの弱さに、リーンハルトがぎゅっとイーリスの体を抱きしめてくる。

「そうだな……。俺はすぐに君に自信がなくなる」

だが、甘くてたまらないというように、顔は泣きながら微笑んだままだ。

「わかっている、俺の悪い癖だ。自信がなくて――それなのに、君が俺以外を見るのは嫌で……。いつもひどいことばかりをしてしまう。今度は、君に誰よりも優しくしたかったのに」

「リーンハルト……」

泣きながら笑うアイスブルーの目に、イーリスの金色の瞳は釘《くぎ》づけになったままだ。その瞳の前で、リーンハルトは抱きしめた存在が愛おしくてたまらないかのように、金の髪にそっと頬を寄せてくる。

「好きなんだ。ずっと……自分でも、余裕がないとわかるほど」

頬に張りついていた涙で濡れた髪を、指で掬《すく》いあげられる。

「おかしいだろう？　久し振りに君と離れて朝を過ごし、気がついたのがやっぱりそれなんて」

「そんな……」

くすんと鼻を啜りあげた。

「俺は、今日外で朝日を見て、どうして君が隣にいないのだろうと思ったよ。変だよな、君が家出をして離れていた間は、朝日を見るたびにいつもひどい焦燥感に駆られたのに。今日は、ただ――ひたすら君の顔だけが思い浮かんだ。笑った顔。泣いた顔。その全部に早く帰りたい――。君に会いたい……。我ながら情けないぐらい、朝の風景に君がいないことが、寂しくてたまらなかった」

ゆっくりとこぼれてくる声音と一緒に、頬の涙が静かに拭われていく。

「俺は馬鹿なんだ。だから、いつもすぐに不安になってしまう。本当は、君がやり直そうと言ってくれた十四歳の時。素直に足を怪我したことを告白すればよかった。だけど、話せば君が踊るのをやめようと言い出すのではないかと思ってしまって――」

「え？」

抱きしめられたまま、目を見開いてしまう。

「本当は、すごく踊りたかったんだ。約束した結婚式の日のように――。でも、足の指を折ってしまって――歩くこと以外がしばらくできなかった……」

「それって……まさか、あの時の？」

――ずっと心に引っかかっていた消えてしまった約束。

おずおずと顔を上げれば、リーンハルトはまたぎゅっとイーリスを抱きしめてくる。

「あの日、大臣に頼まれて踊った令嬢を助けようとした時に……落ちてきた花瓶が足にあたって。歩けるのだから、きっとすぐに踊れると思っていた……。だけど、君と約束した結婚式の日のように踊れるまでは、なかなか戻らなくて……」

もう少し。もう少しだけ、待ってもらったら必ず痛みが引いて、約束どおりに踊れるようになるからと先延ばしにしてしまった。

「言えば、俺の体を気遣った君が、約束をなかったことにしてしまうかもしれないと思ったんだ――」

「では……リーンハルトは、あの時私と踊りたかったの……？」

恐る恐る尋ねれば、リーンハルトは微かに赤くなりながらも頷いているではないか。

「本当は……俺も、あの頃君とずっとやり直したかった」

微笑みながらも、抱きしめてくる腕は、少しだけ震えている。

「だけど、どうしたらいいのかわからなくて……。俺との約束のダンスを諦めた君が、ギイトに慰められている姿を見たら、やはり君は俺よりもあいつのほうが大切なのかと思ってしまって……。だんだんと、君に伝えたいことのなにもかもを、うまく言えなくなってしまった……」

「リーンハルト……」

きっとリーンハルトの中でも、あの時の守れなかった約束は抜けない楔《くさび》のようになって、二人の間で疼《うず》いていたのだろう。

「だけど、もし君が昨日の俺の言葉を許してくれるのなら……。過去に俺がした仕打ちを、もう終わったこととして、もう一度……一緒にやり直していこうと思ってくれるのなら。これからは絶対に別れたいと言われるようなひどいことはしないから……」

きっと――今日は、ずっとそのことを考えていたのだろう。二人の仲について考えると言った翌日なのに、どうやったら再び一緒に生きていけるのかということばかりを悩んでくれていた。自分と同じように――。

それが、嬉しくて、つい口からはふふっと笑みがこぼれてくる。

「喧嘩をしないようにする、じゃないのね」

「努力はする。だが、やきもちだけは許してくれ。俺が君を好きなのは、もうどうすることもできないのだから……」

「なによ、それ」

さらに笑みが溢れてきてしまう。

「本当だぞ。六年も、好きなのに、やきもちばっかり妬いていたんだ。回数と程度は減らす努力をするから、俺が君を好きなせいなんだというのは覚えておいてくれ」

好きなせい。その言葉が、温かく胸にしみていく。

「私もよ……」

だから、ふと言葉がこぼれた。

「イーリス?」

「きっと、最初の結婚をした時から……」

心細い異国で、出迎えてくれた少年。いくら前世の記憶があるとはいえ、いやあるからこそ政略結婚なんて、人質に等しいとわかっていて緊張している自分に、馬車から降りるなり差し出してくれた温かな小さな手の持ち主。

思い出して口に乗せた瞬間、リーンハルトは驚いたようにイーリスの顔を覗きこんできた。

「それは……！　俺を好きだということか⁉」

「でなければ、再婚を考えたりなんかしないわ……」

ぎゅっと強く抱きしめてくる。息すらもできないかと思うほど。

「ありがとう！　それなら今度は、君を絶対大切にする！　そして、必ず君の望むとおり、二度と同じにはならないようにやり直してみせるから――」

自分を抱きしめてくれる腕の強さが嬉しくてたまらない。

「ありがとう……」

胸にそっと頬を寄せた。なんて、嬉しい誓いだろう。今度こそ、好きな人と一緒に人生を歩いていける。

頬に伝わってくる温もりを感じ、ふとリーンハルトの体から、走ってきた汗の匂いが漂っているのに気がついた。

「あ、でも今はいつの間に着いていたの？　私、まだかと思って玄関まで迎えに来たのに……」

つい暴露してしまった迎えという単語が嬉しかったのだろう。イーリスの前でリーンハルトの頬が緩むと、いたずらを教えるように耳に顔を寄せてくる。

「ああ。それは、この離宮の一階の物置には、王の部屋からの秘密通路が繋がっているから――」

だから、ここはいつも使われない離宮なんだとこそっと囁いてくる。その言葉になるほどと思ってしまう。確かに瑞命宮までは、イーリスも詳しくは知らない。

「じゃあ、今までも遅くなった時は、そこから抜け出してきて？」

「君と再婚できなくなってはたまらないだろう。君に会いに行くのを邪魔する気なら、代わりに大臣たちの鼻を明かしてやるのは当然じゃないか？」

「確かに」

くすくすと笑みがこぼれてきてしまう。

「イーリス」

笑うと、細い体を再度強く抱きしめられた。

「百日の約束を成し遂げたら、再婚しよう。そして、今度こそ夫婦として一番近くで、寄り添いあって生きていこう」

「ええ――」

抱きしめてくれる腕の、なんと温かいことか。

この温もりが、心地いい。だから、今だけは自分たちの邪魔をしてくる存在については忘れて、やっと気持ちが通じたリーンハルトと、心からの笑みを投げかけあった。

第四章　隠れていたもの

次の日、イーリスは居間で座ったまま眠りから意識が浮上してきた。

まだ外が薄暗い様子を見ると、どうやらいつも起きるのよりかなり早い時間のようだ。

何時だろう?

(なんでこんなところで寝ているんだっけ……?)

暖炉に火が残っているのか。体に伝わってくる温かさを感じながら、イーリスは微かにしか持ち上がらない瞼《まぶた》の中で、ぼんやりと考えた。

昨日の夜は、リーンハルトが来るのが遅くて、会えた途端泣きながら腕に飛びこんだことは覚えている。

謝りながら、何度も涙で濡《ぬ》れた髪を梳《す》いてくれた。この部屋に移ってからも、優しい眼差しで、座りながら話す声がひどく心地よくて——。

(そうか、いつの間にか眠ってしまったのね)

リーンハルトはどうしたのだろう。あのあと、また瑞命宮《ずいめいきゅう》に戻ったのか。それとも別の部屋で休んだのか。

重たい瞼をもう少しだけ持ち上げる。

それにしても、クッションが固い。いつものように頭が沈まないし、枕にしては、なぜかほのかに温かいような——。

「えっ⁉　温かい⁉」

下から伝わってくる温もりに気がついた瞬間、急いでばちっと目を開けた。そこにあるのは、銀のボタンのついた見慣れた洋服。

ということは。

ごくりと見上げれば、イーリスの側には、胸に自分を乗せたまま、ソファに凭《もた》れて眠っているリーンハルトの顔があるではないか！

「――――！」

声にならない叫びが飛び出したのは、どうしようもないだろう。

まさか、リーンハルトと今一夜を共にするなんて！

（いや、そりゃあ再婚するんだし⁉　したら、もちろんそのつもりだったけれど！）

だが、自分の気持ちを伝えたその晩に、一緒に夜を明かすことになるとは思いもしなかった！

急いで着ているドレスを確認したが、どこにも乱れはないようだ。

（えっ⁉　なにも――なかったわよね⁉）

焦って身繕いを確かめていると、胸の上にあった温もりが消えたのに気がついたのだろう。

ふと、リーンハルトが薄く目を開いた。

「あ、お……おはよう……」

（どうしよう？　こんな時って、なにもなかったわよね、と訊《き》けばいいの？）

今の服の様子から考えても、なにかがあったとは思えない。だが、過去に自分を抱きたいと宣言した相手だ。

（なにかしましたかって、どんな顔で訊けばいいの⁉）

悶絶《もんぜつ》してしまうが、リーンハルトの眼差しはまだぼんやりとイーリスを見つめたままだ。

「ああ……おはよう……」

声を返されたと思った瞬間、そっと額に口づけられた。

「――――！」

完全に不意打ちだ。

あのあと、寝ぼけたリーンハルトに抱きしめられたまま、解放されるまで三十分以上はかかってしまった。

（ああー！　今思い出しても、顔から火を噴きそうなのに！）

どうして、腕の温もりから三十分以上も逃げ出せなかったのか。

いくら、すごく幸せそうな寝顔だったとしても、今になってみると自分がいたたまれない。

「だって……、目の下の隈《くま》がひどかったし……」

それだけ忙しくて大変なのに、イーリスを抱きしめている間は、最高に幸福そうな表情で眠っているから起こせなかったのだ。

「そうよ！　うん、起こせなかっただけだから！」

頷《うなず》いて、自分へと必死に言い聞かせる。

思い出しても、目の前で見たリーンハルトの容貌は息を呑《の》むほど整っていた。さらさらと流れる銀色の髪。長い睫《まつげ》も眉毛も一本一本が銀色で、思わず指を伸ばしてそっと触っていたのは、イーリスにとっては絶対に誰にもばれたくはない秘密だ。

（だって……。すごく綺麗《きれい》だったんですもの……）

少しだけ、この時間を味わっていたい。素直になれない自分が、好きな人の側で遠慮せずに過ごせるこのひとときを――。

「そう考えること自体が、私も相当やられているわよね……」

リーンハルトと同じ病に。

思い出した朝の光景に苦笑を浮かべながら、目の前で入れてくれたお茶のカップを持ち上げた時だった。

「あら、陛下はそんなにお疲れのご様子だったんですか？」

不思議そうに側でティーポットを持っているのは、今朝リーンハルトの上着の皺直《しわなお》しを頼んだコリンナだ。どうやら、イーリスの言葉がリーンハルトを気遣ったものだと思ったらしい。朝は、二人の関係を少し誤解していたみたいだったが。

「ええ、かなり疲れていたみたい」

どうやら誤解が解けたらしいコリンナに、自分の秘密を守るために、今の呟《つぶや》きの真意はさらっととぼける。すると、コリンナは持っていたポットをそっとテーブルに下ろした。

「大変ですね、陛下も。離婚状を盗んだのが誰かわからないのに、側で補佐しているのが、信頼できるかどうかも不明なグリゴア様だなんて！」

「それは……そうよね」

今朝、リーンハルトは離婚状の件はなんとかすると約束してくれたが、今から考えればどうするつもりなのか。

ひょっとしたら、この離宮でリーンハルトが通った抜け道が使われたのではないかと思い、朝別れる前に尋ねてみたのだが。

「それはないだろう。あとで、念のために確認したが、俺以外の足跡はついていなかった」

滅多に使われない隠し通路だから、この離宮への出入り口には埃《ほこり》がかなり積もっていたらしい。

そして、手を取りながら見つめてきたのだ。

「君が、もう二度と前とは同じにならないように、やり直していきたいと願ってくれるのなら、俺もそれを叶《かな》えるために努力をする。君が俺の六年間の仕打ちを許して、また夫婦になってくれると言うんだ。それならば、どんなことだってできる」

だから、もう少しだけ待ってくれと話していたが、どうするつもりなのか。イーリスとの再婚を反対したい者がいるのなら、離婚状がなくなったことを公表すれば、民との約束を盾に、公然と二通目を要求してくるだろう。そのあとで、いけしゃあしゃあと盗まれた一通目が見つかったふりをして、再婚の無効を訴えるぐらいはやりかねない。

（そうなったら、私たちの再婚は完全に政治問題になるし……）

今すぐではないかもしれない。

（リーンハルトは、公表して犯人を捜したほうが安全だと言うけれど）

しかし、偶然手に入れた様子を装い、その効力を主張されればどうなるか。

リーンハルトが、健康で強権を握っている間ならともかく――。

先々、もしイーリスとの間に跡継ぎができても、すべて非嫡出子だと訴えて、ほかの王族を後継者に推挙することぐらいはやりかねない。リーンハルトの従兄弟のバルドリック将軍は、まったく王位に興味がないらしいが、かつぎあげようと考える者がいないとは限らないだろう。

離婚をしないのが一番だというリーンハルトの意見は間違ってはいない。ただ、それだとなぜか自分が不安でたまらなくなるだけで。

——あの時、約束を守ってくれなかったのは、怪我のせいだとわかったのだから、もう同じになることはないはずなのに。

「そうだったのね……。それなら、今度は大丈夫ね？」

今朝もこの件を話した時に、頷きながら答えた。

もう大丈夫。今回は同じにはならない。そう何度も自分に向かって呟くのに、どうして心の中からは不安が消えてくれないのか。

——もし、また喧嘩《けんか》をして、リーンハルトを怒らせてしまったら——。

本当に十四歳の時と同じにはならないと言えるのだろうか？

瞼を閉じれば、約束が消えてしまったあとのリーンハルトの冷たい怒りに満ちた瞳が甦《よみがえ》る。

自分を納得させようとしたはずだったのに。微笑んで頷こうとすれば、なぜか顎が小刻みに震えた。

「それだけ君の傷が深かったということだろう」

どうしてまだこれだけ不安になってしまうのか。自分でもわからないと呟くイーリスに、申し訳なさそうにしながら、リーンハルトが優しく肩を抱きしめてくれた。

「きっと、あの六年を過去のものにして、きちんと君と俺とで歩き出せるようにしてみせる」

二人で生きていくためにと、頬にそっと手を伸ばしながら、約束してくれた今朝のリーンハルト。ただ、その側にいるグリゴアについては、正直真意が見えない。

「リーンハルトは、グリゴアを信頼しているみたいだけれど……」

「陛下は信頼しているようですが、私は離婚状を何度もせかしてきたグリゴア様が、イーリス様のお味方だとはとても思えません！　だったら、離婚をやめるように説得するべきじゃないですか！」

「うーん……」

（それは、そうなのよね……）

ほのかな湯気を上げる紅茶に口をつけながら、コリンナの言葉に頷いてしまう。

「本当にリーンハルトのために離婚をやめさせたいのなら、陽菜を王妃宮に入れたりなんかしないでしょうし。ましてや、離婚状を何度もせかすだなんて――」

「そうでしょう？　絶対に陛下は騙《だま》されていますよ！」

幼い頃の指導役かなにか知らないけれど、野望を持てば人間なんて変わりますしねと、コリンナは息巻いている。ただ、それにしては妙な気もする。

真実、離婚をさせたいのなら、なぜ王妃宮から追い出したのか。

（王妃ではないと示すため？　それにしては、私の行き場をなくすような真似を……）

あれで、ハーゲンの申し出がなければ、自分の行き先は野宿かリーンハルトの宮殿しかなくなっていただろう。

いや、リーンハルトの独占欲から考えるに、後者の可能性が限りなく高い。指導役として長く側にいたのなら、そのことにも気がつきそうなものなのに。

「うーん、なんか腹の底が見えないのよね……」

――冷静に考えてみれば、本当に自分を王妃の座から追い落とそうと思っているのか、どうか。

こくっとお茶を一口飲んだ時だった。

「おそれながらイーリス様。私もグリゴア様は信頼するには危険な相手かと思います」

側で、暖炉の薪を補充してくれていたハーゲンが改まって声をかけてくる。

「昔から切れ者と評判の方ですが、恩があるので、陛下のためならばなんでもするともいわれています。イーリス様と陛下の不仲の噂《うわさ》は、よくご存知でしょうし……」

「恩？」

「はい。なんでも家の反対を押し切って平民の妻を迎えたせいで、妻子共々、ひどく困窮した暮らしを送っておられたとか。そこを、陛下に拾われて指導役に任命されたという話です」

「なるほど」

あれだけリーンハルトが信頼している理由もわかった。手に持った銀製のカップをかちゃっと皿に置く。

つまり、グリゴアにとってリーンハルトは返しきれない恩義のある相手なのだ。そして、リーンハルトもグリゴアが自分を大切にしているということだけはわかっているから、その本心が見えない。

「ならば――私の味方かどうか、見極めないといけないわよね？」

一度試してみたほうがいいのかもしれない。本当に、行方不明になった離婚状に関わっているのかどうか。

だから、イーリスは皿にのせたカップをテーブルに置くと、ハーゲンとコリンナを見つめた。

「一度、鎌をかけてみようかしら？　ハーゲン、なくなった離婚状を入れていた箱はどこにあるの？」

「えっ⁉」

驚いたように、ハーゲンが、顔を上げたイーリスの眼差しを見つめてくる。

「それは……私の部屋にございますが。あの箱でいったいなにを……」

「ちょっとした確認よ。それと、前にハーゲンが提案してくれていたことをお願いしたいの」

頼まれてくれるかしらと尋ねるイーリスの笑顔に、ハーゲンは不安そうにしながらも、おどおどと頷いた。


次の日、イーリスは準備ができた陽菜と共に玄関に下りていこうとしていた。

今日、陽菜が身につけているのは、シュレイバン地方でもよく纏《まと》っていた若草色のドレスだ。日差しに透ける新緑のような色が、陽菜の若々しい容貌とよく似合っている。前より少し生地が柔らかくなっているような気がするのは、服が少ないから何度か繰り返して着たせいだろう。イーリスの翡翠色《ひすいいろ》のドレスと並ぶと、仲の良い友人同士が似た色を選んだようにも見える。

「こちらが、仰っておりました離婚状を入れていた箱です」

玄関まで見送りにきたハーゲンが、緊張した面持ちで、あの夜に見た蘭《らん》が描かれた螺鈿《らでん》の箱をそっと差し出してくる。

「あの……、くれぐれも中を開けて見られないようにしてください。一応、似た紙は入れておきましたが、白紙なので……」

開けられれば、すぐに離婚状でないことがばれてしまうという意味なのだろう。

「わかったわ」

緊張で微かに青くなっている離宮管理官から、その箱を受け取った。見れば、周囲を括る紐《ひも》の色や押された封蠟《ふうろう》までもが、あの夜とまったく同じ状態だ。

「では」

行きましょうかと、コリンナと一緒に陽菜のほうを見たところで、奥から歩いてくる人影に気がついた。

「イーリス様、お出かけですか」

「ええ。ちょっと大翼宮《だいよくきゅう》に。最近、あまりギイトと出会えないわね」

朝と夜はリーンハルトと会ってしているから仕方がないにしても、昼間でもゆっくりと話せる機会が減っている。少し寂しげに見上げると、ぽりっとギイトは頬を掻《か》いた。

「ははは……陛下から命じられました全室祈禱《きとう》に、結構時間がかかっておりまして」

まさか、律儀に毎日こなしていたとは！

「そ、そう……ご苦労様」

まさに生真面目なギイト限定で、効力を発揮する嫌がらせだ。見抜いたリーンハルトの慧眼《けいがん》には恐れ入るが――。

（もっとましなことに使ってよ！　その能力！）

どうしてギイト相手になると、ここまでねちこい発想ができるのか。

「無理をしない範囲でしてね」

「イーリス様に、ねぎらっていただけるなど光栄の極み。必ずやイーリス様のために、陛下のご命令は達成してみせますので」

（――だめだわ、これは）

咄嗟《とっさ》にそう悟って、脱力してしまう。イーリスの名前を持ち出されたら、きっとギイトは離宮中のゴミ拾いでも、二階の外側の窓拭きだって体を吊《つ》りながら喜んでやるだろう。リーンハルトの悪意などいっさい気にせず。

そして、イーリスのためにという言葉で、確実に次の逆鱗《げきりん》へと触れるのだ。

「そう……では、行ってくるわ」

脱力しながら、昼過ぎには戻るからと、陽菜と連れ立って塀の外へと出た。

一歩出て、見上げればとてもいい天気だ。

離宮の外側の庭には、夾竹桃《きょうちくとう》で生け垣が作られ、その間に可憐《かれん》な水仙がいくつも咲いている。少し歩けば、秋にはかわいい赤い実をつけるイチイが植えられ、その下にはヨモギだろうか。よく似た緑の草が、生け垣の間から冬晴れの光を浴びている。

（あら？）

昔本で見たことがある植物だ。今の時期は種類によっては見えるところは枯れているのに。そう思いながら目を留めたが、ここが、非常時には防衛的な意味を持つ離宮だというリーンハルトの言葉を思い出して、庭師になんらかの管理をされているのだろうと納得をした。

「よい天気ですね。イーリス様」

投げられた言葉に隣を向けば、茶色い髪を美しく結った陽菜が、楽しそうに空を見上げている。

本当に冬とは思えない清々しい晴天だ。

のどかな青い空には白い雲がたなびき、冬の日差しが、寒さでも変わらない夾竹桃の緑の生け垣を柔らかく照らしだしている。

遠くのほうで、微かにかわいい鳥のさえずりが聞こえるのは、餌を探している雀《すずめ》だろうか。離宮にはないが、少し離れた王宮の庭の端々には、南天や千両など東方から伝わった冬でも赤い実をつける植物が植えられているから、食べ物を求める鳥たちが集まってきているのだろう。

「そうね――。本当に」

よく考えてみれば、こんなふうにゆっくりと空を見上げたのは何日ぶりだろう。これから戦場へ向かうというのに。穏やかな光景には、ほっと心を癒やされて、清浄な空気を一度大きく肺に吸いこんでみた。

グリゴアの真意を探るために、陽菜とコリンナ。そして数人の護衛の騎士たちを連れて、離宮から大翼宮へ向かって歩いている最中のはずなのに、こんなにのどかな日差しを浴びていると、まるで昼下がりの庭を、皆で連れ立って散歩しているような気分になってしまう。

陽菜もそう感じたのか。青い空を見上げながら口を開いた。

「この間アンゼルから話を聞いたあの物語。昨日イーリス様と陛下から本をお借りしたので読んでみたのです」

「ああ……」

『公爵令嬢の恋人』の。思わず半眼になりながら思い出した。アンゼルの件で、陽菜にどんな話か知りたいと言われても、生憎と離宮に小説本体はなかった。

ならば代用品としてと、リーンハルトがアンナから送られてきた二次創作纏めをそっと渡してあげていたのだが――。

「すごいですね！　あれは番外編みたいでしたけれど！　あんなドラマチックな恋愛小説、私初めて読みましたよ！」

（違うのよ！　あれは、二次創作で本物じゃないのに！）

「特に王の公爵令嬢への気持ちが切なくて！　ああ、なんでこの二人すれ違っているの⁉　もう、神官様なんてさっさと追放して、二人でやり直したらいいのにと、どれだけ思ったか！」

「そ、そう……」

（そして、陽菜。あなた確実にリーンハルトの術中に嵌《は》まっているから！）

公式カップルを不人気にしようという――。

（あ、だけど、これで陽菜の処刑フラグは一つ遠ざかったのかしら？）

リーンハルトにしてみたら、自分たちの関係に似ていると噂された『公爵令嬢の恋人』で、王×令嬢派が増えるのは、嬉《うれ》しいことなはず。

「でも」

不意に、熱弁していた陽菜が、顎に指をあてて考えこんだ。

「私、昔、これに出てくる設定と似た話を読んだことがあるんですよね……」

「似た話？」

それは、『公爵令嬢の恋人』のなにかモデルになった作品や逸話があったということなのだろうか。

（まあ、聖女に関してはそういわれているし。作品全体にそういうモチーフがあったとしてもおかしくはないけれど……）

とはいえ、こちらの世界に来て、まだ日の浅い陽菜がどこで知ったというのか。不思議に思って横を見ると、うーんと陽菜は考えこんでしまっている。

「どこで読んだの？」

さりげなく尋ねると、陽菜はまだ顎に指をあてたままだ。

「それが、こっちじゃなくて来る前の世界でなんですよー」

「前の世界？」

それは、リエンラインではなく、日本でということだろうか。僅かに眉根を寄せると、陽菜は「ええ」と首を縦に振った。

「なにかね、いいねの材料になるものはないかなと思って、夏休みに本を百冊読む計画を立ててみたんです。あ、これはまだ始めたばかりの中学生の頃の話なんですけど。それで近くの大きな図書館に行って、昔のから新しいのまでいろいろと借りまくって」

その中の一冊にあったらしい。ひどく古びた和綴《わと》じ本が。

「こんな本を借りたかなと思いながら読んでいたら、予想したよりもずっと古くて。文字は今と書き方が違うし、細かいところははっきりとはしなかったんですけれど……。たしか、ある日気がついたら別の世界に行ってしまった女の子の話だったんですよ。最初はお伽噺《とぎばなし》か神隠しについてかなと思ってめくっていたら、女の子が聖女といわれて。無理やり老人に近い王の嫁にされてしまうところなんかがそっくりで……」

（昔の日本の記録で、聖女？）

それは、キリスト教などの概念で書かれたのでなければ、かなり珍しい話なのではないだろうか。

歴史好きの自分でも聞いたことがない。よほどの稀覯本《きこうぼん》か、土地の民間伝承の記録か。

「それで、その話はどうなったの？」

急に興味が湧いて尋ねると、陽菜はかなり渋い顔をしている。

「ひどい話でしたよ。言葉もよくわからないのに、強引に妻にされて。おまけにそのせいで離婚されたという、前の王妃様からは冷たい仕打ちを受けるし。最後は、身一つで王家を飛び出して、涙ながらに元の世界へ帰ってくるという内容だったと覚えていますが……。『公爵令嬢の恋人』に出てくるキャラと、ちょっと似ていますよね？」

笑いかけられて、どきっとした。

「そうね――。なんだか似ているわね」

そんな偶然があるのだろうか。過去の聖女をモデルにして書かれたという『公爵令嬢の恋人』に登場する聖女。そして、昔の日本で神隠しに遭い異世界へ行き、同じような経験をしたという女性の記録。

（まさか――世界を渡って、帰った人がいるの⁉　来た時と同じように⁉）

そんな記録はリエンラインでは目にしたことがない。だけど、もしあるのならば――。

思わず横の陽菜を見た。

――まさか。

「陽菜は……やっぱり、帰りたい？　日本に？」

「そりゃあ、生まれ故郷ですからね。帰れるのなら帰りたいですけれど」

父も母もいますしと、ははっと指で頬を掻きながら笑っている。だが、気を遣わせてしまうと思ったのか。すぐに前を見ると、近づいてきた玄関に手を伸ばす。

「あ、着きましたよ、大翼宮に！」

言われて見上げれば、ついこの間までは毎日のように出入りしていた大翼宮が、青い空の下にくっきりと緑色の壁を浮き上がらせている。

名前のとおり、宮殿には王室の紋章である鷹《たか》を模した翼の装飾がいくつも施され、そこに描かれた羽根で、リエンラインの強さと人材の多さを表している。一つ一つの羽根が、優秀な騎士や貴族たちを意味するのだろう。

それにふさわしく、ここには、多くの官僚が勤める部署や、貴族たちが出入りしている広間などもある。もちろん、王の生活空間にも最も密接しており、この大翼宮の一番奥まったところから続いて造られているのが、王の私的な宮殿である瑞命宮だ。

「さてと――」

近づいてきた戦場に、今考えていた内容は一度頭の隅にやって、持っている貝細工の扇を構え直した。

「では、行きますか！　敵陣に！」

「はいっ！」

その言葉とともに、イーリスと陽菜は意気揚々と大翼宮へ向かって歩き出した。

大翼宮は、いつもの如く人で溢《あふ》れかえっていた。

基本的には、王宮の中で最もメインになる建物だ。王以外の王族が暮らす場所でもあるし、政治的な多くの部署がこの建物に集中している。両棟には、たくさんの貴族が生活する空間。そして、最奥には、王の瑞命宮へと続く通路がある宮殿の中を、イーリスは並ぶ官僚や大臣たちの前で、貝細工の扇を翻しながら歩いていく。ふわりと扇を靡《なび》かせるたびに、鮮烈な白い光が手から躍って人の目を引いた。

「あれは……王妃様？」

「陛下に追放されたと伺いましたけれど……」

その光に気づいた周囲が、ざわざわと騒がしくなってくる。しかし、イーリスが歩けば誰もが道を空ける。

（まったく！　勝手なことを言ってくれて！）

いつ、誰が追放されたというのか。

忌ま忌ましいので、こそこそと囁《ささや》いてくる相手をちらりと見つめて微笑めば、まだ若い官僚は、恐れをなしたのか。必死で頭を下げてくる。

「さてと！　今、外野は問題ではないわ！」

さっと扇を掲げ、緋色《ひいろ》の絨毯《じゅうたん》を歩き進める。目指すのは、王宮の小広間。小規模な催し用の部屋だが、すぐ近くに元老院や大臣たちの部屋が並ぶという絶妙な位置関係だ。

囁く人たちの目もかまわずに目的の場所へ向かうと、見慣れた重臣や上級官僚たちが歩くイーリスの姿に気がついてくる。

「おや、これは王妃様。大翼宮のこちらにおいでとは」

なかなか含みのある訊き方だ。

表面だけとらえれば、この重臣たちが多い区画になにか用事でもあって足を運んだのかと、尋ねているように聞こえる。しかし、本音では、家出をしながらも今ここに来た理由を探っているのだろう。

「ええ。少し商人からお買い物をね」

にこっと笑えば、ディヒテネーベル商務大臣はほっほっと頷いている。

「それはそれは。先ほど出入りしていた者たちはそういうことでしたか。王妃様のお眼鏡に適う品があったとは喜ばしい限りです」

腹の底までは読ませない笑みで、にっこりと礼をして去っていく。

（ふむ……、いつもながらとらえどころのない……）

彼は以前は国の予算を扱う部署にいたから商務省自体は長くはないが、簡単に本心を探れないところは決してほかの大臣たちにも負けてはいない。

「さて！」

気分を変えて歩き出すと、おつきの騎士たちに少し進んだところにある小広間の扉を開けさせた。

扉が開くにつれ、中に広がっているのは、一面の絹の波だ。

赤や青、空色に藤色と、たくさんの絹が会議も行えるほどの空間に所狭しと並び、部屋の中央には人型に着せられたドレスの見本がいくつも展示されている。どれも最高級の絹地で作られたもの

ばかりだ。

緑のドレスは若葉色の優しいフリルと白いレースで彩られ、隣には白地にピンクの小花をあしらったデザインが並べられている。その横にあるのは、最高級のレースがついた袖に金糸で百合の刺繍《しゅう》を施したドレスだ。どれもが華やかで、イーリスや陽菜の年頃に似合いそうな若々しい美しさを備えた品ばかりが陳列されている。

さらに部屋の奥には、たくさんの装飾品。肩が開いたドレスの首元を埋めるためのルビーの首飾りや、胸を飾るブローチなどが紺のビロードの上に並べられ、色とりどりの光を放っているではないか。

開けられた扉の隙間から覗《のぞ》いていた貴族たちが、おおっと叫ぶのが聞こえた。

「王妃様。本日はお呼びいただき、ギルド長、なによりの喜びでございます」

後ろのざわめきに流していた瞳を横に向ければ、年を取った男性が少し曲がりかけた腰を慇懃《いんぎん》に屈めながら、にこやかな笑みを浮かべている。その顔に、にこっと笑い返した。

「あら、いいのよ。こちらこそ助かったわ。急な頼みだったのに、快く引き受けてくれて」

「いえいえ、王妃様から、ハーゲン様からご連絡をいただきました時には、一同歓喜いたしました。我らとしましても、こうして以前のようにご注文をいただけるのは光栄の至り。お眼鏡に適うように、どんな品でもご用意いたしますので」

「そう？　ありがとう。では一番のお薦めから見せてもらおうかしら」

「はいっ！」

高級品から出してこいという暗黙の意味が伝わったのだろう。

仕入れたドレスや宝石から、いそいそと最上級の物ばかりを選んでイーリスたちの前に広げていく。どれも普通の貴族では簡単には手に入らないような品ばかりだ。

波を描いた繊細なレースが広がり、窓からの日差しに光る絹がイーリスと陽菜たちの前に並べられていく。

「陽菜には、これが似合うかしら」

「さすが王妃様！　お目が高い！　それは、ローゼン地方でしか作ることのできない一番細い糸で編まれたレースです！」

「そう、ステキね」

次々と出される高級品を吟味していけば、開いたままの扉には自ずと人だかりができる。

「なんの騒ぎですか？　これは？」

（来たわね！）

聞こえた声に、すっと目だけで後ろを振り返った。

扉の側に立って、人だかりが少しだけ分かれた場所から見ているのは、案の定グリゴアだ。

堅苦しい大臣と連れ立っている様子からすると、きっと仕事の合間の移動で、この賑《にぎ》やかさに気がついたのだろう。

眼差しだけで様子を窺《うかが》うと、隣で陽菜が「あっ」と声を上げた。

「あの人！」

グリゴアの側に立つ工務大臣を目にした瞬間、はっと顔色を変えている。

「陽菜？」

「あの人、昔私がこちらに来たばかりの頃に、よく訪ねてきた人なんです！　神殿だけでは心許ないだろうから自分が後見人になって面倒を見てあげようかって――」

「ポルネット大臣が？」

驚いて後ろを振り返ったが、そう言われてみれば合点がいく。

リーンハルトの周囲にいる人物で、イーリスが離婚したがるのは逃げるためだと吹き込んだのが誰だったのか。そして、リーンハルトがイーリスの許へ来られないほど大臣が仕事をせかしていたというのが、このまま破談になるように仕向けるためのものだったとしたら。

「グリゴアだけかと思っていたけれど……」

「ポルネット大臣は、イーリス様との不仲を聞いて、一時ご自分の娘御を陛下に近づけたがっていると、噂されていました。生憎と陛下にはまったくそのおつもりがなかったそうですが」

「――ああ」

当時囁かれた噂話をコリンナの言葉で思い出して、今回のからくりの一端が見えたような気がした。

だから、殊更優雅にグリゴアと大臣に近づいていく。

「ごきげんよう」

「お、王妃陛下⁉」

どうやら、まだこちらに対して王妃の敬称を用いるだけの礼儀は持ち合わせているらしい。下げた顔はひどい渋面だが、あえてにこりと笑ってやる。

「陛下ではなく、元老院の方とご一緒とは。ポルネット工務大臣、なにか難しい案件でも入りましたか？」

　さりげなく手を組んでいるのかと匂わせたが、相手は強ばったまま礼をしている。

「いえ、王妃陛下を悩ませるほどのことではなく……」

（王妃陛下ね……）

　本心からその敬称を用いているのかどうかはわからないが、巧妙に隠している様子は、さすがいくつもの大臣職を渡り歩いてきた老獪というべきか。

　できることならばもう少し探りを入れてみたいが——と思ったところで、グリゴアが一歩イーリスの前へと進み出てきた。

「ところで、イーリス様。これはなんの騒ぎですか？」

（こちらは隠すつもりもないし！）

　大勢の目があるのだから、せめてもう少し言動に注意を払いなさいよと思うが、グリゴアはさらっと黒い髪を掻きあげている。

（その態度だけでも不敬だというのに！）

　ふんと鼻で笑って返すと、手の近くの絹地を持ち上げた。まるで黄真珠にも似た美しい光沢が、イーリスの髪と共鳴するかのようにさらりと広がる。

「ええ。陽菜に新しいドレスを作ってあげようと思って」

「陽菜様に？　ですが、これはすべて一級品とお見受けしますが？」

「ええ！　陽菜は私が面倒を見ることにしたのですもの！　金に糸目はつけないわ！」

　宣言するように笑えば、並んだ貴族たちはみんな息を呑んでいる。

「これだけの品に糸目をつけない……？」

「では、王妃様が追放されたという噂は、やはりデマなのでは」

ざわざわと人波が揺れている。今になってみれば、その噂も誰が流したものなのか――。

はっきりとポルネット大臣の眉間に皺が寄せられた。

「ははっ……王妃様、悪い冗談ですぞ？　あなた様は王妃宮を出られて、離婚されるという話ではございませんか。今王妃の化粧料で散財されるのは、あまり好ましくはないはず」

「あら？　それは離婚したから？　それとも離婚をするから？」

少しだけ追い打ちをかけてみれば、相手はすぐに表情を改める。

「どちらでも同じでしょう。王妃ではなくなる――ならば、化粧料を私的な財産として使うことは許されないはずです」

イーリスには、実家からの支援はない。国庫以外どこから贅沢《ぜいたく》をする金が出てくるのかと、睨《にら》みつける眼差しが明らかに語っている。

鋭い視線に、にっこりと笑って間違いを正した。

「生憎だけれど――これは、王妃の化粧料とは関係ない私のお金なのよ？」

「えっ⁉」

ポルネット大臣が面食らった顔をしている。隣で並ぶグリゴアが、かちゃりと片眼鏡を指で持ち上げた。

「私は聖姫《せいき》よ？　だったら聖姫として、私とその庇護者《ひごしゃ》を彩るには、最高級品が似合うとは思わなくて？」

じっと見つめる金色の瞳に、片眼鏡の奥で紫の目が鋭く光る。

「――――なるほど。金の出所は、聖姫の聖恩料というわけですか」

さすがに悔しいのだろう。グリゴアの仕掛けた経済的な手段は、すべてその一手によって封じられてしまった。隣に立つポルネット大臣の顔にも、明らかに悔しさが滲《にじ》んでいる。

その前で、わざと華やかに笑ってみせる。

「そうよ、あなたも知っているでしょう？　聖姫の聖恩料がどれくらいのものなのか。少なくとも、一つの領国分。今は何年間も貯めこまれていたから、この国の三分の一の税収にも匹敵する金額が私のものだわ。王妃の化粧料がしばらくの間使えなくても、なにも生活に困りはしないの」

「だから、陛下の許にもまだ戻られず、かといって離婚もされないという宙ぶらりんな状態を続けておられると？」

紫の瞳の手前で、かちゃっと持ち上げられたガラスが冷たい光を放つ。

「私としましては、いい加減区切りをつけていただきたいのですが？　本当に離婚してやり直されるのか、それともこのまま離婚されないのか。延び延びになっておりますます離婚状をそろそろ提出して、この離婚劇にも決着をつけてはいただけませんかね？」

ちらりと隣のポルネット大臣に視線を向けながら、イーリスに決断を迫ってくる。

（来たわね！）

――来ると思っていた。もし、グリゴアたちが離婚状を盗んで、イーリスの再婚を無効にする二通目を待っているのならなおさら。

冷たい紫の瞳に、笑って答える。

「いいわ、私もあなたに話があるの。ここではなんだから、隣の部屋で話しましょうか」

言いながら、コリンナに一つの箱を持ってこさせる。

受け取ったのは、螺鈿の箱だ。重要書類を示す封蠟まで、前回とまったく同じ。――ただ中に入っているのが、なにも書かれていない白い紙だということを除いては。

(それでも、もし離婚状についてなにかを知っているのなら、なんらかの反応が返ってくるはず！)

「いいでしょう。では隣室に行きましょうか」

答えるグリゴアの眼差しを受けながら、イーリスはごくりと唾を飲みこんだ。


ぱたんと隣の部屋の扉を閉める。豪華な椅子やテーブルはあるが、ほかには人がいない。

ここは、小広間で貴族たちの集まりが行われるときなどに参加者の休憩用として使われる部屋だ。

(さて――)

椅子に座って、目の前のテーブルに螺鈿の箱を置けば、前に来たグリゴアがじっとそれを見つめている。

「どうぞ」

部屋に連れ立って入ったグリゴアには席に座ってもよいと手で示したが、そもそも誘ってもいないポルネット大臣には振り向きすらしないせいか。勝手についてはきたものの、イーリスの様子にどうするべきかとテーブルの近くでうろうろとしている。

それでも我慢できなかったのだろう。

「どうして、それがここに……」

イーリスが置いた蘭が描かれた螺鈿の箱を見つめ、唸《うな》るように言葉を洩《も》らした。

「どうして？　私が持っていたから見せたのよ？」

（ふうん、大臣のこの態度……）

この螺鈿の箱になにが入っていたのかを知っているようだ。まだ、中身についてはなにも言ってはいないというのに。

内心ではよほど焦っているのか。置かれた離婚状が入っていた箱と、持っていたイーリス自身とを交互に見比べながら、睨むようにこちらを探っている。

（さて、だとしたらグリゴアは――）

これで尻尾を出すかと思ったが、彼はなぜか自分よりもポルネット大臣の様子を窺っているようだ。紫の瞳で見つめ、かちゃっと片眼鏡を持ち上げた。そして、顔を動かし、ガラスの奥からまっすぐにイーリスへと視線を向けてくる。

「つまり、今のお言葉と態度から察すると、離婚状は既にこの中にあると？」

「そういうことになるかしら？」

（さあ！　ここで、蓋を開けて中を見せろと言ってくる⁉）

一通目を盗んで、イーリスたちの再婚を反古にしたいのなら、中にあるのが本物かどうかは気になるところだろう。

本物の離婚状は、まだ離宮から外には出ていないはず！

ならば、中にあるのが、自分たちが盗ませた離婚状なのかは、喉から手が出るほど知りたいはずだ。入っているのが、書き直した二通目であっても。いや二通目ならばなおさら、再婚を反対している者にとってはほしい品だろう！

どちらにせよ、確かめずにはいられないはずだが――。

「嘘《うそ》ですね、それは」

「えっ？」

紐に指さえかけず、きっぱりと言い切ったグリゴアの言葉に、イーリスの目が咄嗟に瞬いてしまう。まだ、中身どころか箱に触れてすらいないというのに。

「あら、どうして？」

流れそうな汗を隠しながら尋ねた。にっこりと笑いながらも、唇は、微かに引きつっている。しかし、目の前でグリゴアは紫の目を閉じると、小さな溜《た》め息《いき》をついているではないか。

「あの陛下が、そんなに簡単にお書きになるはずがございません。あなたとの離婚状を――」

（それは、確かに……）

書いてもらうまではなかなか大変だった。隙あらば逃げ出そうとするし、なんとか引き延ばそうとしてくるし。

「あら？　でも、私に何度も離婚状を出せと迫ってきたグリゴアの言葉とは思えないわね？　使者だけでも三度も丁重によこしてくれたのに」

「三度？　私は夜に一度しか使者を送ってはおりませんが」

「え？」

――では、残りの二回は。

誰からだったというのか。ちらりと立ったままの大臣に目をやったが、横を向いてしまった彼の表情はここからは窺うことができない。

(そういえば、夜の時だけ使者が違った……)

当時は気にも留めなかったが、あれに理由があったのだとすれば。

一瞬考えこんでしまったその間にも、グリゴアは溜め息をつきながら話しだす。

「私が知る限り陛下は――」

少しだけ思い出すように、瞼を伏せた。

「幼い頃から、ずっとあなたに恋しておられました」

「え？」

どうして、大使として長年外国にいたグリゴアが、自分たちのことをそこまで知っているのか。

結婚した時には、既に外国に赴任していたはずなのに。

金色の瞳を開いてじっと見つめるが、グリゴアは背もたれに体を預けながら、ゆっくりと言葉を吐き出し続けている。

「喧嘩をしてしまったと、小さな泣きそうな文字で綴《つづ》られていました。どうすれば仲直りができるのか。どうすれば、もう一度笑顔を見せてもらえるようになるのかと。何度も何度も――相談を受けました」

「何度もって――」

帰国した時にだろうか。だが、グリゴアは、今文字でと言ってはいなかったか。

「ただでさえ、幼くして王位につかれ、慣れない政務でお疲れでしょうに。仕事にことよせて遠い異国に送られてくる手紙には、いつも端のほうにあなたとのことがそっと綴られていました。私が六年間、どんな想いでリーンハルト様からの手紙を読み続けていたのか――」

「手紙で……私のことを相談していたの？」

金色の瞳が、大きく開いてしまう。

あのリーンハルトが、自分が悩んでいたのと同じだけの歳月を悩んでくれていた！

驚くイーリスに、グリゴアはすっと瞼を上げる。

「はい。ですから六年間苦しまれていたのは、あなただけではありません」

ずっとずっと、イーリスが、苦しんでいたのと同じだけ！　出口の見えない夫婦関係に悩み続けて！

「それなのに」

グリゴアの紫の瞳が、ガラスの奥ですっと細められる。

「イーリス様は、まだ陛下を振り回しておられます。やり直すならやり直す、それとも離婚されるのなら離婚とはっきりさせて、そろそろ陛下をこの苦悩から解放してはくださいませんか？」

「それは――！」

ぐっと手のひらを握りしめて、上半身を乗り出した時だった。

「そうだ！　それは、実に良い考えだ！」

「ポルネット大臣」

すっかり忘れていた声に視線をやれば、所在なげに立ち尽くしていたはずの大臣が、意気揚々と二人の側へ近づいてくるではないか。

そして、良い案を思いついたというように、皺を刻んだ手のひらを差し出した。

「確かに、もうはっきりさせてもよい時期だ。この際どうだろう。元老院と貴族会とで、陛下の離婚について決議をしては？」

「なっ――！　どうして、そんなことを⁉」

驚いたが、ポルネット大臣は得意そうだ。

「陛下は、民の前で離婚を約束されたのじゃろう？　ならば、それが守られるように努めるのも臣下の役目だ。このまま民との公約を蔑《ないがし》ろにしては、陛下の威信が地に落ちてしまう」

得意げに語る大臣の姿に、グリゴアがちらっと目をやった。

「――そうですね」

頷いて、イーリスへと顔を向ける。

「確かに、陛下への信頼をなくさせるわけにはいきません。強制権を持つ決議をしたところで、素直に陛下がサインをされるとは思えませんが……。私としましても、陛下にこのまま進展しない辛い恋を味わい続けさせるのは忍びないこと。もし、イーリス様があと二日以内に離婚状を提出してくださらないのであれば、私も元老院の者として、離婚決議案の動議には賛成せざるを得ません」

(なんですって⁉)

つまり、あと二日以内に離婚状を出せということだ。よほど失われた離婚状が見つけられない自信があるのか。急に機嫌が良くなったポルネット大臣の顔と冷徹なグリゴアの面差しを見つめながら、イーリスはぐっと拳を握りしめた。

（――どうしよう……）

離宮に帰ってきたイーリスは、長椅子に座ったまま考え続けていた。

窓の外ではいつの間にか雨が降りだしている。先ほどまであれほど晴れ渡っていたというのに、今はまるで空が泣くかのように外は煙色だ。

あのあと、了承するしかなかった。

「どうしよう……。まだ、離婚状がどこにあるのかもわからないのに」

先ほどの大臣とグリゴアとの会話を思い出しながら、ぐっとドレスの裾を握りしめる。

今、コリンナは席を外したイーリスの代理で購入を決定したドレスや宝石を片付けるために、別室で、メイドたちに指示を出してくれている。

陽菜の分も一緒に買ったから、かなりな量だ。見立てについては、陽菜の意見を取り入れながら、コリンナが王宮の作法に合うものを選んでくれていたので、おかしなことはないだろう。むしろ、慎ましいといわれるイーリスが、自分では誂《あつら》えないような派手なデザインも着せることができると、生き生きと喜んでいろいろな布地を見ていたような気がする。

（どんなのを選んだのかは気になるところだけれど……）

コリンナと陽菜のセンスならば、まず間違いはない。

それよりも、今は離婚状だ。

「困ったわ……」

あと二日以内に見つけられなければ、離婚させるために強制権を持つ決議をするだなんて。

もう一枚離婚状を書けば、たとえ今は無事に再婚をしても、将来盗まれた例の離婚状に勝手に日付を加えて持ち出されればアウトだ。

「どうしよう……！」

こつこつと指が肘掛けを叩《たた》く。

決議を受けたぐらいで、素直にリーンハルトが離婚状を書くとは思えないが、強制権がある以上厄介な事態には変わりない。なくなった離婚状にしても、大臣の様子で一つ手がかりを摑《つか》んだとはいえ、ほとんど状況は動いていない。

「離婚状のことですか？」

イーリスがついた溜め息に、暖炉の薪を補充していたハーゲンが、火かき棒を持ちながら振り向いた。

新しい薪を投入したからだろう。暖炉の火が一瞬弱くなったが、少ししてすぐに加えられた木も燃やし尽くそうと、下から炎の舌を広げ始める。

「ええ……」

ぱちぱちと音を上げる赤い炎に顔を照らされながら、イーリスはこくりと頷いた。その様子にハーゲンが真剣な顔で見つめてくる。

「でも、疑わしいのはグリゴア様では？　王妃様もずっとそう仰っておられましたし」

「そう思っていたのだけれど……」

今日話したのでわかってしまった。グリゴアは違う。

（あれは、本当に私に対して怒っているだけだった……）

今日聞いた言葉の一つ一つを思い出しても、グリゴアはそもそも離婚状が既に書かれているということ自体を知らない様子だった。

確かに、これまでイーリスを王妃宮から追い出したり、物や化粧料を使わせないようにしたり、明らかに王妃として認めない姿勢を取ってきた。見ようによっては、イーリス反対派の先鋒《せんぽう》とも取れるが――。

(違うわね。あれは本当に、リーンハルトとの仲をはっきりとさせない私に怒っていたのよ)

真実、リーンハルトの気持ちを受け入れる気があるのかどうか。そして、どこまで振り回すつもりなのかと。

(そりゃあ、六年も相談されていたら、そう言いたくなるのも当然よね)

自分だって、陽菜が結婚して、その相手の男が「やり直したいから離婚したい」と言い出したら、「なによ、それ! 本気でやり直すつもりがあるの!?」と考えるのが普通だろう。

(グリゴアが私に怒っているのはわかったけれど……)

だとしたら、離婚状はどこへ行ったのか。いや、今日の様子からすれば、より怪しいのはポルネット工務大臣かもしれない。

「二日以内に私が離婚状を見つけなければ、本気で貴族会から離婚を迫るつもりなのでしょうけれど――」

弱った。離婚状を捜す手がかりが、ほとんどないのだ。

(――せめて、今怪しいポルネット大臣の行動を詳しく調べる時間があれば、なにか見つかるかもしれないのに……)

「王妃様」

「時間が足りないわ」

心配そうな声をしているハーゲンのほうは見ず、手を握ったままぽつりと呟く。

たった紙一枚。だが、床板の隙間にでも隠せるし、天井の細い割れ目にだって差しこむことができる。これだけ離宮を大捜索して、見つからないとなると――。

「では」

心配そうに近づいてきたハーゲンが、顔をそっと寄せてきた。

「いっそ、偽物を用意してみてはいかがでしょうか？」

「偽物？　嘘の離婚状を？」

「はい。今日グリゴア様にしたのと同じように。幸い、私の友人に王宮書司部に勤めている者がおります。その者に偽物を渡し、本物として保管してもらうのです。そうすれば記録上は、イーリス様が正式な離婚状を提出したということになりますし、あとで本物が見つかったときには、こっそりとすり替えることもできます」

「偽物を――確かに……」

ハーゲンの提案どおりにすれば、民との公約は守った形になるし、リーンハルトが決議をやめさせるために翻弄されることもない。ただでさえ、仕事が忙しくて目の下の隈がすごいのだ。これ以上負担をかけたくはないが――。

「でも、いくら偽物でもリーンハルトにもう一通書いてとは言えないわ」

あれほど離婚状を書くのを嫌がっていたのだ。それに、この件についても近々なんとかする考えがあるような口ぶりだった。それだけではなく。

「きっと、書きたがらないと思うし」

瞼を落として、離婚状を綴ったあとのリーンハルトの辛そうな様子を思い出す。だから、あれが自分たちの唯一の離婚状なのだ。リーンハルトの顔を思い返しながら、ぐっと手を握りしめた。

しかし、俯《うつむ》いたイーリスに、にこっとハーゲンは笑いかける。

ぴょんと指を立てた。

「ですから、偽物なのです。あのご様子では、とても陛下に二通目を書いていただくのはご無理でしょう。代わりに、私の知り合いに、人の筆跡を真似るのが得意な者がおります。イーリス様から陛下の手跡をお預かりできれば、それを基に、そっくりな離婚状をお作りしてみせますので」

「本物そっくりな離婚状を?」

「はい。なので、どうか安心してお任せください」

確かに――それならば、取りあえず今をしのぐことはできる。

偽物を渡して時間を稼いでいる間に、本物を捜し出し、あとですり替えればいいのだ。

たとえ見つかるのが遅くても、リーンハルトが考えているなにかがうまくいけば、この問題は解決するかもしれない。

だが、人に知られたらと考えているのに気づかれたのか。

「ご安心ください。人には話せない依頼をいくつも受けている者です。話せば、自分の命に関わると思っているので、口の堅さは確かです」

「それなら――」

急場の打開案としては、それしかないと頷こうとしたところで、はっと目を開いた。

（待って⁉　昔、そんな事件がなかった⁉）

離婚や結婚に関することでではない。

頭の中で、前世で見たたくさんの歴史書たちのページを思い出していく。

書類、偽造。そして、すり替え。まさに、この言葉に該当する事件がなかったか！

ぱららと頭の中の歴史書がせわしなくめくれ、今思い浮かべた単語が並ぶあるページで止まった。

はっと、目を見開く。

（そうよ！　江戸時代の有名な国書偽造の事件――柳川一件！）

あれがまさに、これらと同じ単語の並ぶ事件だった！

ばんと頭の中に、昔読んだ事件名が浮き上がってくる。

（あれは、たしか対馬藩が企てた事件だったわ……！）

秀吉の朝鮮出兵で、当時交流の途絶えていた日本と朝鮮王朝。両国の交易に頼っていた対馬藩は、国交を回復させるために、朝鮮から求められた国書を用意しようと家康の名前を用いた偽造へと手を出していくのだが――。

はっと思い出した事件に、口に手をあてる。

（そうよ……。あれは、偽書でありながら、そして本物かどうか疑われてさえいたのに、日本からの正式な国書として扱われた事件だったわ……！）

それだけではなく、対馬藩は、返礼で来た朝鮮側の使節が持っていた国書が返書だとばれないために、偽造したものを秀忠との会見前にすり替えたのだ！

後に、対馬藩の家老の訴えで、偽造と改ざんが明らかになるのだが、当時のいろいろな事情や国際秩序などにより、大罪であるはずがお咎《とが》めなしとなった事件だ。

そして、偽書で生み出された国交は、その後も長く江戸時代で続いていく。

偽書が、本物と同じ効力をもたらした世にも稀《まれ》な事件だ。

（偽書でも、場合によっては本物と同じ力を持つ――）

まさかと、ごくりと側に立つハーゲンの顔を見つめた。

今イーリスが偽書を渡せば、書司官はそれを本物と記録するだろう。もし、将来偽書と発覚しても、書司部には一度本物が預けられたという記録になる。

（そうなれば、たとえ誰かがあとから最初の離婚状を持ち出してきても、記録上は有効だ）

むしろ、偽物にすり替えられたのは、書司部に届けられてからということになるだろうし、いくらなんでも王妃が偽書を記録させたとは公言できない。

（まさか！）

浮き上がってきた怪しい存在に、イーリスは金の瞳を開いてハーゲンを見つめた。

今確かにハーゲンは、自分の前で王宮書司部に友人がいると言っていた。だが、自分のところにグリゴアからではなく送られてきた離婚状の催促の使者も、また王宮書司部からではなかったか。

（そうよ……だいたい、なぜハーゲンは私と今ここにいるの？）

王妃宮に住んでいた頃は、宮中省にいても顔すら知らなかった。ただ、イーリスが王妃宮を追い出された時に助けてくれたから、信頼したのだ。

その助けに従って入ったこの離宮で、離婚状が行方不明となった。どこを捜しても出てこないほど。

慣れた顔を見つめ、ごくりと息を呑みこむ。

「王妃様？」

助けてくれたので油断をしていた！　ハーゲンは自分を支持してくれている人間だと！

だが、もし最初から罠《わな》だったのだとすれば——。

（そうよ、今から思えば、ハーゲンは当初私とリーンハルトの食事に、陽菜を同席させようとしていたわ）

まさか！

ぎりっと指を握りしめる。

ずっとイーリスのグリゴアが疑わしいという言葉に側で頷く姿に騙されていた！

以前、商品やギルドに携わる部門にいたのなら、それはおそらく商務省だ。

（そうよ！　そして要職の長いポルネット大臣は——！）

今の工務省の前は、商務省の大臣だった！　ちょうどイーリスがギルドから市場を開放した頃だ。

（あの時。リーンハルトがダンスを踊っていた令嬢の……）

父親だった！　仲直りを約束していたあの日に、まるでイーリスとやり直させまいとするかのようにリーンハルトと踊っていた彼女！

頭の中で、あの夜の令嬢とポルネット大臣の姿が瞬く。

自分の娘をリーンハルトの側に置かせたがっていた！　婚約者となるのが叶わなくても、成長し始めたリーンハルトに近づけて、ゆくゆくは側女《そばめ》にさせたいのではと一時噂されていたほどに。当時は、リーンハルトのつれない態度に噂も立ち消えとなったが、だめになってからも、降臨した陽菜に近づき、後見人を名乗り出るほど外戚の地位に未練があったのだとすれば――。

そして、今回のポルネット大臣の決議案が、承諾するかもわからないリーンハルトに狙いを定めたものではなく、偽書でもかまわないからイーリスに二通目を出させるためだったとしたら。

(――ならば、なくなった離婚状は)

あの時、最後に離婚状に触れ、箱に入れたのが誰だったのか。まざまざと脳裏に甦ってくる。

立ち上がり、急いで先ほど側の棚に置いた螺鈿の箱に近づいた。

「あっ⁉　イーリス様、なにを⁉」

敬称ですら完璧ではなかったというのに。

ハーゲンが側で慌てているが、かまわずに封を解いて、蓋を持ち上げる。

中に入っていたのは、白い紙。今日のグリゴアのために用意されていたものだ。

その紙を持ち上げ、急いで黒塗りの螺鈿の箱を見つめてみた。なにもない。いや、だがそんなはずはない。あの時のハーゲンの行為を脳裏で思い返してみる。

なぜ、布を広げたのか。必要ないはずだ。文箱に書類を入れて運ぶのならば。

重要文章だから丁寧にしているのかと思ったが、もしそれ以外に意図があったのだとすれば。あの時、なにか理由があって、布を広げたのだとしたら?

底を隠すために?　だが、今見つめても底はあの時と同じく螺鈿で美しい蘭が描かれたままだ。

もし底を隠す以外で必要だったとすれば――。

そうだ。あの時、閉める前に布が引っかかったから、一度指を入れて直していた。

（あれが、もし直すためではなかったとしたら……？）

眼差しを開けた蓋に動かしてみて、はっとした。

（この蓋――少しだけど上の板が厚くないかしら⁉）

美しい螺鈿の細工で気がつかなかった。斜めにして見れば、箱の蓋裏が普通の文箱よりも若干厚みがあるような気がするのだ。豪華な品だから、木を贅沢に使った仕様だとも思えるが。

記憶を辿《たど》れば、箱を閉めた時に、なぜか少し大きな音がしていた。この箱は、ただ蓋をかぶせるだけのタイプだというのに――。

だとしたら、と細かな蘭や胡蝶蘭《こちょうらん》が描かれた蓋裏をよく見てみる。

もしやと思い、外枠と蓋裏との間に、ぐいっと爪を入れてみた。微かにだが、動くではないか！

「まさか！」

蓋裏に触って微かに盛り上がっている胡蝶蘭のところへ思い切り爪を立てれば、ぶちっという音がして、螺鈿で描かれた板が外れていく。

――この胡蝶蘭は、螺鈿ではない！　ボタンだ！

後ろに数ミリの留め具が伸び、それが裏側の両端に作られた枠に開けられた穴に嵌まれば、左右から出てきたバネで、蓋裏の板が固定されるようになっていたのだ！

まるで、貝細工のスナップボタンのように！

スナップボタンは、留める場所が密着して、表面がほとんど目立たないタイプもある。

力を入れてバネから留め具を外せば、薄い蓋裏が外れて斜めに垂れ下がってくるではないか。

その外れたところからは、今まで見ていたのとは違うもう一枚の蓋裏と離婚状とが現れてくる。

（二重になっていたのだ！）

そうか。だから、最初に布を用意していた。わざと布を蓋に引っかからせて、直すふりをしながら入れた指でボタンを外し、隙間に離婚状を差しこむために。

かぶせるだけのタイプのはずなのに、蓋を閉めた時に少しだけ大きな音がしたのは貝細工のボタンを留めた音だったのだ。

表面からはわかりにくいボタンの特性を利用して、螺鈿のように見せかけながら、堂々と離婚状を隠した！　そして、もう一度開けて気づかれないように、わざわざ紐で括り、封蠟までその場で施したのだ。

これならば、どこを捜しても見つからなかったはずだ。誰も最初に盗まれた場所に、しかもその美しい華やかな蓋裏にそのまま離婚状が入っているなどとは思いもしない。ましてや、下の箱が空で、王が一度それを確かめたあとならばなおさら！

「ハーゲン、あなた！」

よくも裏切ってくれたと振り返ったのに、瞬間目に入ったのは、鬼のように変貌したハーゲンの顔だった。そして振り上げられた火かき棒と、がっと頭を打つ音。

痛いと感じる暇もない。ただ、頭の中に火花が散った瞬間、イーリスの意識は、真っ暗な闇へと呑みこまれていった。

まだ頭の奥がズキズキと痛むような気がする。

（私、どうしたんだっけ……）

頭のこの痛みは、前世で死んだ時のものによく似ている。あの頃は、神戸の三宮《さんのみや》で見つけた珍しい本たちに夢中で、翌日も仕事だというのに遅くまで読みふけっていたのだ。

（懐かしいな。お父さん、お母さん……）

今から思えば、早く寝なさいと幼い頃から何度も注意された言葉を、一人暮らしになってからもきちんと守ればよかった。

起きたあと、少しふらついていたのが悪かったのだろう。仕事に行こうと玄関を出て、たまたま出会ったマンションの隣の女の子と笑いながら階段を下りていたら、はしゃいでいる彼女が手すりを摑んでいないのに、気がつくのが遅れてしまった。

あの時、笑った弾みでバランスを崩した彼女に、咄嗟に手を伸ばし、抱えながら一緒に階段を落ちたが、女の子は無事だったのだろうか。遠のいていく意識の中で、「誰か、助けて」と叫びながら、ずっと前世のイーリスの名前を呼んでくれていた。当時の黒い目に、最期に映った女の子の泣き顔と、遠くに見えた海とが妙に鮮明に思い出されてくる。

今でも耳元では、がちゃがちゃとなにか騒がしい音が続いている。ひょっとしたら自分はあの時の夢を見ているのだろうか。同じくらい頭は痛んで、ズキズキとし続けているが。

うっすらと目を開いた。

思い出した懐かしい神戸の海のきらめきが、目の前に広がっているかもと思ったが、生憎と今自分が寝ているのは、現在では使われていない一階の厨房《ちゅうぼう》のようだった。蜘蛛《くも》の巣の張った竈《かまど》が並び、壁にはいくつもの鍋がかかっている。

どうやってここまで来たのか――。

ぼんやりと動き始めた頭で周囲を見回せば、大きな布をかけた料理を運ぶのに使うカートの側で、古びた木のテーブルに向かっている男の姿があるではないか。

「えっと……これをすり潰せば、飲ませられるという話だったが……」

「ハーゲン！」

はっと、飛び起きようとした。しかし、体の前で両手を縛られた姿で寝かされているせいで、思うように動くことができない。

「お目覚めになりましたか、イーリス様」

こちらに向かって振り返る姿は、最初に会った時と同じ愛想の良い笑みだ。だが、今はその胡散《うさん》臭《くさ》さを十分すぎるほど知っている。出会ってからこの笑顔に、ずっと騙されてきたのだ。必死に上半身を起こして、少しでも後ずさろうとした。

「お前……いったい、なにを……」

両手を縛っているところからしても危害を加えないという可能性が見出せない。いや、既に先ほど火かき棒で意識を失うぐらい殴られたのだ。自分に害意があると考えたので間違いないだろう。

「目を覚まされないほうが、このまま幸せな夢を見続けられましたのに」

「生憎と、幸せと言えるほどの夢じゃなかったわよ！」

前世で自分が死んだ時の夢なんて。考えてみれば、あれは危険が近づいていることへの警告だったのかもしれない。

「私はね。最初、イーリス様を殺そうとまでは思っていなかったんですよ」

いつもの改まったものから口調を変えたハーゲンは古いテーブルに凭れながら、はあぁと大げさな溜め息をついている。そして、肩を竦《すく》めた。

「私は、ただ商務省に戻りたかっただけなんです。誇りを持って真面目に働いていたのに。イーリス様、あなたの改革で、私が勤めていたギルド市場係はいらないと解体されてしまった。挙げ句、次に回されたのはこんな空き家管理の閑職だ」

「それで私をはめて、昔の上司であるポルネット大臣に恩を売ろうとしたの⁉」

「そうですよ。ポルネット閣下は、私が商務省に復帰したがっていることを知って、陛下とイーリス様の再婚をなくし、もう王妃として戻ってこれないようにさえすれば、引き継いだ大臣にかけあってくれると約束してくれたんです。だから、私はイーリス様の再婚さえなくせれば、それでよかったんですが……」

はあぁと、より重たい溜め息をついている。

「残念ながら、こうなってしまった以上仕方ありません。私が離婚状を盗んだと陛下に知られれば、王族への反逆罪で一族ごと処刑は免れませんし」

「なにを……」

こつこつと、足音をさせて近づいてくる姿に、上半身を起こした状態で必死ににじりながら下がろうとするが、後ろはもう壁だ。簡素な板張りが背にあたり、どこにも逃げ場がない。

思わず、ハーゲンが手に持ったままの小さな白いすり鉢を見つめた。

「なに、これをちょっと飲んでいただきたいだけです。昔聞いた商人の話によると、これを口にすれば、息がうまくできなくなって死ぬそうじゃありませんか。これならば、私が毒を盛ったと気がつかれる心配もありませんし」

毒――！

慌てて、ハーゲンが今まで向かっていた机に目をやれば、そこには細い葉をつけたイチイの枝と種がいくつか置いてあるではないか！

「もしかして、イチイの種を――！」

「おや、ご存知の毒でしたか。さすがは博識と名高い王妃様だ」

知らないはずがない。『ガリア戦記』の中でも、自決の道具としてその毒が出てくる有名な植物だ。強い材質のため、弓としても活躍する木材だが――。

「冗談じゃないわ！」

誰が、おとなしく毒など飲んでやるものか！

急いで立ち上がろうとしたのに、両手を縛っている縄が邪魔だ。不自由な動きで、前に括られたまま必死に床に手をついて立ち上がろうとしている間にも、ハーゲンはゆっくりと近づいてくる。

「大丈夫ですよ、苦しむ時間は比較的短いと聞いています。効きだしたら、すぐに回るそうですから」

「嬉しくない情報をありがとう！」

歴史書に出てくるのと同じ死に方とはいえ、そんなのは少しも歓迎したくない。だから、近づけられてくる陶器製の匙《さじ》から必死で顔を背けた。

「強情を張らないでください。あなたの命一つで、私と私の家族は助かるのですから――」

「私を殺して、リーンハルトが誰も咎めないとは思えないわ！　最悪、この離宮に勤めている者たちが全員疑われて、処刑されるわよ！」

「そうなる前に、ポルネット閣下が恩赦を願い出てくださいますよ。いったん追放ぐらいにはなるかもしれませんが、またほとぼりが冷めた頃に呼び戻してくださる手はずになっていますから」

なにもかもが、打ち合わせ済みだったのだ！

帰ってきた自分をはめて、再婚させないようにすることも！　離婚状を二通、偽造でもいいから用意することも！　そして、最悪の場合には、殺して口を塞ぐことも！

すべてが、仕組まれた罠だった！

(グリゴアにばかり気を取られすぎていた――！)

あまりに、イーリスに対してあからさまな態度だったから。

しかし、睨みつけている間にも、ハーゲンの手は拘束しようとイーリスの頭へ伸ばされてくる。

「さあ、イーリス様」

この手に捕まれば、強制的に上を向かされて、すり潰したイチイの種を飲まされるのは間違いがない。

少量でも危険と聞くほどの猛毒だ。どれぐらいすり潰したのかは知らないが、助かる量ではないだろう。

「あなたは民思いの王妃様と有名だ。ならば、私の命のためにも飲んでくださいますよね」

「お断りよ！」

括られてはいるが、腕はまだ動かすことができる。

だから、近づいてくるハーゲンの手に向かって、振り上げた腕を渾身《こんしん》の力で落とした。

「なっ……」

殴られた衝撃で、手に持っていた白い小鉢がひっくり返る。からんと床に転がるのと同時に、急いで自由に動く頭を持ち上げて、ハーゲンの首へ横殴りに体当たりをした。

「うっ！」

さすがに、少しよろけたところを狙われては、体勢を保つことができなかったのだろう。

ハーゲンが横に転げた隙に急いで立ち上がり、扉のほうへ向かって走り出す。

「待て！」

慌てて扉まで辿り着いたが、握ったノブは、鍵を閉められているようだ。

かちゃかちゃと縛られたままの手で回したが、どうしても開けることができない。

その間にも、後ろではハーゲンが立ち上がり、扉と格闘しているイーリスに向かって、鬼のような目を向けてくるではないか。

「よくも……」

(だめだわ！　間に合わない！)

ならば、と急いで厨房の奥に走った。ここには来たことがないから、どんな作りになっているのかはわからない。しかし、もう逃げられる場所はそこしかない。

急いで奥にある古い扉に手をかけた。ぱっと飛び出した先に続いているのは、残念ながら騎士やメイドたちのいる住居のほうではなく、食器の保管庫や食べ物の貯蔵庫、物置のようだった。

(どこか――外に出られたら)

「無駄です！　そちらの出口にもすべて鍵がかけてあります！」

後ろから、立ち上がったハーゲンの声が追いかけてくる。

（くっ――！　せめて、どこかに窓があれば！）

逃げる隙間がないかと見回すが、目の前にあるのは長年使われていないだろう貯蔵庫だ。いや、ひょっとしたら有事のときに備えて、少しは兵糧の蓄えがされているのかもしれない。しかし、それならば余計に鍵がかかっていないとは思えない。

どうしようと急いで首を振って探すが、ほかにあるのは小ぶりの武器庫と物置、それに食器などの保管庫だ。

（うん？　物置？）

ふと、気になった扉を見つめた。その間にも後ろからはハーゲンの走ってくる音がする。

「待て！」

見れば、厨房に残っていたイチイの種と細い刃物を摑んでいるではないか。どうあっても、イーリスを生かしておくことはできないと思ったのだろう。

「ちっ！」

逆恨みもいいところだ。そう怒りたいのは山々だが、今は議論している状況ではない。

「一か八か！」

急いで、物置の扉に手をかけると案の定、ここには鍵などなかった。

（そりゃあ、そうよ！　あったら、役に立たないもの！）

なにしろいざというときのための、離宮なのだ。急いで入りこむと、薄暗い物置の中で、イーリスはぐるりと周囲を見回した。すると、何本か並んでいる石の柱の一つに、ミュラー神教の伝説に出てくる女性の像が小さく刻まれているではないか。

「あった！」

いざというときに、王室の人間を守るべく作られた秘密の扉――リーンハルトの使っていた隠し通路だ！

前で括られた手で、不自由ながら思い切り横に押せば、茶色い石が滑るに従い、中からはぽっかりと開いた暗い通路が姿を現してくる。

「見つけたぞ！」

後ろからハーゲンの声が迫ってくる。だが、生憎おとなしく捕まってやるつもりはない。追いかけてきたハーゲンをちらりと振り返ると、イーリスは急いでその漆黒の通路へと飛びこんだ。


かつかつと靴音が、瑞命宮の茶大理石で作られた床に響いていく。

執務室を出たリーンハルトは、そのまま青い柱が並ぶ通路を歩くと、すぐ近くにある扉を開いた。

側にいる者が開けるのすら待たない。自らの手で金色の装飾が施されたノブを掴むと、音を上げるのも躊躇《ためら》わずに、内側に向かって大きく開く。

「グリゴア！」

叫べば、中で座って、何冊もの過去の記録帳を広げていたグリゴアが、赤茶色の輝きを放つ机から目を上げる。

「おや、陛下」

驚いた表情をしているところを見ると、どうやらまだ昔と同じように、自分には心を許しているようだ。

片眼鏡の奥で、紫の瞳がぱちぱちと瞬く。

「なにかございましたか？」

元老院の者は、多くの貴族や官僚との折衝もあるため、日頃は大翼宮にある元老院専用の部屋を使うが、さすがに国王が用事のたびにそこまで呼びに行かせるのでは遠い。慣例で、元老院の五名には、補佐用としてそれぞれ瑞命宮にも部屋を与えられるから、リーンハルトがここに来ること自体はなにもおかしくはないのだが――。

紫の目が、貴族の前では滅多と見せないような丸さできょとんと開いているのは、きっとこの訪問があまりにも不意打ちだったからだろう。

――急ぎの案件は、今はないはず。

不思議そうに語る瞳の前の机に、ばんと一枚の紙を置いた。

「お前はいったいなにを考えている！」

「陛下？」

まるでできかん気の生徒を諭すように、ゆっくりと見つめてくる。

「話は聞いた。俺とイーリスの離婚動議が提出されるのに、賛成する意向らしいな⁉」

「ほう――これは、お耳が早い」

さすがに意外だったという顔だ。

まだ少し丸くなっている目の前に、ぐっと身を乗り出す。

「俺の気持ちはわかっているはずだ！　それなのに、お前がやっているのは俺とイーリスを別れさせたいかのようなことばかり！」

くわっとアイスブルーの瞳を開いて、幼い頃の指導役を睨みつける。

「何度も訊いたが、もう一度だけ尋ねる。グリゴア、お前の真意はなんだ？」

この聡《さと》い男が、手紙で相談していた自分の本心に気がついていないはずがない。

幾度も、繰り返して書き綴った。

――どうしたら、イーリスとまた出会った時のように戻れるのだろう。

（こいつなら、俺のイーリスへの気持ちに感づいていないはずがないのに！）

しかし、いつも冷静な男は、静かに笑みを浮かべながら、両手を組んで目の前のリーンハルトを見つめている。

「何度でもお答えいたします。私の行動は、すべてリーンハルト様のためです。どうして、私がリーンハルト様の幸福を願わないはずがありましょうか？」

「ならば――」

机の上に置いた手に、強く力をこめていく。その下にある紙に、僅かに皺がよった。

「それを俺に妻として与えることができるのは、イーリスだけだ！　俺のためだと言うのなら、今すぐにイーリスを俺の唯一の伴侶として認め、この紙に署名をしろ。元老院の五名のうち、既に二人のサインはもらっている！　残りの一つにお前がサインをするのかどうか――」

サインをすれば、元老院の過半数の賛成を得たことになる。その境目となる最後の一人に、グリゴアを選んだのは、これが試金石だからだ。

本当に、幼い頃と変わらず、今も自分に忠誠を誓い続けてくれているのか。

自分は、この六年。離れていても、彼を心のどこかで師匠だと思い続けていた。貴族の中でも、最も心を許して信頼できる一人だ。しかし、グリゴアは、昔言ってくれたのと同じように、まだ自分を恩人だと考え忠義を誓ってくれているのか、どうか。

（――どうして、俺の気持ちを知りながらも、イーリスを王妃として認めないような真似をしてくるのか）

じっと射貫くように見つめれば、それを静かに受け止め続けていたグリゴアの目が、ふっと笑った。見ているのは、自分の顔と、今も手の下にある一枚の紙だ。文面を読み、誇らしげに笑みが広がっていく。

「リーンハルト様がお望みならば、私に否やのあろうはずがございません」

いたしましょう、どんなことでも。私の力を尽くして。そう晴れやかに笑う顔は、昔リーンハルトの側で、師匠として、実際に街を歩きながら民の生活を教えてくれていた時と同じものだ。

ペンを取り上げて、さらさらと淀《よど》みなく走らせ、微笑みながら紙をもう一度リーンハルトに渡してくる。

目を落とせば、三頭の鷹の絵が浮き彫りにされた紙には、黒々としたインクで、しっかりとグリゴアの名前が綴られているではないか。

「――よし」

（この紙にサインをした。ならば、わかりにくいが、やはりグリゴアの行動の真意は――）

昔からひねた問題の出し方をしてくる指導役の顔をじっと見つめる。

その時だった。

「大変です、陛下！」

慌てて走ってきた音に顔だけ向ければ、梟《ふくろう》の彫り物がされた扉の側に立っているのは、リーンハルトの侍従の一人ではないか。

はあはあと息を切らしながら駆けこみ、中にいる王とグリゴアの姿に急いで頭を下げた。

「今、離宮のギイト様から連絡がございまして――。離宮のどこにも、イーリス様のお姿が見えなくなったと……！」

その言葉にばっと全身で振り返った。

「なんだと⁉」

ギイトには全室祈禱を命じてあったはずだ。もしやの場合に備えて、離宮中の見回りをさせるためだったが。

（それなのに、まさかイーリスがいなくなるなんて……！）

「陛下。――もしかして」

なにか心当たりがあるのか。がたんとグリゴアが椅子から立ち上がる。その様子に急いで扉に向かいながら声をかけた。

「来いっ、グリゴア！　イーリスを捜しに行く！」

「はいっ」

なにが起こったのか。ただ心を焼くような焦燥感に、急いで部屋を飛び出した。

一方、その頃イーリスが飛びこんだ通路は、漆黒の闇だった。

意を決して、暗闇に一歩踏みこむのと同時に、隠されていた秘密の通路には、光苔《ひかりごけ》のようなぼんやりとした明かりが灯ってくる。歴史の中でほとんど失われたという太古の魔術だ。今はこの秘密の通路と同じく、当時からの物や少数の民たちによって、かろうじて現代にまで伝わっている。

その灯った光を頼りに、イーリスは素早く茶褐色の煉瓦《れんが》で作られた階段を見つめた。

リーンハルトが言ったとおり、残っている足跡は、同じサイズと思われる靴の一種類だけ。

だが、それを道標に急いで階段を駆け下りていく。

(この足跡を辿れば、リーンハルトの部屋に行けるはず……！)

そうすれば、助けを呼ぶことも可能だ。

かっかっかっと踵《かかと》を鳴らしながら走ったが、靴音の反響がひどく邪魔だ。

「もう！」

足音で追いかけられては、元も子もない。だから、慌てて靴を脱ぎ捨てると、さらに階段を駆け下りた。

微かな音が階段の石に鳴っていく。音はかなり抑えられたが、下りた先で広がっていたのは広大な迷宮だった。すぐに道は二つに分かれ、右を見ても、左を見ても、どちらも灰褐色の石でできたアーチ型の天井だ。土を掘りだして作られているはずだが、つるりとした壁の素材はなんなのか。

壁には椿《つばき》、タンポポ、ニゲラ、沈丁花などさまざまな花の装飾が通路に沿って精緻に施されている。細かな模様が描く荘厳さは、まるでこの迷路が、過去には秘密の儀式にでも使われていたのである。

はないかと思わせるほどだ。

（王妃宮から続く通路なら、百合が目印なのに……！）

どこかにこの迷路の道標がないかと探すが、どの印がそれなのかすらわからない。

「どっち⁉」

階段から下りても、よりいっそう地下へと広がっていく通路に息を吞んだ。

ここから見える先は薄暗いが、両方ともが視界の端で下に行くように道がそれぞれ三つに分かれ、どれを選べばリーンハルトの部屋に辿り着けるのかがわからない。

有事のときのためならば、万が一ここに反乱兵が追いかけてくることにも備えて、違う道にはいくつかのトラップが仕掛けてあるのかもしれない。王妃の実家が裏切った場合も想定してあるのか。王妃教育でさえ教えられなかった迷宮に、ごくっと息を吞んでしまう。

「いいこと？　落ち着くのよ？」

自分に言い聞かせるように呟き、急いで石の床の上についている足跡に目をやった。長い間使われていなかったお蔭《かげ》で積もった砂埃《すなぼこり》の上には、いくつかだが、うっすらと跡が残っている。

「待て！」

しかし、イーリスが足跡の続く方向に目をやる間にも、後ろからは階段を駆け下りてくる声が響いてくる。

音からすると、追いついてくるのにあまり時間はかからないだろう。だから、通路の砂埃の上についたリーンハルトの微かな足跡が歩いている方向を見つめると、急いでそちらに向かって走り出した。

はあはあと息が切れる。

手が前で縛られているせいで、走りにくい。

だが、追いつかれれば、今度こそ、殺されてしまう。

ぐっと靴下が破れて裸足になったつま先に力を入れる。

「嫌よ！　誰がおとなしく捕まったりなんかするものですか！」

じゃりと、足の指が砂埃を掻く。微かに足が滑りそうになったのを、かろうじて足首のバランスで支えて、薄明かりの中を必死に駆け続ける。

この道を通って生き残れば、その先にはリーンハルトがいるのだ。

リーンハルトの姿を思い浮かべて、ふと笑みがこぼれた。

もし、今急にイーリスが部屋に現れたら、リーンハルトはどんな顔をするのだろうか。この道が、繋《つな》がっているのは、瑞命宮の執務室かくつろぐ居間か。それとも寝室なのだろうか。もし寝室ならば、突然イーリスが現れれば、あのリーンハルトのことだ。最近よく見せるようになった真っ赤になっていく表情で、うろたえるのに違いない。

すごく驚いて――でも、きっと笑いながら出迎えてくれるだろう。

（そうよ！　今度は、笑って迎えてくれる！）

前みたいに、怒られたり、睨みつけられたりはしない。今ならば、リーンハルトは必ず、驚きながらも喜んで、イーリスを受け止めてくれるのに違いない。それどころか、ひょっとしたら、昨日の朝みたいに抱きしめてくれるかもしれないではないか。

「会いたいわ……」

その顔を想像して、ぽつりと言葉が洩れた。

走る通路は薄暗くて、追っていたはずの足跡も今ではどこにあるのかすらよく見えない。

迷宮の闇の中を進むにつれて、道はどんどんと入り組んでいく。

まるで、わざと人を迷わせようとしているかのようだ。

それでも――。

「会いたいの……」

自然と言葉がこぼれた。

どれくらいの階段を駆け下りたのか。さすがに前世と同じように階段で死んでは洒落《しゃれ》にならないので、気をつけながら下りては曲がり、また走るのを繰り返しているうちに、息がだんだんと上がってくる。その間にも周りを照らす光はいっそう薄くなった。壁に彫られた花はなんとか見えるが、それより下はぼんやりとしている。もうこの暗さでは、リーンハルトが残していたはずの足跡も見えなくなって、今進んでいるのが出口へ向かう方角なのかさえわからなくなる。

道が分かれるたびに、駆けながら何度か床を見下ろして、足跡がないか探した。目を凝らしても、床に残る砂がこの辺りは少ないのだろう。途中から、足跡は完全に消えてなくなってしまっていた。

きっともう三十分以上は走り続けただろう。出口を探しているはずなのに、上ったり下りたりを繰り返していて、なぜか同じところをぐるぐると回っているような気さえしてしまう。

だが、薄闇が広がる後ろからは、イーリスを追ってくるハーゲンの足音が確実に聞こえてくる。

靴を脱いだとはいえ、前を走るイーリスの微かな反響音を手がかりに追いかけてきているのか。

ハーゲンは、今イーリスの後ろをついてきているのか、それともすぐ近くの通路を走っているのか。

どちらかはわからないが、おとなしく捕まってやるつもりはない。リーンハルトの側に帰るのだ、と薄闇の中に広がる迷宮の壁を見つめた。――今度こそ、気持ちの通じた夫婦としてやり直していくために。

息を切らしながら走っていく。殴られたせいでまだ少しふらつく頭を通路の壁で支えたところで、目の前の道は再度三つに分かれていた。

「また⁉」

どれが正解なのか。じっと、目を凝らすがわからない。薄闇にぽっかりと開いた三つの穴を見比べても、どれがどこに通じているのか。違うのは、うっすらと見える壁に彫られたさまざまな花の順番ぐらいで、穴の奥に広がっているのは、ただの薄闇ばかりだ。

(だめだわ……)

沈丁花、薔薇《ばら》、桜。どれが手前のを選べば、リーンハルトの部屋に繋がっているのか。

いや、そもそも今通ってきた道で合っているのか――。

思わず、ぐっと指を握りしめた。

「だめよ、ここで諦めたりはしないわ……!」

暗闇の中で聞こえてくる足音が、先ほどまでよりも近いような気がする。後ろなのか、横なのか。反響のせいなのだろう。まるで四方から足音が迫ってくるような感覚だ。

錯覚よと、イーリスは頭を一度横に振ると、前を見つめて急いで左側の通路へと飛びこんだ。

先ほど頭を殴られたせいで足まで時々ふらついて走りにくい。それでも必死で通路の先に出ると、そこは階段の踊り場だった。

近い足音に、はっと周囲を見回す。

すると、自分のすぐ上の場所で足音が響いているではないか。

「見つけたぞ！」

あっと驚く間もなかった。ハーゲンだ。上下で分かれたすぐ上の通路にいたのだ。足音を近く感じるのも無理はない。

そのまま飛び下りるように迫ってくる刃物に、衝撃が来るのを予想する。横殴りか、再度頭を狙われるのか――。

毒を飲ませて、死因をわからなくする方法が狙いなのだから、一撃で刺し傷が残るようなやり方は望まないだろう。しかし、ここが迷宮で腐敗するまで死体の見つかる可能性が低いと考えたのならば、話は別だ。

気を失わせて毒を飲ませるか。口封じにそのまま殺す気か。迫ってくる赤みがかった髪の中から見つめている理性を失った瞳に、急いで逃げ場を探そうとした時だった。

まるで庇《かば》うかのように、誰かの影が、後ろから自分の前に走りこんでくるではないか。

その人物の腕に触れたナイフの先端が、皮膚を裂いていくのに従い、空間に赤い血が飛び散っていく。

「なに⁉」

咄嗟に自分を後ろへと押しやり、代わりに刃先を受け止めた相手を見つめて、イーリスの金色の瞳が大きく開いた。

「グリゴア⁉」

自分を奥へやり、頭上から下りてくるナイフの刃を盾となって腕で止めているのは、深緑の元老院の衣だ。高い品だろうに、無残に裂かれた袖からは、その下の肉も一緒に切られたことを示す血が、暗闇の中に赤く飛び散っていく。

「どうして、グリゴア様が……！」

はっとハーゲンの栗色《くりいろ》の目が開かれた。

しかし、答えずに、グリゴアのもう片方の腕が容赦なくその胴体を薙《な》ぎ払《はら》うと、驚いているハーゲンをより階下へと突き落としていくではないか。

「うわっ！」

まさか、ここで落とされるとは思ってもみなかったのだろう。見開いた瞳が、そのまま激しい音とともに、背中から階下へと転げ落ちていく。

「グリゴア⁉　どうしてあなたが⁉」

ここにいるのだろう？　彼は、自分に対して怒っていたはずなのに――。

疑問に思いながらも、自分を庇って怪我をした腕を取る。

ひどい傷口だ。やはり、イーリスを殺すつもりだったのだろう。ざくりと裂かれた腕からは、おびただしい血がこぼれ落ち、暗い迷宮の床を赤く染めあげていく。

「陛下に……怒られました……」

だが、腕を持ったイーリスに目をやりながら返された言葉は、少し楽しげに笑っているようだった。

「えっ……」

裂かれた深緑の袖を千切り、その布の切れ端を傷口にあてながらグリゴアを見つめる。手を縛られた状態なので不器用にしか動かせないが、目は笑ったグリゴアの姿にまだ縫い留められたままだ。

「リーンハルトに怒られた？」

「はい。私がポルネット大臣の意見に賛同して、動議の承諾に動くことを知られたのでしょう。イーリス様が大翼宮を出られて間もなく、顔色を変えた陛下に詰め寄られました」

「リーンハルトが……！」

まさかそんなすぐに動いてくれていたなんて！

予想外のことに驚くが、目の前では様子に気づいたグリゴアが怪我をしていないほうの手でイーリスの縄をほどきながら、嬉しそうにくすくすと笑っている。

「そして、一枚の紙を突きつけられましたよ。もし、私がリーンハルト様の味方ならば、すぐにイーリス様を唯一の伴侶として認め、これにサインをしろと。まさか、こんなに早く手を打ってくるとは――予想外でした」

やられたとこぼしながらも、笑う顔は楽しそうだ。いつもは嫌味な顔が、今は完全に弟子を思う師匠のものになっている。

これまでに見たことのないグリゴアの顔に困惑しながら、イーリスは先ほどからあてたままになっていた布を指でぎゅっと縛った。

「それで承諾をしたの？」

「私が、リーンハルト様の本当の敵になるはずがございません。降参でしたよ、指導役としては嬉しい完敗だ」

「でも、あなたは私に対してあんなに怒っていたのに」

嫌でも、リーンハルトのためならば我慢をしたのだろうか。しかし、とてもそうとは思えないほど、グリゴアは清々しい表情で座っている。そして、ふんと鼻で笑う仕草をした。

「リーンハルト様が心から望まれるのであれば、私がそれに逆らうはずがございません。それに、陛下の信頼の厚い私が、先頭を切って反イーリス様の行動をすれば、お二人を裂きたいと思っている者は、必ずや私に近づいてくるでしょうし」

「あなた……！　さては、最初からそれが狙いで！」

笑う姿に、はっと目を見開く。

では、帰ってきた時から正面切ってイーリスを攻撃してきたのは、敵を自分におびき寄せるためだったのか！

「どうして、そこまで！」

お蔭でイーリスのみならず、リーンハルトからさえも疑われる立場になってしまったのに。

「リーンハルト様は……」

思わず覗きこんだが、グリゴアの顔は、ふっと懐かしむように笑った。

「私が今の妻と結婚して、家から絶縁された時に、たった一人助けてくださった方なのです」

ふわりとした優しい笑みとともに、イーリスがまだこの国に来る前の過去が、言葉となってこぼれ落ちてくる。

どうしようもなく好きになり、貴族と平民という身分の違いを乗り越えて行った結婚。だが、その若いグリゴアに待っていたのは、実家からの根回しで働く場所すらない生活と、生まれたばかりの赤子に飲ませる乳さえ出なくなるほどの困窮だった。

「このままでは我が子が餓死してしまう――。焦った私は、昔の伝手を頼って、宮廷にいる友人に日雇いの仕事でもなんでもいいからないか相談に行きましたよ。その時でした、リーンハルト様に出会ったのは」

――お前、頭がいいんだって？

友人との話を聞いていたのだろう。アイスブルーと人からいわれる目を持つ王子が、とことこと無邪気な顔で、自分の側へ近づいてきたのは。

豪華な絹の服。血色のよい肌は、どれも自分の子供に与えたくても叶わなかったものだ。それでも、今は少しでもいいから仕事がもらえて、子供の乳を買ってやることができるのならばと膝を折った。

「はい、どんな仕事でもこなしてみせる自信はございます」

幼い王子に恭しく頭を下げたが、よほどその答えが気に入ったのか。

「ふーん、じゃあ試しに俺の指導役をやってみろ。今の指導役は、どいつもありきたりで手ごたえがないうえに、貴族の世界しか知らないから面白くないいんだ」

聞いた言葉に、驚いて顔を上げた。どれだけその無邪気な笑顔が神々しく見えたか――。

「これで、我が子の命が助かると思いました。なにもいらない。子供の命さえ助かるのならと思っていたのに、リーンハルト様のお蔭で、私の子供たちは小綺麗《こぎれい》な服を着て育ち、きちんと教育を受けさせてやることもできました。熱を出せば医者を呼んで薬を買ってやれたのも、すべてリーンハルト様のお蔭なのです」

（ああ、だから……）

こんなにも、グリゴアはリーンハルトのために怒っていたのだ。

「では、あなたがこの年になるまでエブリゲ家を相続しなかったのも」

「勘当されていたからですよ。ですが、陛下の信頼が厚いということで、やっと高齢の父も折れてくれたのです。もっとも、近年は何回もこっそりと孫に贈り物をしていたようですが――」

なのに、とグリゴアの顔は、くしゃりと歪《ゆが》む。

「私はリーンハルト様のお蔭で幸せな結婚と家庭を手に入れたのに、肝心のリーンハルト様はそうではない。遠くの外国にいる私の許に届く手紙には、いつもあなたとのことが泣くように綴られていました」

どうしたらいいのかわからなくて、懺悔《ざんげ》をするように書かれていた相談。

「最初は謝りなさいと返しました。でも、すぐに謝ることすらできないほどの失敗をしてしまったと深い後悔を綴った文が返されてきて――」

それは、きっとイーリスの故国が滅んでしまった時の手紙なのだろう。

（――どんな想いで、リーンハルトは私の故国滅亡の知らせを聞いていたのか……）

あの頃は、自分も国内の災害、すれ違ってしまったリーンハルトとの関係や急な故国滅亡の知らせに手一杯で、とてもそこまでリーンハルトの気持ちを推し量ってあげることができなかった。

ただ、「大丈夫よ。家族は無事だから」とぎこちなく笑うのが精一杯で。今から思えば、無言でも、リーンハルトは真っ青な顔で立ち尽くしていたのに。

（あの時の――）

思い出した光景に、イーリスがぎゅっと膝の上で手を握りしめると、グリゴアはふっと息を吐いた。

「リーンハルト様は、不器用な性格です。幼い頃から、ただ命じる立場として育てられ、謝ることもどうすれば人に愛情を伝えられるのかも、すべて学ぶ必要がなく育ってこられた。ですから、私はそれらをリーンハルト様に教えてくださるような、誰よりも温かで幸せな家庭を持ってもらいたかった。過去に私が味わい、そして、今でも幸福でたまらないと思えるような家庭を」

「だったら余計にどうして？　リーンハルトと離婚する私のことをあんなに怒っていたのに」

「リーンハルト様に、それを自分に与えることができるのはイーリス様お一人だと宣言されては仕方がないでしょう？　だから再婚を容認しろという陛下に降参して書類にサインをしたら、直後に離宮からあなたが行方不明になったという知らせが届いた」

「それで来てくれたの……」

「はい。ハーゲンはもともと怪しいと思っていたのです。なにしろ、私がイーリス様に反旗を翻して、真っ先に近づいてきた人物でしたから」

話を聞いて、すぐにハーゲンのことを陛下に伝え、二人で離宮にあなたを捜しに行ったのですと笑う姿には、なぜここにいたのかを納得したが。

「二人でって」

そちらの言葉のほうに目を見開いた。

「じゃあ、まさか！　リーンハルトもここに来ているの⁉」

「隠し通路の扉が開いていたのを一緒に見つけましたので。今もイーリス様を追いかけて捜されているはずです。途中で足跡が消えたので、二手に分かれましたが」

（リーンハルトがここに来ている！）

その言葉に、心に元気が戻ってくる。

今まで、誰にも知られることなく殺されるかもしれないと思っていたのに。

表情が、明らかに緩んだのに気がつかれたのだろう。すっとグリゴアの眼差しが天井を見上げた。

「陛下からのご伝言です。イーリス様が見つかったら、通路に彫られた沈丁花を辿って外に出るようにと。そして、すぐに騎士たちに助けを求めろと」

そして、イーリスを見る。

「突き落としたとはいえ、ハーゲンはきっとまたすぐに戻ってきます。なにしろ、自分と一族の命がかかっていますから」

「でも、あなたを置いては」

躊躇いながら言うイーリスに、グリゴアは首を横に振る。次いで、自分の座っている足を見た。

「ハーゲンの狙いは、私ではありません。私は目撃者なので不都合でしょうが、イーリス様ほどではない」

今まで気がつかなかったが、太腿《ふともも》にも刃物の先端があたっていたのだろう。曲げた膝の近くには、少しだが血が滲んでいるではないか。

だからと、グリゴアはイーリスを見つめた。持ち上げた手ですっと天井の花を指す。

「行ってください！　あいつが追いかけてくる前に、早く陛下の許へ！」

足を怪我して、速く走れないのを気にしているのだろう。

「私のことは大丈夫です！　それよりも、リーンハルト様のためにどうか！」

「わかったわ」

そこまで言われては、行かないわけにはいかない。

「でもね、私の中で恩人を見捨てるという言葉はないの」

だからと、座りこんでいるグリゴアの肩に腕を回し、立ちにくそうにしている姿に手を貸した。

身を起こした時にぐっと歪めた目を見れば、出血は少なくても、グリゴアの足の怪我はかなり痛いようだ。

「あなたは不本意でしょうけれど」

笑いながら体を引きずり、陰になっている通路へと連れていく。

「あなたは、ハーゲンが私を殺そうとした証人として必要なの。だから」

「なにを」

驚いている姿を通路の角を曲がったところまで連れていき、そこの奥に座らせる。

「口封じに殺されては困るのよ。その足で走るのは難しいでしょう？　私が助けを呼んでくるから、それまでここに座って隠れていて」

「イーリス様」

驚いたようにグリゴアがイーリスを見つめてくる。眼差しがこそばゆいが、今はこれぐらいしかしてあげられることがない。

「いい⁉　動こうなんて考えたら、今度こそ首になって、子供たちのご飯が危なくなるんだからね！」

笑って言ったものの、離婚をした今そんな権限などないことは、イーリス自身が知っている。それでも、一瞬怯《ひる》んだグリゴアの顔に気分を良くすると、イーリスは急いで先ほどの階段の踊り場まで戻った。

そして、告げられたとおりに見上げれば、いくつかある階段と通路に沿ってさまざまに彫られている鈴蘭や竜胆《りんどう》、ダリアといった花の中に、たまに沈丁花の姿がそっと控えめに隠されているではないか。

（通路の沈丁花！）

闇夜でも存在を知らせるほどの芳香を持つ姿のとおり、暗い通路の端に現れては、これから進むべき道を教えてくれる。

その方向に走り出そうとして、イーリスは一度グリゴアを隠した通路を振り返り、自分の足元に髪から解いたリボンを落とした。

（これで、ハーゲンはグリゴアのいる方向には興味を示さないはず！）

あとは、自分がこの迷路を抜けるのが早いか、ハーゲンが追いついてくるのが先かの戦いだ。

もっとも、今リボンを落としても、これからの行き先には迷路がまだ続いているとは思うが。

急いで走り出し、天井に沈丁花がある方向を捜す。進む迷路で、沈丁花は右に二度、次いでまっすぐ下りてから曲がった左の道に三度現れてくる。そして、次に角を折れたところで突然石質が変わった通路にイーリスは目を開いた。

ここは、以前にも通ったことがある道だ。

現れた白くなった通路を見上げれば、階段の側にある壁には沈丁花と並んで百合の紋章が刻まれているではないか！

（王妃宮からの出口だ！）

ここを上れば、外に出られる！

はっと気がついた出口に、急いでイーリスは白い階段を駆けのぼった。

階段を駆け上がる間にも、後ろの暗がりからは自分を追いかける足音が確かに聞こえてくる。

（どうやら、無事グリゴアではなく私のほうを目指してくれたようね！）

イーリスのやった行為を知れば、馬鹿だと、グリゴアもリーンハルトも口を揃《そろ》えて言うだろう。

そういうところは、あの師弟は嫌味なほど似ている気がする。

（だけど生憎ね！　私は、目には目を歯には歯をのハンムラビ法典の精神には賛同するのよ！）

確かにグリゴアには腹が立っていた。だからといって、助けられたのを忘れるほど、自分は健忘症でもない。恩には恩で返してやる！　これは、別にリーンハルトの師匠を見捨てたら寝覚めが悪いからではなく、単に自分の矜持《きょうじ》の問題だ。

確実に追ってくる足音に振り返って、急いで階段を駆け上がる。

（まあ、そうは言っても、できればどこか途中で迷子になっていてほしかったけれど）

すべてが望むようにいくとは限らない。

先ほどと同じように、イーリスの走る音で追いかけてきているのだとしたら、遠からずここの出口にも到達してしまうだろう。

だから、イーリスは目の前に現れた白い石で作られた扉の取っ手を握ると、力の限り外へと押した。石が少し動き、こんという音とともに止まる。

さすがに、扉が重くて簡単に開けることはできない。

もう一度力を入れて押すと、白い石の隙間から、太陽の光が僅かに差しこんできた。

いつの間にか雨は上がっていたのだろう。

やっと開いた隙間から顔を出せば、目の前には白い山茶花《さざんか》の生け垣が広がっている。雪色の花と緑の葉の上には、宝石のような水滴がのり、西にゆっくりと傾いていく太陽の光を受けながらきらきらと輝いているではないか。

「外だわ……」

見回せば、今イーリスが出てきたところは、東の庭園のようだった。出口の上には白い女性の彫像が柔らかく微笑み、少し赤くなりかけた大気の中へ顔を出したイーリスに、祝福するように手を差し伸べている。

陽菜が使った、あの抜け道だ。

「もっと走っていたかと思ったのに……」

やはり、気がつかないうちに、何度も同じ辺りを回っていたのかもしれない。

今までの少し黴臭《かびくさ》いような匂いではない、庭を渡る涼やかな風を肺いっぱいに吸いこむ。

だが、後ろから響いてきた足音を耳にして、急いで外に出て扉を閉めた。

（ここまで来て、やられるわけにはいかない！）

戻した扉はだんと重たい音がして閉まったが、すぐに駆け上がる足音が聞こえてくる。

急いで背を翻して走り出した。

ここから一番近いのは東の離宮だが、騎士たちが確実にいるのは大翼宮に向かう途中にある騎士団の詰め所だろう。

いくつかある離宮の警備にあたる騎士たちの連絡場所として、第二騎士団所属の者たちが常時待機している。

（そこに行けば、リーンハルトに知らせてもらえるはず！）

全力で走って、山茶花の生け垣に入るが、さすがに王宮は広い。

「待て！」

後ろから、響いてきた声に振り返って、ぐっと眉を寄せる。

（まさか、もう追いついてきたなんて！）

やはり、相手も自分の生死がかかっているだけに必死だ。後ろを向けば、汗を振り乱しながら迫ってくるハーゲンの姿が見える。

ここから騎士団の詰め所までは、直線距離にしてもあと三百メートルはある。

「誰か！　いないの⁉」

必死で声を張り上げたが、山茶花の生け垣は高くて、誰がどこにいるのかも見渡せない。

「見つけましたよ！　イーリス様！」

後ろから迫ってくる顔は、もう、言葉も表情も完全に悪役だ。

この悪鬼のように歪んだ本性のどこを自分は見ていたのか。

「おとなしく諦めて、これを飲んでください！」

「絶対にごめんこうむるわ！」

だが、今の状態では追いつかれるのは時間の問題だ。靴を脱いだせいで、砂や石粒を踏むたびにどうしてもスピードが落ちてしまう自分に対して、革靴を履いたままのハーゲンのほうが足は速い。

ぬかるみに転がっていた石を踏んだ瞬間、痛みに少しだけ眉を寄せた。

ほんの一瞬だが、よろけたせいで速度が下がったような気がする。

「さあ、イーリス様！　もう諦めて！」

追ってくる影に、くっと唇を噛《か》んだ。

危機でも、諦めるのは自分の性分に合わない。

（ならば！）

一か八かだ。

山茶花を抜けて、次に夾竹桃の生け垣が広がるエリアまで来ると、その枝を摑んで後ろを振り向いた。

伸ばした手の先で、ばきんと枝の折れる激しい音がする。

手で折り取ったにしては、まあまあの長さだ。

武器としては、素朴極まりないが——と体の向きを変えると、ナイフを片手に走ってくるハーゲンに向かい振りかざす。

折れたほうを先端にして。

そして、ざっと周りの様子を窺った。

前に見たとおりだ。このエリアは。

「おっと、こんな枝程度」

怖くもないとハーゲンがひょいっとかわすが、イーリスだってこれで致命傷を与えられるとは思ってもいない。

「そうかもね！　あたっても痛くはないし、たいした怪我にもならないわ！」

「おわかりならば、既にどちらが勝ちか決まったも同然でしょう⁉」

叫ぶと、枝などたいした威力もないというように、ハーゲンがイーリスに向かって踏みこんでくる。

振りかざしたナイフに、イーリスの袖のレースがばらりと切り裂かれた。

「そうね、確かに武器としてならお前のナイフほうが確実に殺せるわ」

にっと笑って、枝を振り上げる。

「でも、これは有毒なの！　触れたぐらいならともかく、その樹液が目に入ればどうなるか！」

「なに⁉」

切り取った先端を目に向かって振り上げると、慌ててハーゲンの体が後ろにのけぞった。

この瞬間を待っていた！

咄嗟にハーゲンの足を蹴ると、ぬかるんだ地面でバランスを支えられなくなった体は、背中から仰向けに濡れた草の上へと倒れていく。その体に、膝で馬乗りになった。

はっと目を見開いたハーゲンと視線が合う。

相手が、側に落ちたナイフを捜して視線を動かすのが見える。

だが、ハーゲンの手がそれに届くのよりも早くに、イーリスは袖から切れて垂れ下がっていたレースごと側に生えていたヨモギに似た草を摑むと、口の動きを封じるかのように驚いている顔の下半分に押さえつけたのだ。

「なっ……！」

なにをするのかと叫びたいのだろう。抗議するように振られる顎にも手は緩めず、金色の瞳で自分を騙していた男をじっと見下ろす。

「動かないで。これは、附子《ぶし》よ」

「ぶ……」

附子とはなにかと尋ねたいのだろう。しかし、草に覆われているのでうまく話せないのか。

唇を動かせず困惑している表情に、丁寧に説明をしてやる。

「そうよ、飲みこめば、間違いなくお前は死ぬわ」

イーリスの言葉に、驚愕《きょうがく》したようにハーゲンの動きが止まった。その姿を見下ろし、イーリスの瞳が夕日に金色に輝く。

「こんな植物の植えてある離宮が、ただの空き家？　周囲に毒のある植物や武器庫のある離宮という時点でおかしいとは思わなかったの？」

なにを言っているのかと見つめる瞳に、イーリスはゆっくりと種を明かしてやる。

「お前が使ったイチイの木は、歴史上も弓の材料として重宝されてきた木材だわ。つがえる毒矢の原料となったのがさっきの夾竹桃の仲間。そして矢毒の中でも、私が前にいたところで最高の材料として活躍したのが――」

ごくりと息を呑んで、口を閉じたままのハーゲンを見下ろし、非情に告げる。

「この附子――つまり、トリカブトよ」

ひっと声を出し、必死に植物から顔を背けようとするのが伝わってくる。

なにしろ、日本三大有毒植物ともいわれる毒草だ。附子は子根の部分の名前だが、その凄まじい毒性は草全体に宿り、日本でも、アイヌがヒグマを狩る毒矢の材料として用いてきた。

それらを揃えて置いてある離宮が、どうしてただの空き家としか思えなかったのか！

「た、たす……け……」

草が口の中に入らないように声を出すので精一杯なのだろう。

「私を陥れようと離婚状を盗み、ポルネット大臣と画策したと証言する？」

そのイーリスの言葉に、伸ばしかけていたハーゲンの手が止まった。

微かに探るように動きだし、側に落としていたナイフを摑んだ瞬間だった。

「そこまでだ！」

背の高い生け垣の向こうから騎士団が駆けつけてきたのは！

はっと顔を上げれば、いつの間にか周りを騎士団に取り囲まれている。

急いで走ってきたのだろう。騎士団の先頭に立ち、駆け寄ってくるリーンハルトの顔には、透明な汗が浮かんでいる。

「グリゴアから外に出たと聞いて、慌てて追ってきてみれば……！」

手に持っているのは、イーリスが落としたリボンだ。

（あ、まずい！　庇うために囮《おとり》になったのがばれた!?）

布地や刺繍は一級品だから、せめてハーゲンが拾って換金しようとか考えてくれればよかったのに！　近づいてくるリーンハルトの顔は、明らかに怒りを湛《たた》えている。

目を吊り上げてイーリスに近寄ってくる姿に、肩がびくっとしてしまう。今度は笑って迎えてくれるかと思っていたが、さすがにこれがばれては無理だったようだ。

（怒っている……間違いなく）

自分が無茶をしたからだろう。王妃としての自覚があるのかと怒鳴られるのを覚悟したが、イーリスの側に来た瞬間、リーンハルトは、泥だらけになっている腕をぐいっと掴みあげた。

そして、まるで壊れものを見るかのようにして覗きこんでくる。

「どこも——怪我をしてはいないか？」

確かに今まで怒っていたはずなのに。目の前にあるアイスブルーの瞳は、まるで水面の如く揺れているではないか。

きっととても心配してくれていたのだろう。不安でたまらないようにイーリスの顔を見つめると、そっと頬を触って目の前にいる姿を確かめてくる。

「ええ……。ありがとう、助けにきてくれて」

その瞳が信じられなくて。金色の目に夕日を受けながら見開いて答えると、強ばっていたリーンハルトの顔が、橙色《だいだいいろ》の大気の中でほっと泣くように緩んだ。

「よかった、無事で。離宮の見回りを言いつけていたギイトから、君が行方不明になったという知らせが来た時には、どれだけ胸の潰れる想いがしたか――」

頬から伝わってくるイーリスの温もりが、また消えてしまわないかと恐れるように、怖々と腕を伸ばして抱きしめてくる。

両手を背に回し、ぎゅっと力をこめていくのに、イーリスは驚いてリーンハルトを見つめた。

「じゃあ、リーンハルトが全室祈禱なんて罰をギイトに命じたのは、私のために……？」

「悔しいが、実直なことにかけては、あいつほど信頼できる奴は珍しいからな。俺たちの離婚状が盗まれた離宮だ。誰が犯人かわからない以上、一つでも君を守る方法は増やしておきたかった」

きっと本当に心配してくれていたのだろう。

今も抱きしめてくるリーンハルトの指先は、細かく震えて、イーリスがいなくなったことがどれだけ怖かったのかを伝えてくる。

「リーンハルト……」

（私が殺されるかもしれないのが、そんなに恐ろしかったの？）

顔から、血の気がなくなるほど。イーリスを抱きしめている今も、走り続けてきた額からは泣くような汗がとめどなくこぼれ落ちてくる。

「君が――無事でよかった」

たったこの一言に、どれだけの想いがこめられているのか。

だから、イーリスもそっと汗ばんでいる背中に腕を回した。

温かい。

「私も……、逃げている間中ずっとリーンハルトの顔を思い浮かべていたわ」

この腕の中に帰るのだと。きっと笑って迎えてくれる――。そう予想したのは、残念ながら怒った顔だったが、代わりに、泣き笑いしながらも今その腕で自分を抱きしめてくれているではないか。

（それに、これで怒らないのは、リーンハルトらしくないし）

ああ――帰れてよかったと、リーンハルトの顔を覗きこむ。

なぜだろう。リーンハルトが怒っているのに、今はまったく不安にならない。

今度喧嘩をして怒らせたら、また前のようにうまくいかない二人に戻るのではないかと心配だった。だけど、あれだけ自分を不安にさせていたリーンハルトの怒りが、今はなぜか、イーリスを大切に思っているからだという不器用な表情に見えてくる。

（ひょっとして、これまでもそうだったの？）

以前は表面の怒りしか見えていなかったから気がつかなかった。その奥に隠されていたリーンハルトのうまく言えない本当の感情に。

「ごめんなさい、心配をかけて」

ようやくリーンハルトの本当の気持ちに手が届いたような気がしてじっと見つめると、その先で端整な顔はくしゃっと歪んだ。

「まったくだ。俺がどれだけ君のことを心配したか。だけど」

無事でよかったと抱きしめてくれる腕に、心の中がどうしようもなく温かくなっていく。

怒っていたはずなのに、なぜだろう。今は不思議とその声が気持ちいい。感じたことのない想いに、そっと広い胸へ頬をすり寄せると、くしゃくしゃになっていた髪がリーンハルトに優しく撫《な》でられていく。

（大丈夫。もう、不安には感じないわ）

怒りのたびに、だんだんとぎこちなくなっていった二人の表情が、今は抱きしめあう腕から伝ってくる温もりに、そっとほぐされていく。きっとこれからは、リーンハルトの本当の気持ちも見えるようになっていくのだろう。だからと、すっと眼差しを上げ、見つめあったアイスブルーの瞳と微笑んだ。

「さて、ハーゲン」

言葉とともに、イーリスを見つめていた視線を横に動かすと、そこに浮かぶのは、今までのリーンハルトとは違い冷酷とも言えるような凍てついたままでのアイスブルーの瞳だ。憤怒《ふんど》にも似た色を隠そうともせず、騎士団に取り押さえられたまま地面に伏せているハーゲンへと向けていく。

「よくも、俺とイーリスをたばかってくれたな」

見下ろす顔に浮かぶのは、今までとは違う完全な怒りだ。

唇の端を苦々しく上げ、強く眉を寄せた姿で、騎士たちにぬかるんだ地面へ押しつけられているハーゲンの体を酷薄に睨みつけていく。

その冷たい怒りに、いつの間にかトリカブトを払っていたハーゲンの口が、かたかたと細かく震えた。

「な、なんのことだか……。私が……陛下やイーリス様に、背くだ、などと……」

「お前がイーリスの殺害を企んだことは、グリゴアが地下の通路でしっかりと見ている。目撃者がいる以上、言い逃れはできまい」

「ま、待ってください！　それは、誤解で……！」

「誤解？　刃物を持って、女を追い回していた今のお前の様子に、どこに誤解の余地があると言うんだ？」

一瞬、ハーゲンが言い訳を探すように視線を動かした。

その間に、イーリスが怒っているリーンハルトの袖を静かに引く。

「リーンハルト、離婚状を盗んだのもハーゲンだったの」

あれだけリーンハルトの怒りを見ることを不安に思っていたのに、今はなぜか隣にいても大丈夫だ。だから、酷薄な色を浮かべるアイスブルーの瞳をそっと覗きこんだ。イーリスの仕草に横を向いた目は一瞬だけ見開かれて、すぐに安心させるように頷いてくれる。

「そうか、やはりあれもお前の仕業か」

グリゴアから言われて怪しいと思っていたのか、それとも今のハーゲンの行動から類推したのかはわからない。

だが、見下ろすリーンハルトの様子に、ハーゲンの顔には焦りの色が浮かんだ。

「わ、私は陛下のためを考えて……！」

リーンハルトの見つめてくる瞳に、いっそう鋭い光が加わったことに怯《おび》えたのだろう。必死で、ハーゲンが口を開く。

「陛下は、イーリス様とは仲がお悪いと聞いていました！　それならば、無理をして再婚されるよりも、いっそイーリス様にも非のない方法で別れて、陽菜様とやり直されたほうがよいと思い――！」

「すべては俺と国とを思ってやったことだと？」

「そ、そうです！　私は陛下と国のために」

リーンハルトの言葉に救いを見つけたように、必死でハーゲンが言い募る。しかし、その前でリーンハルトの瞳は、いっそう憎々しげに歪んだ。

「生憎だが――」

懐から丸めた書状を取り出し、ばらりとハーゲンの目の前に突きつける。

よほど急いで、懐に入れたのだろう。そこには国王のサインと印璽《いんじ》、そしてほかの貴族たちに並んでグリゴアの名前も綴られている。乾くまで待てなかったのか。少しだけグリゴアの名前の端が滲んでいる。

だが、取り出された紙に、イーリスは目を見張った。

王室の紋とリエンラインの国章の入った紙に、押された国璽。法律の発効や改正に使われる重要な書類の様式ではないか。

はっと、そこに書いてある法律の内容を見つめた。

「お前たちは、俺とイーリスの再婚を邪魔したいようだが、俺はイーリスとしか結婚する気はない！　その証拠に、リエンライン国法二十五条附則三、同じ相手と二度にわたり婚姻関係を解消した者同士の、再度の婚姻を禁ずるというこの条文は、本日付で国王と法務大臣、補佐をする元老院三名の承諾によって撤廃された！」

どんと目の前に突きつけられた紙を見つめれば、確かにあれほど自分たちを悩ませ続けた再婚に関する附則が、今日をもって廃止と綴られている。

「これで誰も俺とイーリスの再婚を止めることはできん！　たとえ、お前が俺とイーリスの仲を阻もうとしても、俺はイーリスだけを選び、彼女とだけ再婚する！」

「あ……」

目の前に突きつけられた法律の改正案に、ハーゲンが息をすることすら忘れている。

「これからお前には、今回の件の全貌と、後ろで共謀していたのが誰か、すべて吐いてもらうぞ。眠らせてほしいと願う毎日が続くことになると思うが」

「お、お許しをっ！　私は……本当はイーリス様を殺すつもりなんてなかったのです！　ただ、商務省に戻りたかっただけで！」

「そのあたりの話は、騎士団の専門家に任せる。もっとも、早くに話したほうが楽にはなると思うがな」

お許しをと叫ぶハーゲンの声が遠ざかっていく。ぬかるんだ地面の上を引き立てていかれる姿が生け垣の間へ消えていくのを確かめ、イーリスはくるくると紙を巻いているリーンハルトへと視線を戻した。

「その法案……」

「ああ、財産隠しの対策なら、ほかの方法でもなんとかできるからな。この際撤廃することにした」

「ただでさえ忙しいのに、私のために、法務省と元老院にかけあってくれていたの？」

これだったのだ。グリゴアが言っていた、リーンハルトから突きつけられた紙とは。

つんと胸の奥が熱くなってくる。

「俺がイーリスとやり直すために邪魔になっていた附則だ。ならば、そんなものはいらん。民についても調べれば、いろんな事情があってもう一度再婚したいと考えている夫婦の障害にもなっていそうだったからな。それに」

こほんと咳払《せきばら》いをして、イーリスへ向き直る。

その頬は、僅かにだが赤い。

「君が俺を好きだと言ってくれたんだ。それならば、俺もやり直していくために君の望みを叶えたい。俺のせいで辛かった六年間を乗り越えて、もう一度二人で生きていってもいいと言ってくれたのだから――」

「リーンハルト……」

「君が好きだ。俺が結婚をするのなら何度だって君とだけしたい。もう失敗はしたくないし、今度こそ君と一緒に歩いていくつもりだが。万が一のときのためとして、これからも、俺が君とやり直すチャンスを残しておくのだけは認めてくれるだろうか？」

やり直したいと言ってくれるのが、どれだけ嬉しいことか。

だから、まだ周りを騎士団に囲まれた状態なのも忘れて、思わずリーンハルトに抱きついてしまった。

「ありがとう……！」

――やり直したい。

やり直したい。

きっと二人で繰り返すこの呪文のような言葉が、これまでとは違った明日を生み出していく。

目を開ければ、夕焼けの中でさっきまで怒っていたはずのリーンハルトの顔が、飛びこんできたイーリスの姿にくしゃっと崩れている。泣き笑いにも近い表情だ。お互いに息が触れそうなほどの距離にそっと唇が近づいていく。

「約束する。今度こそ君を幸せにすると」

法律はあっても、もう失敗するつもりはないから。今回こそきちんとやり直していきたいと囁いて重ねられる唇は、つい先ほどまでひどく怒っていたはずなのに、とても優しい。

きっとこの唇のように、自分は今まで知らなかった不器用なリーンハルトの真実にも少しずつ近づいていくのだろう。言葉以上に愛していると囁かれたような気がして。壊れものに触れるかのように優しく重ねられた唇を、イーリスは嬉しい涙がこぼれていくのを感じながらそっと受け止めた。

最終章　歩き出していく未来

（それにしても、腹の立つ……）

あれから二週間。イーリスは王宮にたくさんある別館の一つに移って過ごしていた。事件の時は気づかなかったが、靴を脱いで走ったために赤くなっていた足の裏もすっかり治り、現在では大翼宮で豪華なヴェールを纏《まと》いながら、苦虫を噛《か》み潰《つぶ》したような表情を浮かべている。

頭から体を覆うヴェールはローゼン地方でしか作れない極細の金糸で編まれた最高級の品だ。着ている白絹のドレスには、ヴェールと同じ百合の模様が金糸の刺繍《ししゅう》で施され、体へ巻くようにして裾を引く様は、前世にあったサリーにもどこか似ている。

誰が見ても超一級品の支度だ。だが、大翼宮の控え室に座り、隣の大広間の準備ができるのを待っている今のイーリスの気分は暗かった。

肘掛けに頬杖《ほおづえ》をついて座りこんでいると、ついぽつりと言葉が洩《も》れてしまう。

「やっぱり……、なんか釈然としないのよね……」

いくら敵をおびき寄せるためとはいえ、グリゴアはイーリスに対して本気で怒りをぶつけてきていた！

（リーンハルトのためだというのはわかるけれど！　あれは絶対に全力で嫌がらせをしていたから！）

それが実は味方でしたで、このまま終わらせてもいいものだろうか。

「できるなら、なんとか一矢報いてやりたい……！」

「誰にですか？」

側にいるから聞こえたのだろう。不思議そうに茶器を持って見つめたコリンナに、イーリスは開き直るようにソファの上で座り直した。

「グリゴアよ。あれは、本気で私に嫌がらせをしていたと思わない？」

「まあ……普通は、あそこまでやりませんよね」

「そうでしょう⁉　それなのに、リーンハルトのためでしたで終わらせてもいいものかしら？」

「まあ、イーリス様のためとは一言も仰ってはいませんし」

「そこなのよ！　罰することはできないにしても！　せめてこのもやもやに、なにか仕返しをしてやりたい……！」

ぐぐぐと拳を握りしめると、それならばと向かいの席から陽菜がぴょこんと人差し指を立ててきた。

「たこ焼きでロシアンルーレットなんかは、いかがですか？　蛸《たこ》の代わりに中に、わさび・唐辛子・胡椒《こしょう》・塩辛などを入れておくんです。どれを食べても、驚く顔が見られて、すっとすると思いますよー」

「陽菜……、その最後のを食べた瞬間は、すごく見てみたいのだけれど」

なぜだろう。やったら翌日に同じことをされそうな気がする。

うーんと悩んだところで、隣にいるアンゼルが手を挙げた。

「はい！　俺は、推しと離れ離れになったら辛いので、陽菜様とイーリス様との面会禁止が効くと思います」

「それ、残念ながらあなただけだから」

第一、推しとの面会禁止ならば、グリゴアにとっての相手は自分ではなく、リーンハルトになるような嫌な予感がしてならない。

（リーンハルトに避けられるのはこたえるかもしれないけれど……。なにしろ六年以上も文通で平気だった相手だから）

しかも嫌われても本望と今回の作戦を実行していたことを考えれば、効果が薄いような気がする。

「では、イーリス様」

こほんと横からギイトが咳払《せきばら》いをした。

「私が、グリゴア様に災厄が降りかかるように、毎日神殿で祝詞《のりと》を唱えるというのはどうでしょうか？」

「やめて。ギイトがやると、その真面目さで本当に呪詛《じゅそ》が成功しそうだから」

「おやおや、私にそんな力などありませんのに」

にこにこと笑っているが、呪詛という発想が出てくること自体普通ではない。

（さすが、人生の半分以上を俗世から離れて生きてきただけはある……！）

この浮き世離れした雰囲気と、生来の生真面目さなら、本当に神殿秘匿の呪いの一つや二つぐらいは会得してきそうだ。

「それもだめとなると……」

うーんとコリンナが顎に手をあてた。

「グリゴア様の弱みを握るというぐらいですかねえ」

「それだわ！」

ぱっと俯《うつむ》きかけていた頭を起こす。

「それよ、それ！　誰だって弱みを握られたら嫌ですもの！」

思わずきらきらと目を輝かせてしまう。しかし、同時にコリンナの顔は渋いものになった。

「ですが、グリゴア様の弱みといっても……」

途端に全員がうーんと考えこんでしまう。

家や身分か。いや、長年生家を飛び出して、勘当されたままだったことを考えれば、これはまず入らないだろう。

仕事も、今は元老院の一席という要職だが、王子の指導役となる前は、平民がするような日雇い労働もしていたとリーンハルトから聞いた。

「とにかく、愛妻家で我が子を溺愛しているという噂《うわさ》ですが……」

コリンナのその言葉に、はっと頭にひらめく。

「じゃあ……！　その子供を私の味方につけて、さりげなく『パパひどい……』って言ってもらえたら！」

「間違いなく大ダメージですね！」

アンゼルが妙案だというふうに手を叩《たた》いている。

「子供がイーリス様の味方になってくだされば、必ずグリゴア様のしたことに、かわいい方法で怒ってくれますよー」

それはいいと、陽菜もこくこくと頷《うなず》く。

「そうよね！　愛しい我が子に怒られたら、大ダメージ間違いなしだし！　じゃあ、これからグリゴアの子供と親しくなって」

「でも、イーリス様。それって、グリゴア様の家庭は大丈夫なのですか？」

冷静なギイトの声で、一瞬で我に返った。

「あああー！　だめだわ！」

そうだ。グリゴアに仕返しすることばかりを考えて、父親が人にそんな仕打ちをしたと聞いたときの子供の葛藤を忘れていた！

（溺愛してくれているパパが、そんなひどいことを人にしていたなんて知れば……！）

いや、グリゴアは自業自得だが、そんな人は嫌だと、父親に気持ちを閉ざしでもしたら子供の未来はどうなるのか。

「うん、だめよ。これは絶対にだめ」

どんなに腹が立っていても、自分にグリゴアの子供の未来を潰す権利はないはずだ。

（だけど、それならどうやって……！）

この胸のもやもやを晴らせばいいのか。

両手で頭を抱えた瞬間扉が開き、今の今まで悩んでいた相手が現れた。

「間もなくお時間です」

嫌味なぐらい落ち着いた姿だ。味方なのかもしれないが、相変わらず本心が見えない——と扉のほうを見たところで、ふとその冷静な姿の表情がいつもと違うのに気がついた。

僅かだが、悔しそうに両の眉が寄せられているではないか。イーリスに対しては、嘲りの表情以外滅多に露わにしないグリゴアにしては珍しい。

「グリゴア？」

尋ねると、近づいたグリゴアは、ひどく不承不承といった様子で、イーリスに頭を下げてくる。

「このたびは……イーリス様が囮《おとり》となって、私をハーゲンから見つからないように匿ってくださったと陛下より伺いました。ご自身が危ない中での、助けに来たはずである私へのご配慮、まことにかたじけなく――」

（ははーん）

悔しそうに寄せられている眉にぴんとひらめいた。

非常に不本意なのだ。怒っていたはずのイーリスを助けたのはともかく、自分が助けられる立場になったというのは。

ならば。

「いいのよ、私を助けようとしてくれた人を助けるのは、当たり前の行為ですもの。それにグリゴアは私とリーンハルトのために、反対している者をあぶり出す囮となってくれていたんだし」

にこりと笑って「私と」と言ってやれば、グリゴアの眉がもっと悔しそうにぐぐっと寄せられていく。

グリゴアにすればリーンハルトのためであって、イーリスのためではないと言いたいのだろう。

だが、この言葉を認めれば、彼はイーリスのためにも働いたことになる。

（まあ、わざわざ角を立ててまで否定するとは思えないし。これでちゃらかしら？）

少なくとも、自分の気持ちはいくらか晴れた。

だから、聖女らしい微笑みで見つめると、ゆっくりと息を吐き出したグリゴアの頭が静かに持ち上げられていく。

「イーリス様」

顔を上げ、すっと正面から紫の瞳を向けた。

「私は、確かにあなたに対して怒っていました。離婚されるなら、やり直されるのならばやり直すではっきりしろと考えてきましたが、それはすべて私の人生の恩人であるリーンハルト様を思ってのことです。そして、今回あなたは私の命の恩人にもなられた」

ですからと、真摯な紫の瞳が、まっすぐに見つめてくる。

「これからはイーリス様にも忠誠を誓います。恩には恩で返すのが、私の主義ですから」

「あなたもハンムラビ法典の支持者だったの」

見つめてくる瞳に、目をぱちぱちとさせながら呟《つぶや》く。

「それに――私は、確かに怒ってはいましたが、もし叶《かな》うのならば、イーリス様には陛下とすぐにやり直してほしいと願っていたんですよ」

「あれで？　どう考えても、嫌がらせにしか思えなかったんだけれど」

王妃宮を追い出したり、化粧料や財産を止めたり。苦い顔の前で、グリゴアは「ええ」とにっこりと笑う。

「あそこまで嫌がらせをすれば、困ってすぐに離婚をやめられるかと思いましたから。そう考えれば、何度も、離婚を止めようとしていたでしょう？」

「あなたの行動ってすごくわかりにくいわ」

あれでは、誰が見ても二人の再婚に反対としか見えなかっただろう。

まあ、確かにあの時離宮の話が出なければ、王妃宮を追い出されたあと、リーンハルトの宮殿しか行く場所はなかったし、化粧料が使えなくなれば、なおさらリーンハルトに頼って生活するしかなかったのは事実だ。しかも、嫌がらせと自覚してやっていたとは！

（本当に！　嫌なぐらいややこしくてわかりにくい！）

敵を誘うために、二人を別れさせて陽菜を王妃にしたいふりをしていたからなおさらだ。

よくこんな曲者を指導役にしたと思うが、考えてみればリーンハルトの気持ちがわかりにくいのは、この師匠の指導に問題があったからなのかもしれない。

苦虫を噛み潰したような顔をしていたのがばれたのか。グリゴアがふっと微笑んだ。

「私は、一度心を決めた方には、人生をかけて誠を捧《ささ》げます。その証拠に」

ふと囁《ささや》くようにイーリスに近づいた。

「少し情報を手に入れることができました。ポルネット大臣について、あとでお話ししたい件がございます」

「ポルネット大臣について？」

首を傾げる。

「彼はどうなったの？」

「もちろん、今回の件で自宅謹慎です。彼も捜査対象となるよう、現在手続きを進めております」

そこで、再度扉を開く音がした。

「用意はできたか？」

「リーンハルト！」

　はっと扉のほうを見れば、今日のリーンハルトは白に金の刺繍の正装だ。白い上着にかけられているモールもすべて金で、銀色の髪と合わさり眩《まぶ》しいほどの輝きだ。

　リーンハルトが入ってきたことにより、周囲にいた陽菜やアンゼルが、頭を下げて部屋を退出していく。

　代わりに、扉からつかつかと近づいてくるリーンハルトは、イーリスを見つけると、生来の端整な顔立ちに微笑むような表情を浮かべた。

　そのまま嬉《うれ》しそうにこちらへ歩いてきたが、奥にいるイーリスが、今までグリゴアと話していたせいで体が向かい合っているのに気がついたのだろう。僅かに眉を寄せていく。

「なんだ。二人でなにを話していた？」

　むっとした顔をしているが、グリゴアは平静そのものだ。

「陛下、誤解なさらぬよう。私はイーリス様にポルネット大臣の件について、お話ししていただけにございます。陛下の妬心に触れるようなことはいっさい行ってはおりませんので」

（って、まさかグリゴアにまで今やきもちを妬いたの⁉）

　さらりと言われた内容に驚くが、こほんとリーンハルトは誤魔化すように咳払いをしている。

「あ、ああ。ポルネット大臣の件か」

(——図星だったのか)

本当にやきもちを妬いていたのかと呆《あき》れたが、今はそれよりもこちらの話題が先だ。

「リーンハルト、ポルネット大臣が自宅謹慎って」

「ああ、取りあえずはそうだが、ハーゲンの証言が得られれば、一族もろとも捕まえる予定だ」

「そう」

聞いた言葉に、少しだけ睫《まつげ》を伏せる。

「残念ながら、ハーゲンの家宅捜索ではポルネット大臣との繋《つな》がりを示す証拠は手に入れられませんでした。ですが、ハーゲンの証言を取れれば、すぐに朗報をお伝えできると思いますので」

「ええ……」

相手も、伊達《だて》に長年政界を渡り歩いてはいないということなのだろう。グリゴアの言葉に思わず視線を落とせば、ぽんと頭に広い手を置かれた。

「心配するな。絶対に君を守るから」

「うん——……」

顔を上げれば、銀色の髪の間で優しく薄氷色の瞳が微笑んでいる。

「そうね」

きっと大丈夫と、イーリスも頷いて笑みを浮かべた。

「大臣については、それだけ?」

「いいえ、あとで別にお知らせしたい内容がございます」

「そう、わかったわ」

あとでとわざわざ言うとは、緊急ではないけれど複雑なのか。もしくは、今はこちらを優先しろという意味なのだろう。

取りあえず、先ほどの話題は置いておくと、イーリスはソファから立ち上がった。

動くと、白いサリーにも似たドレスの裾が優雅に引かれ、金色のヴェールとあわせてきらきらと光る。

この金色のヴェールのレースには、ドレスの生地と同じように繊細な百合模様が描かれ、美しいきらめきでイーリスの全身を覆っている。

「綺麗《きれい》だ……」

全身を白と金に覆われたイーリスを見て、リーンハルトがぽつりと呟いた。

「そう？」

「ああ、まるで花嫁衣装を着ていた時の君みたいだ」

言われてみれば――白絹に金の花のデザインは、どこかウェディングドレスにも似て見える。

リーンハルトに褒めてもらえたのが嬉しくて、思わずふふっと笑みがこぼれた。

「ありがとう。じゃあギルド長にもお礼を言わなければね」

「ギルド？　あちらから買った品なのか？」

「ええ、買い物をするのに王宮へ招いた時に」

最初はハーゲンの紹介ということで、招いたギルド長たちにも疑いの目が向けられたが、尋問で今回の件にはなにも関わっていないのが判明したらしい。

床に頭をすりつけるようにして、ギルドに加わっている者たちはただの商人なので、今回の事件には無関係だと知ってほしいと懇願された。

「まあ、確かに商品はいいし」

さらりと流れるヴェールを手に持ち、優雅に広げてみせる。

「国内の市場開放のためにギルドの特権を廃止したとはいえ、それでこれらの品が埋もれていくのは惜しいわよね」

なにしろ、彼ら商人の後ろには、顔も知らないあまたの生産者たちがいる。都の民たちのために、新興の商人にも市場を開放したが、それで生産者たちが困窮しては本末転倒だ。

「こんないい品を扱っているのだったら、もっと彼らの力を輸出に使えないかしら」

「ギルドの扱う製品をか？」

「ええ、他国にということになれば、輸送や経費、そして商談力がいるわ。そういう分野こそ、個別の商人ではなく、組織力のあるギルドのほうが強いでしょう？」

「そうだな。一度、ギルド長とも会ってそのことを相談してみよう」

「リーンハルト……」

（私の意見を取り入れてくれた……）

微笑みながら頷いてくれる瞳は、確かに前とはなにかが二人の間で変わったことを示している。

「うん――ありがとう」

きっとこれからは、以前とは少しずつ変わっていく。

心の底から笑って答えると、見つめていたリーンハルトが赤くなって、一度こほんと咳払いをした。

「それと、式が始まる前に、君にこれを……」

振り返り、後ろで、侍従が銀の盆にのせていた一枚の紙を持ってこさせる。

侍従から受け取ると、リーンハルトは丸めていた緑の紐《ひも》をイーリスの前でしゅるりと解いた。

「リーンハルト、これ……！」

そこには、あれほど捜し回った二人の離婚状があるではないか。

『リエンライン王国の法に基づき、この両者の婚姻の解消を神に報告する。
リーンハルト・エドゼル・リエンライン・ツェヒルデ
イーリス・エウラリア・ツェヒルデ』

並んだ署名もあの日のままだ。

だが、その下に書かれた一文に、目を見開いた。


『キネンライヒデ暦一二一一年四月二日』


そこには、なかったはずの日付が入っているではないか。

書かれていた日付は、二人が離婚状にサインをしてからちょうど百日後。離婚状を神殿に出すと約束した日にちだ。

「リーンハルト、これは」

はっと見つめれば、アイスブルーの瞳が弱ったように自分を映している。

「もう、こんなふうに利用されないために――日付を入れようと思ったんだが、どうしても百日後の日しか書くことができなかった」

弱い俺を許してくれと微笑んでいる。静かに瞼《まぶた》を伏せながら話すが、あれだけ離婚状を嫌がっていたリーンハルトが、完成に必要な最後の一文を入れてくれたのだ。そして、瞼を開き、アイスブルーの瞳で力強く笑う。

「俺も今回の約束をなしにして、また同じことにはなりたくない。君とやり直していくと決めたんだ。今度は、絶対に叶えるという後戻りをしないための俺の決意だ」

「リーンハルト……」

(これで、本当に私たちはもう前を向いて歩いていくしかなくなった……)

これからは、新しい伴侶として、もう一度一緒に未来に向かっていくのだ。今までの夫婦関係を、すべてこの離婚状の中に過ぎ去った時間として整理をして。

渡された二人の名前の記された離婚状を、ぎゅっと一度抱きしめる。

(嬉しい……。絶対に同じことは繰り返さないと言ってくれた……)

イーリスのために、あれほど離婚状を嫌がっていたリーンハルトが、自分の不安や本音を抑えてまで、この書類をやり直す証として書いてくれたのだ。その気持ちがなによりも涙が出るほど嬉しい。

「ありがとう……!」

だから、素直にお礼が言えた。これできっと自分も、また昔の関係に戻らないかと怯《おび》えず、前を向いて歩いていける。

「うん――」

イーリスの笑顔が嬉しかったのだろう。いつもは離婚状のことになると、嫌そうな表情しかしなかったリーンハルトが、イーリスの笑顔を見て、はにかむように笑っているではないか。

見つめあったその後ろで、かちゃりと片眼鏡を持ち上げる音がした。

「ああ、陛下。その書類の直後に命じられた国境の関所通行監視強化の件なのですが。どうやらうまくいきそうだということです」

「ば、馬鹿……！　お前、今ここでっ」

リーンハルトがひどく焦っているが、後ろに立つグリゴアはどこ吹く風だ。

「リーンハルト？」

どうして、離婚状を完成させた直後に、国境の監視を強化しているのか。

（まさか、私の気持ちが変わって逃げ出さないかと不安で……？）

嫌な予感がして振り仰いだら、すぐにリーンハルトが焦ったようにくわっと目を開いている。

「いいだろう、それぐらい！　あくまで万が一のときのための、精神安定剤だ！」

「やっぱり……」

イーリスが告白して、少しは余裕ができたのかと思ったが、どうやらまだ予防策なしというところまでは自信が持てなかったようだ。

「もうっ……！」

言いながら、つい噴き出してしまった。

（リーンハルトらしい）

きっと彼なりに心のバランスを取るための方法なのだろう。

「安心して、もう勝手に飛び出したりはしないから」

「そんなのわかるものか。今回だって、急にいなくなったし」

どうやら、あの事件でますます心配性になったらしい。

ばれて、しゅんとした瞳に思わず笑ってしまったが、後ろに立つグリゴアからは声が降ってくる。

「お二人とも、お時間です」

告げられた言葉に、二人して扉のほうを見る。

「もう、そんな時間か」

歩こうとしたイーリスに向かい、リーンハルトが優しく手を差し出してくれる。

「行こうか。皆が待っている」

「ええ」

だから、差し出された広い手にそっと右手を乗せた。

これから始まるのだ。

「では、聖姫《せいき》のお披露目式典を開始します」

グリゴアの合図で、並んで立った扉が、一斉に大広間へと向かって開け放されていった。

開けられた大広間の扉の向こうでは、たくさんの貴族たちが列をなして待っていた。

絹で作られた黄色や赤いドレスが、正装した夫たちと隣り合いながらシャンデリアに照らされている様は、圧巻ともいえる華やかさだ。

宣言していたとおり、リエンラインのすべての貴族を呼んであるのだろう。

初めてではないから今更緊張することはないが、貴族たちが、現れたイーリスに向ける視線はこれまでにはないものだ。

「王妃様？　どうして、例の事件で追放されたという王妃様がここに……」

ちらりと大広間の横を眺めると、そこには飛び出したあの事件の夜と同じように、緋色《ひいろ》の絨毯《じゅうたん》が敷かれた階段が、二階から伸びている。

誰もが、あの夜、自分と陽菜との間に起こったことを思い出しているのだろう。

ざわざわというざわめきが、ひときわ大きくなった。

「でも、この間大翼宮でお買い物をされていたと伺いましたよ？」

「だが、あの事件では陛下のお心は陽菜様にあるという御様子だった――。それで、王妃様が離婚したがっておられると聞いたのだが」

あの夜にいた少し年老いた伯爵までもが、困惑した顔だ。

「では、今日陛下がみんなを集めて発表されることとは……」

「やはり、王妃様との離婚を決意されて？」

「長い間、不仲でしたものね。陛下もイーリス様も改めて新しいお相手を探されたほうが、お互いに幸せになれるでしょうし」

ひそひそと扇の陰で、こちらを見つめながら囁いてくる。

（勝手なことばかり言ってくれて！）

家出をして、離婚をすると息巻いていたのは事実だから仕方がないが、それにしてもなんと好き勝手に噂されていたことか。

「なるほど、これが私のお披露目パーティーを行いたいとあなたが話していた真相なのね」

ちらりと後ろを振り返ると、グリゴアが慇懃《いんぎん》に身を屈めている。

化粧料もなしでふさわしい支度ができるのかと、さんざん嫌味のネタにしてくれたが。

苦い記憶を思い出しながら見ると、視線の先でも、グリゴアは顔色を変えた気配すらない。

だが、帰ってから宮廷でこれを耳にしていたというリーンハルトは、内心ではどんな気持ちだったのか。

（きっと、私が思っていたよりもずっと不安だったのよね）

別れたほうがいいと囁かれ続けて。この噂の出所は再婚に反対している者たちだろうが、リーンハルトの胸中を考えると、とても複雑だったのだろうと心配になってくる。見上げたが、その視線の先で、リーンハルトはまっすぐにイーリスを見つめ、「行こうか」と明るい顔で微笑みかけてくれる。

さらさらと輝く銀の髪の中に浮かぶ表情は、晴れやかだ。

今でもきっと心にはいくつもの葛藤を抱えているのだろうが、リーンハルトにとっては一番不安だったイーリスの気持ちがわかったから、安心したのだろう。

意志を持ってまっすぐに見つめてくる瞳に、こくんと頷く。そして、手を重ねて一緒に歩き出した。

ざわめきながらも、頭を下げている貴族たちの礼は、リーンハルトに向けたものだ。王妃でなくなったのかどうかわからないイーリスに対しては、なにを発表するつもりなのかと好奇心を隠そうともせずに屈めた姿から目だけで窺《うかが》ってくる。

その何百という目の中を歩き、上座に設けられた二つの席の前に着くと、側に立つリーンハルトを一度見つめた。

ゆっくりとアイスブルーの瞳が、優しく瞬いている。

その瞳に背中を押されるように、金糸でできたヴェールの裾をさらりと引いた。まっすぐに背筋を伸ばしたまま、向けられてくる貴族たちの好奇の眼差しへと振り返っていく。

きっと、これからイーリスとの離婚が発表されるのを待ち構えているのだろう。

王妃の位が動くとなれば、次に誰につくのが得策か。めまぐるしく算段している者、不幸な王妃の境遇を茶会の噂の種にしようと考えている者たちに、自分の身を晒《さら》す。

「皆の者」

リーンハルトの重たい声が、しーんと静まり返った大広間に響き渡っていく。

「今日は、重要な発表がある」

ごくりと息を呑《の》む音が伝わってくるかのようだ。それらを視線で見回し、リーンハルトは一度言葉を切って口を開いた。

「このたび、イーリスは皮傷病を癒やした功績が奇跡と認められ、神殿より聖姫の位を賜ることとなった。正式な聖戴式はまだだが、これよりは皆聖姫として扱うように」

「えっ！　聖姫!?」

「しかも、本物の奇跡で⁉」

慌てた貴族たちが驚いてイーリスを見上げ、我先にと次々に床へ膝を折っていく。

（あら、まあ）

今までの好奇に満ちた眼差しはどうしたのか。ぶしつけな視線を投げかけていた夫人や令嬢たちが、先を争うようにして床に身を屈め、神の像に捧げるかの如く両手を組み合わせて畏敬の念を表していくではないか。

まるで波が打ちよせたかのように、ざっと膝を折り、ドレスの裾が床一面に広がっていく様には、息を呑む暇さえない。そのあまりの変わり身の早さに、イーリスのほうが呆気《あっけ》に取られてしまった。

「これは、いったい……」

聖姫が聖女の中でも高い位なことは知っていた。だが、それにしても、この反応は――。

「言ったはずだ。王にも並ぶ位だと」

驚いて目をぱちぱちとすると、側に立つリーンハルトは面白かったのか。少しだけ苦笑に近い顔でイーリスを見つめている。

「え、ええ。それは聞いていたけれど。それは、あくまで権力の二重構造を防ぐためだって、グリゴアが――」

困惑しながら尋ねれば、少し離れて二人の後ろに控えていたグリゴアが、ゆっくりと頭を下げていく。

「はい、そのとおりです」

「だったら……！」

この反応は、なんだというのか。しかし、いつもは不遜なグリゴアまでもが、貴族たちの反応に少し面白そうな笑みを浮かべている。

「ご存知のとおり、聖姫は王妃の中の王妃としてリエンラインでは遇されてきました。それは、確かに、聖姫という神から王と並ぶ位と認められた聖女を王室の外に出して、権力の二重構造を引き起こさないために行われてきましたが、言い換えれば、リエンラインの王に並ぶということは、各国の王とも対等。つまり、イーリス様は、神の国の信者を従える姫として、もうどの国の王族にも膝を折る必要のない存在となられたのです」

「なんですって⁉」

まさか、この聖姫という位に、そこまでの意味があったとは――！

ミュラー神教において、聖女は神の使い。そしてその聖女の最高峰である聖姫は、大陸に広く信者を抱えるミュラー神教にとっては、王にも並ぶ存在ということになるのか。

たらりと、思ってもみなかった話に汗が出てきそうになってしまう。そんなイーリスの気配を察したのか。グリゴアが一歩前に進むと、貴族たちのほうを向いた。

「噂のとおり――陛下とイーリス様は、先日の事件で意見がすれ違われ、離婚を一度されるということで同意されました」

グリゴアの言葉で、大広間に再び静寂が広がる。

「ですが、話し合われた結果、百日後に改めてお互いに縁を結び直し、聖姫として再婚されることになりました。リエンラインの王と、新しく迎える聖姫である王妃陛下に祝福を」

「祝福を――！」

ざっと、全員が深く頭を垂れている。

（あらら）

まさか、こうなるとは思わなかった。

一斉に下がった頭に驚いて見回すと、その中を一人の女性がしずしずと歩いてくる。

茶色く染めた髪に、昔の世界ではよく見た黒い瞳。清楚《せいそ》な白のドレスを神殿風の装いにして近づいてくるのは、陽菜だ。

「聖姫様」

今までに耳にしたことのないような真面目な声で、伏せていた瞳を上げると、初めての呼び方でイーリスの前にそっと膝をついた。

（え、なに⁉　こんな演出は聞かされていないわよ⁉）

驚いて、思わず手を伸ばそうとしたが、陽菜は胸にミュラー神教の円形のロザリオを持ち、震えるように俯いている。

「どうかお許しを――。私が、あの夜思い違いをしたために、陛下と聖姫様の仲にすれ違いを作ってしまいました。本当は、私を助けようと聖姫様は手を伸ばしてくださったのに、人前で転んだことが恥ずかしくて。私は咄嗟《とっさ》にイーリス様のせいだと思い込んで、口にしてしまい……」

（ははーん）

震えながら懺悔《ざんげ》をする姿に、ぴんときた。

ちらりと振り返れば、リーンハルトの少し後ろに控えた人物が、微笑むように頭を下げている。

だが、その紫の瞳が浮かべる笑みのなんと狡猾なことか。

（ここで、陽菜に懺悔をさせて、私への疑いを晴らそうという腹ね）

そして、跪《ひざまず》く聖女を聖姫となったイーリスが許す。それで、誰の目にも二人の聖女の上下関係は明らかだ。

今後のリーンハルトとの関係のためにも考えたのだろうが、本当に食えないと呆れながら、青い顔をしている陽菜に手を差し伸べていく。

「いいのよ、許しは——心から乞う者には、必ず与えられます」

「イーリス様……！」

きっと、陽菜の懺悔は形だけではなかったのだろう。真っ青な顔で、震えながら涙をこぼしている様子を見ると、彼女は自分が壊してしまったリーンハルトとイーリスの仲を、本当に後悔していたのかもしれない。

「ありがとうございます……！」

とんだ茶番だが、イーリスの役に立てたことで、陽菜の罪悪感が少しでも軽くなるのならかまわない。

「陛下、このたびは二人の聖女様に続き、御代に聖姫様の御出現。まことにおめでとうございます」

前に進み出て、丁寧な仕草でお辞儀をしているのは、ギイトだ。

「中央大神殿よりも祝福をお贈りし、イーリス様には改めて聖姫の聖戴式を行うことをお伝えするように承っております。ミュラー神教を代表しまして、聖姫となられましたイーリス様に祝福を」

朗らかに響き渡るギイトの祝詞の文言に続き、貴族たちが神に唱えるように手を組み合わせながら、頭をいっそう深く下げていく。

「イーリス」

その様を見ながら、そっとリーンハルトがイーリスの肩に手を伸ばした。

「これで君は、俺と並ぶ立場になった」

「リーンハルト……」

「遅くなったが、今なら素直に言える。長い間、辛い想いをさせてすまなかった」

まさか、リーンハルトがみんなのいる前で、こんなことを言ってくれるとは思わなかった。驚いて目を見張ったが、銀色の髪の中に浮かぶアイスブルーの瞳は、今はまっすぐにイーリスを見つめている。

そして、貴族たちの視線が集まる前で、僅かに笑みを浮かべた。

「だから、君と一からやり直すのを受け入れることに決めた。百日後に出す離婚状は先ほど渡したが」

そっと横を見ると、リーンハルトはいつの間にか近づき、自分を屈みこむように見つめているではないか。

「別れても、俺は何度でも君とだけ結婚したい。だから、この場で改めて、正式に婚約を申し込みたいんだ」

「リーンハルト……」

大きく金色の瞳を開いた。

「前に君との結婚を申し込んだ時は、すべて父が取り仕切っていた」

「え、ああ」

そういえば、イーリスが親から見せられた手紙には、確かにリーンハルトの父の名前で、息子の妃として聖女を嫁がせてくれないかと記されていた。

戸惑いと驚きを隠しもせずに見上げたが、リーンハルトはイーリスの視線を受けて優しく微笑んでいる。

「離婚状は書いたが、俺の妻はやはり君しかいない。だから、イーリス。仮とはいえ、婚約者を名乗るのを既に許された身では順番がおかしいのかもしれないが……俺はこの百日の間に、君と最初からきちんとやり直したい。その証として、みんなの前で正式に婚約を申し込ませてくれ。そしてどうか、今度は政略結婚ではなく、俺の恋人として妻になってくれないだろうか？」

「リーンハルト……！」

まさか、恋人としてやり直したいと言ってもらえるなんて。

「――嬉しいわ……！　私も……あなたの恋人になりたいわ……！」

少し前には思いもしなかったことだ。きっと嫌われている。きっといつかはほかの人を選んで捨てられるときが来ると考えていた。

だが、今日の前に立つリーンハルトは、泣きそうになりながらも笑っているイーリスに、そっと手を伸ばすと、眦《まなじり》に浮かんでいる涙を指で優しく拭ってくれる。

「俺は、君に好きだと言ってもらえたお蔭《かげ》で、少しだけ自分に自信がついた。だから、これからは、君に本当の気持ちを伝えて、絶対に俺をもっと好きにさせてみせると決めたんだ」

――今度こそ、本当の夫婦になっていけるように。

気持ちを伝えあい恋人からやり直そうと、いつもとは違うアイスブルーの瞳が、力強くイーリスに笑いかけてくる。

「そして、いつか――。君がくれた百日の間で、君が俺と再婚しても大丈夫と思えたときに、また俺と結婚してくれないだろうか。百日の、いや、残り八十一日の間に、俺は必ず君に再婚の届を書いて約束の日に出してもよいという確信を与えてみせるから」

その時こそ、きっと心まで寄り添えあえる夫婦になろうと言ってくれるリーンハルトの笑顔に、温かいものが頬にこぼれ落ちてくる。

恋人としてやり直して、夫婦になっていく。

まさか、結婚して六年もたってから、そんなふうに望んでもらえるとは思わなかった。

だから、またこぼれてきそうになった涙を指で拭いながら、ゆっくりと溢《あふ》れてくる笑みでリーンハルトを見つめていく。

「そうね、今度は恋人としてやり直しましょう……！」

今度は、国のためではない。聖女だからでもない。ただの一人のイーリスとリーンハルトに戻って、お互いに恋する相手としてやり直していくのだ。

あなただけが好きだと。これからは二人の気持ちと気持ちで繋がっていくように――。

絡み合っていた肩書きや過去が、互いの心からほどけていくのを感じたのか。リーンハルトが、そっと優しくイーリスを抱きしめてくれた。

「君が好きだ、イーリス。だから、どうか今度は恋人として俺と一緒にいてくれ」

そして、いつか俺と結婚してもいいと確信を持てたときに、再婚してくれるように――と、乞うように手の甲に口づけをされる。その幸せな気持ちが笑みに溢れた。

「ええ……。私も、あなたがいいわ。今誰かに恋をして、恋人と呼ぶのなら」

そして、いつかもう一度夫と呼ぶのなら。

今度こそ、心で繋がっていこう。政略結婚でも、王と聖女だからでもなくただの二人として。

イーリスの返した言葉が嬉しかったのか。見つめると、手の甲から身を起こしたリーンハルトの唇がふわりとイーリスへ下りてくる。

「ありがとう」

その瞬間のリーンハルトの嬉しそうな笑顔といったら。口づけを交わしながらも、微笑んでいる彼の顔に心臓の鼓動を止めることができない。きっと、この口づけは、今から何年たってもイーリスの心の中で繰り返し思い出されていくのだろう。

優しい感触が唇に触れているのが嬉しいけれど、みんなの前なので少し恥ずかしい。

（ちょっと、リーンハルト）

みんなが見ているわよと手で止めるのよりも早くに、いっそう深く注がれてくる口づけのなんと甘いことか――。

眺めていた貴族たちも、みんな突然で言葉が出ないようだ。

だが、奥にいた一人の令嬢が座ったまま、ぽつりと言葉を洩らす。

「ええと……。つまり、今のお言葉からすると、国王陛下はずっと王妃様がお好きだったということ……？」

その瞬間、大広間には「ええええええっ！」という、どよめきがまるで波のように広がっていく。

「さあ、では今日は祝いの日だ！　この国に聖姫が誕生することになり、俺に新しい婚約者ができた！」

　だから、祝ってくれという言葉とともに、大広間の扉が開け放され、給仕たちが山のようなごちそうをカートにのせて運んでくる。

　さっとグリゴアが指図をするのと同時に、大広間には待機させていた楽団の音楽が流れ、すぐに華やかな祝いの席へと変貌していくではないか。

　大翼宮の管理官と手配をしていたのだろう。瑞命宮《ずいめいきゅう》王妃宮と並ぶ三宮殿の長は、その肩書きにふさわしい有能さで、先ほどまで厳かだった発表の席を見る間に祝賀の宴へと変えていく。

　妙やかな音楽が流れ、香草をのせて焼かれた肉やゼリーに包まれた魚などが移動型の机に並べられて、人々の手には望むワインやシャンパンが給仕たちによって配られていく。最初は、戸惑っていた貴族たちも軽やかに流される音楽と料理の香気に、祝いの席の雰囲気に呑まれたのか。すぐに、思い思いに集まり、今の顚末《てんまつ》を驚きながらも楽しげに話しだしていく。

「まさか、聖姫様のご誕生だったとは――」

「ええ。ですが、めでたいことですわ。聖姫様が現れた御代は、特に栄えると申しますし」

　予想とは違ったが、新しい噂話の種に貴族の夫人たちは早速飛びついている。

　大広間の雰囲気も和やかになり始めた頃。座っていたイーリスの目の前にそっと一つの手が差し出されてきた。

「イーリス・エウラリア嬢。どうか一曲、俺のお相手をしてくれないだろうか。結婚の日の記念として――」

「え？」

驚いて、隣を見つめる。

今日は離婚を決めた日のはずだ。離婚状を書いた時から百日後の日付を入れた日なのに――。

金色の目を開いて隣を見上げ、ふとそれが結婚した日にダンスを申し込んでくれたのと同じ言葉だと気がついた。

あの時は、お互いに幼い姿で、自分とほとんど背丈も変わらないリーンハルトが、真っ赤になって正面から見つめてきていたが。

(そうだわ。遠いあの日の――。そして、十四歳の時にもう一度同じように踊ると約束をした……)

だとしたら、これは十四歳の時の約束の申し込みなのだろう。

差し出されてくる手の意味に気がついて、目がきょとんと丸くなってしまう。だけど、次の瞬間嬉しくて顔が弾けた。

「ええ、喜んで!」

自分も結婚式の時と同じように笑って、そっと手を重ね合わせていく。祝いの日に申し込まれて、嬉しくてたまらなかったのと同じ気持ちを味わいながら。

二人で、踊りの場へ出ると、楽団が曲を変えてくれた。これは、婚姻の披露宴で踊ったのと同じ曲だ。軽やかで、ふわりと花嫁衣装の白い裾が広がったことを覚えている。その曲に、今も白いドレスの裾を翻しながら、リーンハルトと一緒に踊っていく。

まるで、結婚式の日のように。

「ありがとう。覚えていてくれたのね?」

「あの約束がなくなってしまって悲しかったのは、俺も同じだ。何度も思い返したよ、あの時小指の骨さえ折っていなかったら――。いや、素直に君に骨折したことを告げて、もう少しだけ待ってくれるように頼んでいたらとね」

「そうなの？　あのあとぐらいから、リーンハルトは私と踊っても、あまり前みたいに近寄ってくれなくなったから、てっきり嫌われたのだと思っていたわ」

笑いながら言えば、リーンハルトの顔が面白いぐらい焦っていく。

「そ、それは……。あの頃から、君はすごく綺麗になっていって……！　側にいるだけで、ドキドキとしたから。一緒に踊って近寄ったりすれば、もうそれだけで心臓が爆発しそうになって……！」

「え……」

聞いた内容に、イーリスの顔にも熱が点っていく。

（それは、つまり……。私を好きだったから――ということよね……？）

どうしよう。すごく嬉しい。ずっと嫌われていたと思っていたから、なおさらだ。

「ありがとう、嬉しいわ」

溢れてくる笑みを隠しもせずに見上げると、リーンハルトの顔が面白いぐらい真っ赤になっていく。だけど、今度は手を離されたりはしない。

あの結婚した日と同じように、赤くなりながらも見つめあい、一緒に笑いながら踊れているではないか。

（――あなたが好き）

あんなに長い辛い日々があっても、最初に二人で過ごした温かな時間を忘れることができなかった。見知らぬ異国で、不器用ながらも優しく出迎えてくれたリーンハルト。熱を出した時にも、仲が悪かったはずなのに、心配そうによくお見舞いに来てくれた。生まれ育ったのとは違う遠い土地で、そんな不器用な優しさが心にしみるほど嬉しかった。仲がこじれても、何度もまたあの出会った頃の二人のように戻れるのならばと願ってしまったぐらい。

「君が好きだ。だから、俺と恋人からやり直させてほしい」

「ええ、私も好きよ」

答えた瞬間の、リーンハルトの顔の嬉しそうなことといったら。きっと二人とも自分の心の中に眠っているこの一言に辿《たど》り着くことができなくて、遠回りばかりを繰り返してしまった。

でも、今結婚式の日の曲にあわせて踊っていると、二人の仲には、新しいなにかが生まれてくるような予感がしてくる。

きっと今度は二人で幸せになれる。結婚式の日の音楽が自分たちを取り巻くのを感じながら、イーリスは幸せそうに笑っているリーンハルトに微笑み返した。

番外編　贈り物

その日、リーンハルトは机に向かい考えこんでいた。

こつこつと指で叩《たた》く机は、巨大な桜を削り出して作られた最高級品だ。

磨きこまれた温かな色合いが、王の執務室にふさわしい落ち着いた雰囲気を醸しだしている。だが、机を叩く指の音は、生憎とそんな空気を壊していた。ましてや、頬杖《ほおづえ》をついて目の前に置かれた複数の目録とにらめっこをしているリーンハルトの顔は、なおさらだ。

「もうすぐ、アトリル祭か……」

一月に入ってから続いた諸々の行事も終わり、少しだが和やいだ空気が漂い始めた宮中。令嬢や若い子息らから聞こえてくる楽しげな声も、日常に戻ってきたという安心感からばかりでもない。

「今年は、どうしようか……」

ふと、机を見ながら呟《つぶや》いた声に、先ほどまで仕事の手伝いをしていたグリゴアが、前で不思議そうに振り返った。

「いかがされました、陛下？」

その声にこつと打ちかけていた指を止めて、視線を幼い頃の指導役に向ける。

「いや――もうじき、アトリル祭だなと思って……」

「ああ」

その言葉で、リーンハルトがなにを考えこんでいるのかがわかったのだろう。

片眼鏡を持ち上げると、紫の瞳がふっと見守るように笑う。

「恋人や伴侶が、互いにプレゼントを贈りあう日ですからね。イーリス様へのプレゼントで悩んでおられるのですか？」

「ああ。なにしろ今までと違って恋人同士という立場になっての初めてのプレゼントだ。少しでも良いものを贈りたいんだが」

「ちなみに、どのような品をお考えで？」

「それについて悩んでいる。できれば、イーリスが喜んで、俺にキスをさせてくれるようなものが理想なんだが……」

なにしろ、これまでにしたキスは数えるほど。やはり、このやり直し期間に、少しでも恋人としての実績を積んでおきたいのが本音だ。

だからと、意気込みに満ちた顔を上げれば、かちゃりと隣で片眼鏡を押さえる音が聞こえた。

「ほう――それは、実にわかりやすい前向きな目標です。参考までに、今までにお二人がされたキスの回数はいくらぐらいなのでしょう？」

「うっ……！」

嫌なところを突かれた。だが、誤魔化すこともできない。

「三回……」

「は？」

「いや、四回だ！　結婚式のも入れて！」

「どっちでも似たようなものです。結婚して六年も一緒に過ごしていたのに、なんで片手の指より少ないんですか？」

「そ、それは……っ！」

いくら恋心を自覚するのが遅かったとはいえ、突っこまれたら冷や汗しか出てこない。

（だって、側で見ているだけでドキドキとしたし……）

仲が良くないから、触るなんてとてもできなかった。もし嫌がられたらと勇気が出なかったのもあるが、近づくだけで心臓が早くなり落ち着かなかったせいもある。表情で心の内がばれたのか、目の前ではグリゴアが大げさに溜め息《たいき》をついている。

「まったく……。それは、出会って二日目にはする回数でしょうに」

「待て。さも当然のことのように言っているが、なんで出会ってすぐなんだ？　お前の観念では交際という言葉はないのか？」

明らかに前提がおかしい――と口にすると、なぜかグリゴアのほうが不思議な顔をしているではないか。

「そんなのは、一目見て好きになったらすぐに、に決まっているでしょう？　口説きながらキスをする。私と妻との経験では、出会い即交際です」

「前から思っていたんだが、なんで、お前の男女関係アドバイスは、いつもそう微妙に難易度が高いんだ……」

というか、それは状況によっては女たらしと罵られるのではないか。思わず頭に浮かんだ言葉に冷や汗が出てくる。しかし、いつも冷静な指導役は意に介した様子さえない。

「それで、今まではどんなプレゼントをイーリス様に贈ってきたのですか？」

「強引に本題に戻したな……」

唐突な話題の転換を感じたが、これ以上自分のキスの経験値を追及されるのも避けたいところだ。

しれっとしている指導役の態度にこれ幸いと、リーンハルトはイーリスに今まで贈った品へと意識を向けた。

「うーん」と思い出そうと、額に指をあてる。

「これまでは、だいたい首飾りとかドレスとか」

「女性に贈る物としては、定番ですが悪くはありませんね。品は、イーリス様のご趣味に合わせて？」

「もちろん！　イーリスは飾りの多いものが苦手みたいだから、最高級品質の中から、シンプルでも上品に見える品だけを選りすぐって贈った！」

「ほう」

騎士たちに訊《き》いて選んだだけあって、さすがにグリゴアも頷《うなず》いている。拳を握りしめて力説すると、グリゴアはかちゃりと片眼鏡を持ち上げた。

「ちなみに、イーリス様のご反応は？」

「うっ……」

それを言われると、どうにも複雑な気持ちになってしまう。先ほどまで力を入れていた拳が机に下がり、少しだけ瞳をさまよわせた。

「――それが、なんか微妙で……」

「ほう？」

「喜んでくれてはいるんだ。ただ、歴史の稀覯本《きこうぼん》を贈った時は、すごく嬉《うれ》しそうだったのに……。なぜか、服や宝石になると、喜んでもなにか我慢しているみたいな表情になっていって……」

（そうなると、今年もやはり歴史書しかないかなあ……）

別に歴史書が嫌なわけではないのだ。渡した時のイーリスの満面の笑みは嬉しいし、すぐにページを開いて楽しんでいる姿は、本当に歴史が好きなのだとわかる。

ただ、さすがにそういう表情を見せてくれるのが歴史書の時だけとなると、自分がプレゼントをしたから喜んでくれているのではないようで、なんとなく腹が立つ。いや、喜んでくれているのだから、自分も素直に嬉しいと思えばいいのだが、どことなく歴史書に負けたような気がして男心としては複雑なのだ。

「うーん」

腕を組みながら、取り寄せた目録から図書のものを広げるべきかと溜め息をつく。その目の前で、グリゴアは立ったまま片眼鏡の奥から紫の瞳で、こちらを観察するようにじっと見つめた。

「ちなみに、イーリス様にはなんと言って渡されました？」

えっ、とその目を上げる。

「それは――ありがとうと箱を受け取ってくれたのが嬉しくて……。中を見るまでは、輝くような笑顔が眩《まぶ》しいから『俺の妻である王妃への品だ。気にせず身につけてくれ』と」

「減点です、陛下。いや、もう見事な零点評価を差し上げます」

「なんで⁉」

驚いて立ち上がったが、グリゴアは大げさに首を横に振っている。

「そんなふうに渡されたら、誰だって王として王妃に贈るのが義務だからとしか思えないでしょうが⁉」

「そんなことは――！　俺は、ちゃんと選んでいる間中、イーリスのことを思って！」

しかし、グリゴアは、はああと溜め息をついている。

「歴史書が喜ばれたのは、それがなにも言わなくてもイーリス様のご趣味に合わせたものだとわかったからです！　普通こういう時は、『君に似合うと思って選んだんだ』とか『君に着けてほしかったから』が口説き文句の定番でしょうが⁉」

「そ……そんなずっとイーリスについて考えていたと、ばれるようなことを言えというのか⁉」

「言いなさい！　陛下はなにかにつけ伴侶に対して言葉が足りなさすぎます！」

「そ……それは、そうかもしれないが……」

まさかの断言にうろたえてしまう。

「でも、今更同じ物で大丈夫かもわからないし……」

むしろ、これで今までと同じだと思われて失敗したら、せっかく再婚に向けて動きだした二人の恋人期間がここで終了になってしまうかもしれない。

ちらりと宝石とドレスの目録に瞳をさまよわせた瞬間だった。

「まあ、好きな人が自分のことを思い選んでくれた品を、嫌がる女性はいないでしょうが……」

好きな人という言葉に、少しだけ頬が熱くなってくる。

「ちなみに、イーリス様は陛下からの服やアクセサリーは身に着けられて？」

「それはもちろん！　俺との公式行事の時はよく身に着けてくれていた！」

「完全に王妃への贈り物と思われていましたね……」

「えっ⁉」

考えてもいなかったことに驚くが、グリゴアは既に諦観を極めた表情だ。

「まあ、いいです。今更過去は仕方ないですし。それよりも」

身を屈めるようにして、机に座っているリーンハルトの耳に近づいてくる。そして、そっと密談をするように、囁《ささや》いた。

「せっかくの婚約期間なんですよ？　恋人同士という関係に戻ったのなら、この間にしかできないものを贈らなくてどうするんですか？」

「というと？　普通の貴族たちは、こんな時にはどんなものを贈っているんだ？」

なにか服やアクセサリー以外で、恋人同士にしかできない特別なプレゼントとかがあるのだろうか。不思議そうに紫の瞳を見つめると、幼い頃の指導役は悪巧みをするように笑みを浮かべている。

「そうですね。恋人になって間もない頃なら、デートの約束を取りつけるために、さりげなく観劇の鑑賞券をプレゼントしてみるとか」

「ほう、デート……」

「そろそろ仲も深まってきた頃なら、より関係を進めるために旅行に誘ってみるとか。結婚するという覚悟があるのなら、婚前旅行なんてこの時期にしかできない超貴重体験ですよ？」

「婚前旅行……！」

思わず、喉がごくりと鳴ってしまう。聞いたことはある。行ったと噂《うわさ》になった恋人同士は、絶対に周囲が結婚させたというあれだ。

「そうです。それにここまで関係を進めてしまえば、結婚しませんとは女性側も言えませんしね。いいですよー、恋人同士の間に味わう蜜月旅行」

そういえば、新婚旅行さえ近場への訪問だった。当時は、代替わりや災害などいろいろあったせいだが、今聞く蜜月旅行という響きのなんと甘いことか。

旅先で、朝から夜まで二人きり――。

喉が続けて鳴りそうになるが、思わず浮かびかけた妄想を慌てて頭を横に振って打ち消した。

「わーっ！　だめだ！　いくらなんでも、まだいきなりそこまでは……！」

「おや、されたくはないんですか？」

「いや、したい！　すごくしてはみたいが……！」

グリゴアが不思議そうに首を傾げている。

「言い出したら、さすがにまだ戸惑ったイーリスに逃げられそうな気がする……！」

「なるほど」

あまりの焦りっぷりに、二人の距離がそこまでは縮まっていないと理解したのだろう。

「では」と明るく笑って話題を変えている。

「やはり、なにかイーリス様のお好きなものを贈られてはどうでしょうか？　あなたのことを考えて選んだのだとわかるような品で」

「――やっぱり歴史書か」

うっと詰まり、また歴史書に敗戦記録更新と呟いているリーンハルトに、グリゴアが心底呆《あき》れたような顔をしている。

「歴史書以外で、イーリス様のお好きなものってないんですか？」

「それ以外と言っても――イーリスは贅沢品《ぜいたくひん》とかも使い方次第と思っている気がするし」

むしろ、金の有効利用として購入している節がある。六年も一緒にいると、さすがに気がついた事実に、うーんと考えこんでしまう。

その様子に、グリゴアがすっと指を一本立てた。

「ならば、考え方を変えてみましょうか。陛下は、イーリス様のどういうところをお好きになったんですか？」

「どういうところって……」

考えたこともなかった。いや、そもそも恋心自体を自覚したのが最近なのだから、仕方がないのかもしれないが。

いつだったか。思い出そうとすれば、やはり最初に会った日のことが、どれよりも鮮明に浮かび上がってくる。

初めて出会った日、幼いイーリスはルフニルツ王国からの馬車を、かしこまった様子で降りてきた。

白いドレスと広がる金の髪。異国からきた姫は、童話に出てくるような美しい容姿で、一瞬で瞳を吸い寄せられた。髪がきらきらと光を弾いているのに、表情は硬くて少し顔色が悪い。

だから、ちょっとでも緊張を解こうと、自分は手を差し出したのだ。

「やあ。遠くまで大変だっただろう？　俺がリーンハルト。これから君の夫になる相手だよ」

その瞬間、笑った彼女のなんと明るくて綺麗《きれい》だったことか。

「だから、仲良くしよう」

なんてかわいらしいのだろう。

声も仕草も元気で、すごく愛らしい姫君だ。そう思ったのに、手を乗せられた瞬間、彼女の指がかたかたと細かく震えているのに気がついた。

「ええ」

笑っているのに——本当は、不安なのか？

ひょっとしたら、必死で元気に見せているのかもしれない。だって、置かれた指先はこんなにも冷たいままだ。しかし、触れたリーンハルトの温かさにほっとしたのか。手を重ねてすぐに、彼女の指の震えは止まった。

だから、ぐいっと握ったのだ。

「おいで！　この王宮で一番美しい花畑に連れていってあげるから！」

「きゃっ！」

手を握って突然駆け出したのに驚いたのだろう。上がった悲鳴に、ほかの令嬢たちのように転ぶか慌てさせてしまったかもしれないと焦ったが、振り向いて見たイーリスはなんと笑っているではないか。それも、今度こそ弾けるような元気な笑顔で——。

それが嬉しくて、そのまま西の庭園に連れていくと、広がる白い花畑にすごく無邪気に喜んでくれる。

「綺麗！　幸福貝花《こうふくかいばな》がいっぱい！」

「この花が好きなの？」

「うん、私が生まれた国の宮殿にも咲いていたの。小さい頃からずっとそのお庭で遊んで、私を送り出す時にもお父様とお母様と兄弟が、そこでピクニックをしてくれたから」

「そう」

きっと彼女は、この花の中で大きくなってきたのだろう。そして、リエンラインからの強引な縁談の申し込みで、半ば無理やりこの国に連れてこられた。

そう感じると、広がる花の中に座る彼女に、手元の幸福貝花を取りそっと一輪を差し出す。

「君の大切な花は、この国にも咲いているよ。だから、きっと君もこの国を好きになっていけると思う」

「――うん」

眦《まなじり》に、少しだけ涙を浮かべながら、幼い自分が差し出した花をそっと受け取ってくれた顔のなんと愛らしかったことか。

その記憶が脳裏から鮮明に甦《よみがえ》ってくる。

「そうだ……。俺はあの時、彼女を守れるような男になりたいと思ったんだ……」

涙を一粒浮かべながら、持った花を見つめて笑っている彼女を。

(そして、イーリスが初めて俺から笑顔で受け取ってくれたのは――)

「あ……」

思い出した記憶に、慌ててがたんと椅子から立ち上がった。

「もうすぐアトリル祭ねー」

白い椅子に座りながら、イーリスはうーんと考えこんでいた。

「アトリル祭？」

目の前で、銀のカップを持ちながら愛らしい声で尋ねてきたのは陽菜だ。茶色く染めている髪を、いくつものリボンと花飾りで纏《まと》め、かわいらしいことこのうえない。きょとんと開いた目は丸くて、つい子猫を連想して笑みがこぼれてしまった。

「ああ、そういえば初めてだったわね。こっちの世界でのバレンタインデーみたいなものよ。時期は、元の世界とは違うけれど。恋人同士や夫婦が互いにプレゼントを贈りあう日なの」

自分も、リエンラインに来てから詳しく知った行事を、笑いながら説明する。故国はミュラー教もあるが土着信仰が強かったから、ミュラー教の聖女にちなむアトリル祭をここまで盛大に祝うことはなかった。しかし、この時期になると華やぐリエンラインのこの空気は嫌いではない。

少しおどけながら指を持ち上げる。

「なんでも、この日昔の聖女様が親に引き裂かれた恋人同士に贈り物をさせて、仲を取り持ったのが由来だとか。それで、恋人や夫婦のお祭りになっているの」

「へええ、楽しそうですね。私は今のところそんな相手はいませんが、イーリス様は陛下に贈られるんですか？」

「まあ、一応毎年贈ってはいるんだけれど……」

嫌いではない——が、自分のこととして考えれば考えるほど、この行事には溜め息しか出てこない。

「なんか、あんまり喜んでもらえないのよね……」

「あの陛下が⁉　まさか、それはないでしょう⁉」

がっくりと俯《うつむ》いたイーリスに、驚いて陽菜がテーブルの向こうから身を乗り出している。だが、悲しいことに事実なのだ。

「確かに、まったく喜んでいないわけではないみたいなのよ。少しでも気に入ってもらえるように、毎年使いやすいものを厳選して贈っているし。でも、なんというか、こう……反応が微妙というか……」

（あれは、喜んでいるのかしら？）

渡した時に告げられるのも、いつも「ありがとう」の一言だけだ。

喜んでいるのかわからないから、せめて普段の生活で役に立つ品をと思い選んでいたのだが……。

「ちなみに、なにを贈られました？」

不思議そうな陽菜の問いかけに、うーんと思い出しながら指を折ってみる。

「仕事で役立つものをと思って、インク壺《つぼ》とか書きやすいと評判の羽根ペンを贈ってみたのだけれど……」

「使ってくれなかったんですか？」

「いや、使ってはくれたのよ⁉　ただインク壺は、なぜか机の上に長くインクを入れられずに置かれたままの飾り物状態だったし」

叫ぶイーリスに、こそっと陽菜が側のコリンナに耳打ちをする。

「コリンナさん、これって今の陛下の態度から察するに、飾りとして鑑賞していた説とインクで汚れるのがもったいなくて、中にインクを入れられなかったのと、どちらが有力な説だと思いますか？」

「そうですねー。私が来る前の話なので、昔は気に入られなかったのかと思いましたが。今ならば後者かと」

「ですよね、やっぱり」

二人はこそこそとなにかを顔を引きつらせながら話している。

「羽根ペンのほうは、珍しいつけペン型で握りやすくてペン先も替えやすいと評判の品だったから贈ったの！　それは気に入ってくれたみたいで、執務室のペン先をつけて毎日使ってくれていたのに。ある時侍従が落として、その弾みで羽根の部分が折れてしまったらしくて」

「ああ、確かに羽根は弱いですものね」

落としたら傷んだりもしますよねと陽菜がうんうんと首を振っているのに、頷き返す。

「そうしたら、すごく怒ったらしいの。もともと消耗品なのだから、仕方がないけれど。そんなに気に入ってくれたのならと、宮中省に話して王宮の執務室に常備する羽根ペンを全部そこの店のペンにしてもらったら、なぜかひどく微妙な顔をされてしまって……」

喜ぶかと思ったのにと呟いたが、陽菜は完全にげっとした表情だ。

「それって、せっかくのプレゼントの特別感が台無しじゃないですか！」

「でも、使いやすいのなら、ずっとそのペンにしたほうがいいでしょう？」

「唯一の！　イーリス様からもらったペンだから、陛下は大事にしていたんでしょう⁉」

なんで一番肝心なところに気がついていないんですかと腕を組んでいるが、たじろいでばかりもいられない。

「で、でも」

それならば、あれはどうだったのか。

「私からの贈り物で喜んでくれたからとはとても思えなかったような……。だって、その前の年に、恋人に手作りのお菓子を贈るのが流行っていたから、頑張って柄にもなく作ってみたのに、リーンハルトはあまり食べてくれなかったし……」

「イーリス様のことだから、砂糖とお塩を取り違えるというべたなミスをされたとかは……」

「そんなことはないわ！　いくら私が料理音痴でも！」

作ったのは、初心者でも簡単にできるという触れこみのクッキーだった。

「念のために、料理長に頼んで最初に全部の粉と調味料の量も間違いがないか見てもらったし。クッキーが焼けたあとも、味をチェックしてもらって、これなら大丈夫と太鼓判まで押してもらったのよ」

それなのに。

少しだけ俯いてしまう。

「……あまり、食べてくれなかったの。最初は、焼きたてでいくつかパクパクと摘まんでくれたのに……」

このまま全部食べてもらえるかと思い、ほっとしていたら、途中で急に用事ができて、残りは持って帰ってしまわれた。

その時は、急用ならば仕方がないと考えていたのだが――。

「でも、残りはあまり食べてくれなかったみたいで……。気になったから、こっそりとリーンハルトの部屋のメイドたちに訊いてみたら、いつまでも包んだまま置いてあったそうなのよ……。少しずつは減っていたみたいなんだけれど。とうとう十日近くたって、これ以上は賞味期限もまずくなりそうだったから、せかしたら渋々全部食べてくれたんだけど……」

あの日のことを思い出すと、悲しくなる。

(私の料理が下手なのは覚悟していたけれど……。渡した時は嬉しそうに摘まんでくれたから、少しは気に入ってくれたのかと思っていたのに……)

本当は、おいしくはなかったのだろう。きっと最初は無理をして口にしていたが、途中で我慢ができなくなり、あとで食べると言い訳をして持って帰ったのだ。

わかってはいたが、やはり自分と料理との相性は悪い。過去でも今世でも、まともに褒められたのは肉じゃがぐらい――。

仕方がないと、ふうと溜め息をついて横を見ると、なぜか陽菜とコリンナはまた微妙な様子で、顔を寄せ合っているではないか。

「これって、どっちだと思いますか?」

こそっと陽菜が、コリンナに耳打ちをした。

「そうですねー。イーリス様に対しては、異常な執着力を見せるあの陛下のことですから」

「量が少なくなったから、食べ終わるのが惜しくなった。いつまでもイーリス様のお手製を味わっていたくて、毎日少しずつ摘まんでいた――が、過去にイーリス様の料理を食べている陛下の姿を見た私の予想なのですが」

「奇遇ですが、同じですわ。だいたい気に入らなかったのなら、ほかの者には渡さずに、少しずつ量が減っていった理由が思いつきません」

なぜ、二人してこちらをじとりとした眼差しで見つめているのだろう。

「どうしたの？　二人とも」

なぜそんな瞳でこちらを眺めているのか。不思議に思って声をかけると、眉根を寄せていた陽菜が立ち上がり、ぴしっと人差し指を立ててくる。

「はっきり申し上げます、イーリス様！　陛下もかなり不器用ですが、イーリス様も相当鈍感です！」

「えええっ⁉」

なんか、つい最近も同じことをグリゴアに言われたばかりのような気がする。

「陛下が贈り物を側に置いているのは、間違いなくイーリス様にもらった品を気に入っているからです！　ええ、それは使う使わずに関係なく、大切にしていると纏めて間違いがないレベルで！」

「で、でもそんなに喜んだ顔はしていなかったわよ⁉」

「あの陛下でしょう⁉　絶対に、嬉しすぎたせいで、戸惑って素直になれなかったのに決まっているじゃありませんか！」

ふんと腕を組む陽菜は、イーリスが驚くぐらい確信に満ちた様子だ。

「だいたい、あの陛下の性格なら、気に入らなければすぐに忘れるか、誰かに渡して終わりにするのに決まっています！　それなのに、いつも側近くに置いていたのは、イーリス様が自分に贈ってくれたものだったからに違いありません！」

「そ、そうなのかしら」

さすが、リーンハルトが昔の自分に似ていると断言した相手だ。性格も考え方も違うのに、どこか互いに理解しあえるところがあるらしい。

「だけど、それならリーンハルトは、私からのプレゼントを喜んでくれていたの……？」

まさかと思うのに、目の前の二人は揃《そろ》って首を縦に振っている。

「とにかく。お二人がどうしてそこまですれ違ってしまったのかは、なんとなくわかりました」

頭が痛いように陽菜が額を押さえているが、なぜみんな過去のイーリスの話になると、鈍感認定をしてくるのか。ちょっとむっとした。頰を膨らませて見上げようとしてみれば、それより早くに陽菜が顔から手をのけて、ずいっとイーリスの前へ身を乗り出してくる。

「それに！　今のお話で、陛下の喜ばれる品もわかりました！」

「えっ⁉」

どうして、こんなに短時間でわかったのか。

「つまり、陛下は自分だけの特別感があって、イーリス様の手作りされた品を喜ばれていたのですよね？　それならば、任せてください！」

私の磨いたいいね力で、必ずや陛下に喜ばれる最高のプレゼントを作らせて差し上げますからと、座ったままのイーリスの腕を引っ張っていく。

「あ、ちょっと！」

「安心してください！　私、こういうのは得意なので！」

腕を掴《つか》んだままイーリスを立ち上がらせ、駆け出していこうとする陽菜の顔は楽しそうだ。絶対に陛下も喜ばれますからと笑っている顔は、どちらかといえば、その姿をイーリスに見せたくてたまらないかのようだ。

あまりに無邪気な表情に、少し戸惑っていたイーリスもくすっと笑うと、そのあとについて走り出した。


本当にこれでいいのだろうか――。

目の前に置かれた水色のリボンの箱を見つめながら、うーんと唸《うな》ってしまう。

自慢ではないが、前世から手作りという品の評価に期待をしたことはないのだ。高校で、ほかの女の子たちが側で彼氏に手編みのマフラーや手作りのチョコレートの相談をしている間も、雑誌で父のためにと、せっせとおいしくて安そうなお菓子店を選んでいた。いや、たまには千円を超えるチョコレートを選んだこともある。

高校生のお財布には厳しかったが、「お前は優しい子だなー」と父が頭をぽんぽんとしてくれるのが嬉しかったのだ。

それぐらい手作りには自信がなかったせいで、こちらの世界に転生してからも、手芸や料理の成績は、今のところ甲乙丙丁の下二つだ。

一応、ルフニルツの王女時代は、国王だった父の誕生日に少しでも喜んでほしくて、プレゼントを贈ろうと頑張ったこともある。とはいえ、王女といってもまだ子供。秘密で自由になるお金などなかったから、習ったばかりの刺繍《ししゅう》で父の誕生日にハンカチを贈ってみたりもしたのだが。

「イーリスがくれるのなら、どんなものだって嬉しいさ」

そう言って渡したハンカチを喜んで、羨ましがる兄の横で肩まで抱き上げてくれたことは忘れられない思い出だ。白い花畑に包まれた北の宮殿での、懐かしい記憶。

（でも、今から考えると……）

うっと詰まってしまう。父は上手にできたと喜んでくれていたが、今思い出せば到底人に渡せるようなレベルではなかった。刺繍糸はまっすぐに通っていなかったし、どうにか花の形にはなってはいても、糸の先端を布に縫いこむところが微妙に揃っていなかった。控えめに言っても、小さな子の絵のレベル。つまり、刺繍の落書きのような品だったのだ。

「あれって、今から考えれば、お父様の優しさよね――……」

あんな品をリーンハルトに渡した日には、絶対に目を丸くして呆れられる。だから、よほどのときでない限り、手作りは自分にはハードルが高すぎると、できるだけ関わらないようにしていたのだが……。

目の前に置いた箱をちらりと眺めると、はあああと難易度が高かった入学試験の不合格通知を待つような気分になってしまう。

「大丈夫です。陛下はきっと喜んでくださいますから」

「だったら、いいのだけれど……」

あのリーンハルトの喜ぶ顔。想像はできないが、つい見たくて陽菜の言葉にここまできてしまった。

「ま、まあ。気に入らなかったら使わなければいいだけの話だし」

「だから、インク壺は、まず間違いなく汚すのがもったいなかったんですって。そうでなければ、使いもしないのに机の上に置いておくはずがないでしょう」

絶対にいつインクを入れるかで悩んでいたんですよと断言してくるが、本当にそうなのだろうか。

「うーん」

陽菜の言葉に、自分の贈った品を毎日愛でるように見ているリーンハルトの姿が想像できなくて、思わず首を捻った時だった。

「陛下のおなりです」

（来た！）

試験の合格の判定を知らせる郵便屋のピンポンが鳴らされた気分だ。思わず背筋がびくっと反ったが、怖々と振り返ると、リーンハルトの手の中には小さな白い花束があるではないか。

「リーンハルト、これは……」

やっと両手を包むぐらいの小さな真珠色の花束。

だが、その花は見たことがある。この宮殿に来た最初の日に、リーンハルトに連れられて行った西の花畑に咲いていた幸福貝花の小さな蕾《つぼみ》だ。

少しだけほころびかけた丸い花弁は、故郷のルフニルツで父と母と兄弟たちとお茶をしながらはしゃいでいた遠い昔を思い出させる。

「なにがいいか迷ったんだけど。恋人になって初めての贈り物だから、やはり花がいいかなって……」

こちらを見ながら話してくるリーンハルトの顔は、咲きかけた真珠色の蕾と対比しているせいかひどく赤い。

いつもは気がつきにくいが、口ごもっている頬が今染まっているのは、白い幸福貝花のお蔭《かげ》ではっきりとわかる。

「覚えていてくれたの？」

（私が、この花を好きだと言ったのを――）

そして、初めてリーンハルトからもらった花だということも。

驚きながら尋ねると、リーンハルトは少しだけ照れくさそうに首を縦に振っている。

「あ、ああ……。本当はもっと大きな花束を用意したかったんだが。季節が違うから庭師に温室の花を急いで咲かすように言っても、これだけしかなくて……」

覚えていてくれたのだ――。

初めて会ったあの日のことを。そこで話したこの花には思い出があり、大切に感じているということを。

こぼれてくる笑みとともに、そっと両手を伸ばして、不安そうに見つめている花束を受け取った。

「ありがとう、すごく嬉しいわ」

まさか、昔なにげなく話したことを覚えていてくれたなんて。リーンハルトにすれば、遠くから来た姫を励ますために、花畑に連れていってくれただけだと思っていたのに。ほんの些細《ささい》な時間が、二人の間で宝物のように輝いている。

それが愛しくて、そっと花束に顔を寄せた。どうしよう。嬉しすぎて、今自分がどんな顔をしているのかもわからない。

ただ、笑みがこぼれてくる。

高い宝石でも、王妃として必要な品でもない。大好きな歴史の珍しい本でもない。それなのに、二人の時間を示す白い花が、どうしてこんなにも愛おしいのか――。

溢《あふ》れてくる笑みのままリーンハルトを見上げれば、花束はもう渡したはずなのに、なぜか前よりも顔が赤くなって見える。

「ありがとう！」

「い、いや……喜んでくれて、よかった……」

（リーンハルトが、こんなに照れた顔をするなんて）

なんだか年相応の表情を見た気分だ。

今ならば渡せるような気がして、イーリスも水色のリボンの箱を差し出した。

「アトリル祭、おめでとう！　これは私からよ！」

下手でも笑わないでねと、先に言い訳をつけて渡す。

「下手って……もしかして……」

前にも一度同じ言葉をつけてクッキーを渡したからぴんときたのだろう。

ぱっと手に取り、リーンハルトの瞳と同じ水色のリボンをほどき、包み紙を解いている。

「そう、手作りだけど。気に入らなかったら誰かにあげるか文鎮にでもしてくれたらいいから」

最初に断っておくのは、これだけ照れているリーンハルトの顔が、がっくりとしたものに変わるのを見たくはないからだ。

（やっぱり――下手かな？）

　自分では、これならば渡しても大丈夫と思えるように仕上がった出来だったが。怖々と伏せていた目を持ち上げれば、開けたリーンハルトは箱の中に視線を縫い留められたようになっている。

　そのアイスブルーの瞳が見ているのは、ピンクのビロードの上に納められた一本のガラスのペン軸だ。

「これを……俺に……？」

　だが、言葉は不快や失望を示すようなものではない。むしろどこか感嘆したように、金色の模様が描かれたガラスの軸を見つめている。

　がっかりしていない様子に、ほっとして言葉が出た。

「ええ、陽菜に教えてもらったの。本当は完全なガラスペンがいいのかもしれないけれど、それだと作るのが少し難しいらしくて。ペン先を取りつけられるタイプのガラスのペン軸にしたの」

　本当は、ガラスペンにすると難しいだけではなく、リーンハルトが、手作りの部分が汚れるのを嫌がって使わないかもしれないと言われたからなのだが。今はそれを話す必要はないだろう。

（気に入って……くれるかな？）

　自信はないが、さすがいいね万能力を持つ陽菜の監修だ。何本かチャレンジをしてどうにかうまく形を取ることができたし、リーンハルトが好きだという金色を纏わせるために、金泥を使って表面に小さな菱形《ひしがた》の模様も描いた。

　きらきらと光る金色が、透けるガラス軸と一緒に輝いて美しい。

　それをそっと指で持ち上げるリーンハルトを、ドキドキとしながら見つめていると、その端整な姿の口が開いた。

「え、ええ。前にリーンハルトが金色を好きだと言っていたから」

「君と――同じ金色だ……」

どうして、ここでそのことに気がつくのか。

「あ、やっぱり私と同じのより、模様はリーンハルトの目の色に合わせたほうがよかった？」

「いや、このほうが嬉しい。そうか、ありがとう……」

（あら？　もしかしてだけれど……）

いつもと同じ短い礼だが、よく見れば耳まで真っ赤になってしまっている。さっきまでは、顔だけだったのに――。

（ひょっとして）

すごく喜んでくれているのだろうか。言葉として、はっきりとは出てこないぐらい。

（まさか、自分からの贈り物でこんなにも喜んでもらえるなんて――）

「いいのよ、リーンハルトのために作ったんだから」

温かい気持ちで言葉にすれば、よりリーンハルトの顔が赤くなっていく。

どうしよう、嬉しい。

まさか、リーンハルトがこんなにも喜んでくれるなんて。

「俺も、騎士たちがよく恋人にプレゼントをあげる意味がわかった」

自分の贈った品を喜ばれるのがこんなにも嬉しいなんてと、ぼそりと呟いている。

その顔がかわいくて、思わず側にあった腕を抱きしめた。

すると、そっとたどたどしく口づけが下りてくる。唇に触れるその感触のなんと甘いことか。

あまりの幸福感に、唇が離れてからも、笑みがこぼれた。

柔らかに笑む姿を、リーンハルトがそっと抱きしめてくれる。

「アトリル祭、おめでとう。恋人になって初めての夜に」

「ええ、おめでとう」

何百という恋人たちが今宵唱える言葉を呟きながら、相手からの贈り物を抱きしめる。それにこめられた気持ちが嬉しい。お互いに手の中のプレゼントを見つめて、もう一度微笑みあった。

あとがき

二巻をお手に取っていただき、ありがとうございます！　作者の明夜明琉《あけよあける》と申します。

この『王妃様は離婚したい　～異世界から聖女様が来たので、もうお役御免ですわね？～』は、一度失敗した夫婦のやり直しがテーマとなっております。

一巻では、幼い頃からの結婚生活ですれ違ってしまった二人が、離婚騒動を通して、やり直しを決意するところまでを描《えが》きました。

続けて、この二巻にあたるところを書こうとした時に、先《ま》ず考えたのが、やり直すとは決めても、六年間の長いすれ違い生活で、イーリスの心には傷ができたのではないか――ということでした。

その考えをもとに、ＷＥＢ版から大きく加筆し、この二巻では周囲からの妨害を受ける中で、イーリスが、過去のすれ違いで生まれた「守られなかった約束」という心の傷を乗り越えていく話にしました。

リーンハルトとイーリスが、お互いの心の内側を知り、また少し、前よりも夫婦らしく寄り添いあえるようになったと思います。

二人が少しずつ成長していく姿を、温かく見守っていただけましたら嬉しいです。

また、この作品を世に送り出すにあたって、本当に多くの方々に助けていただきました。

作品で悩むたびに相談に乗っていただきました担当様、いつもありがとうございます！

華やかな表紙と挿絵を描いてくださいました漣《さざなみ》ミサ先生。一巻で美しく冷たい雰囲気を纏っていたリーンハルトが、二巻では優しい表情に変わっていく様を見事に描きだしてくださり、ありがとうございます。表紙のイーリスもとても美しくて、何度も見てしまうほどステキです。

この作品を繊細な絵でコミカライズしてくださいました亜和美央斗《あわみおと》先生、そして漫画の担当様にも厚く御礼申し上げます。さらに、この物語を読者の皆様にお届けするにあたって、お力を貸してくださった多くの方々に深く感謝いたします。

そして、イーリスとリーンハルトを応援してくださる読者の皆様にも、どうかありがとうございますとお伝えさせてください。

この物語とキャラクターを、少しでも楽しんでいただけましたら、作者としてとても幸せです。

どうか読者の皆様と、またお目にかかれますように。

明夜明琉

Kラノベブックスf

王妃《おうひ》様《さま》は離婚《りこん》したい 2
～異世界《いせかい》から聖女様《せいじょさま》が来《き》たので、もうお役御免《やくごめん》ですわね？～

明夜《あけよ》明琉《あける》

2024年5月29日第1刷発行

発行者　森田浩章
発行所　株式会社 講談社
〒112-8001　東京都文京区音羽2-12-21
電　話　出版　(03)5395-3715
販売　(03)5395-3605
業務　(03)5395-3603
デザイン　ムシカゴグラフィクス
本文データ制作　講談社デジタル製作
印刷所　株式会社KPSプロダクツ
製本所　株式会社フォーネット社

KODANSHA

ISBN978-4-06-535709-5　N.D.C.913　355p　19cm
定価はカバーに表示してあります

ファンレター、
作品のご感想を
お待ちしています。

あて先
〒112-8001　東京都文京区音羽2-12-21
(株) 講談社　ライトノベル出版部 気付
「明夜明琉先生」係
「漣ミサ先生」係

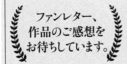